Mariage secret

ABBY GAINES

Mariage secret

éditions Harlequin

Titre original : THE GROOM CAME BACK

Traduction française de MURIEL VALENTA

HARLEQUIN®
est une marque déposée par le Groupe Harlequin

PRÉLUD'®
est une marque déposée par Harlequin S.A.

Photo de couverture
Mains & bouquet de mariée :
© ROYALTY FREE / COMSTOCK / JUPITER IMAGES

83-85, boulevard Vincent-Auriol 75646 PARIS CEDEX 13.

Service Lectrices — Tél. : 01 45 82 47 47
www.harlequin.fr

ISBN 978-2-2808-1106-4 — ISSN 1950-277X

Chapitre 1

Callie Summers reconnut son mari à la seconde même où il franchit le seuil de sa boutique, Fleurs et Couleurs. En revanche, Jack Mitchell, lui, ne sembla pas du tout la reconnaître, ou alors il n'en montra rien.

Face à cette absence totale de réaction, le chaleureux sourire de bienvenue de la jeune femme s'estompa rapidement. Avait-elle changé à ce point ? Est-ce que huit années, dix mille dollars de soins orthodontiques et une nouvelle coupe de cheveux l'avaient tellement métamorphosée ?

Elle regarda Jack baisser la tête pour éviter un panier de clématites suspendu au plafond et contourner un présentoir contenant des coupons de remise datant de la précédente Fête des Arbres. Tout en s'approchant d'elle, il laissa ouvertement son regard gris glisser sur le haut sans manches qu'elle portait aujourd'hui, ses seins plus généreux et sa silhouette plus féminine que lors de leur dernière rencontre, puis descendre vers sa jupe, ses jambes, ses chevilles, avant de remonter vers son visage. De tout le temps que dura ce passage en revue, rien, dans les yeux de Jack, ne trahit un quelconque intérêt pour elle. Et encore moins de l'admiration ! Il l'avait… observée, c'est tout.

Forcément. Car on ne devenait pas un neurochirurgien réputé sans un sens aigu de l'observation.

En revanche, côté mémoire, Jack ne paraissait pas champion.

— Bonjour, dit-il.

Quel sourire ! Son sourire était-il aussi sexy, huit ans plus tôt ? Callie n'en gardait aucun souvenir. Ou peut-être n'avait-elle rien remarqué, à l'époque ? Alors âgée de dix-sept ans, elle considérait Jack Mitchell, de neuf ans son aîné, avant tout comme une sorte de bienfaiteur et de protecteur. Elle vivait des jours malheureux…

— Bonjour, répondit-elle enfin.

Avant d'ajouter :

— J'étais sur le point de fermer…

Ces retrouvailles peu chaleureuses lui faisaient presque oublier l'heure. Pourtant, on était un samedi et, ces jours-là, elle tenait à boucler à midi et demi pile.

Elle finit d'arranger des tiges de gerberas — orange, écarlate et rose — dans un seau posé sur un présentoir métallique. Ensuite, elle s'avança et essuya ses mains sur son tablier dans l'éventualité où Jack songerait à lui serrer la main.

— On dit en ville que c'est chez vous qu'on trouve les plus belles fleurs, et que vous faites les plus beaux bouquets, reprit-il.

— J'aime le croire. J'espère que je fais du bon travail et que mes clients sont satisfaits. Cela dit, ma concurrente, Alice, qui tient Le Jardin fleuri, a elle aussi beaucoup de talent, s'empressa-t-elle d'ajouter.

Bravo ! Quelle preuve de confiance en soi et quel sens du commerce ! Comment espérait-elle que Fleurs et

Couleurs se développe et fasse le chiffre d'affaires exigé par la banque si elle ne se montrait pas plus convaincante avec les clients ?

Avec un sourire qui se voulait complice, Jack dit alors :

— Il faut que je fasse vite. J'ai besoin…

Il regarda alors autour de lui avec un air un peu perdu, comme la plupart des hommes qui entraient dans la boutique.

— … de fleurs.

Si elle manquait de mordant et de confiance en elle, Callie ne manquait pas de malice et elle ne put s'empêcher de demander :

— C'est pour votre épouse ?

Allait-il réagir à cette allusion ?

Il tressaillit.

— Je ne suis pas…, commença-t-il.

A son froncement de sourcils et à son embarras, elle devina qu'il venait de se rappeler qu'ici, à Parkvale, Tennessee, il était bel et bien marié. Même si, elle et lui mis à part, personne ne le savait.

Jack croisa alors les bras et la regarda — elle avait oublié qu'il était vraiment bien plus grand qu'elle — et dit avec un petit sourire :

— Les fleurs sont pour ma mère, figurez-vous. Brenda Mitchell. Vous la connaissez ?

— Oui, je la connais bien. C'est une femme très gentille, répondit Callie sur un ton qui révélait toute la sincère affection qu'elle portait à Brenda.

Toutefois, même si Jack y avait été sensible, il n'en montra rien. Que sa mère et Callie soient proches ne parut même pas lui mettre la puce à l'oreille. Décidément, il ne se doutait pas un instant des liens qui l'unissaient à la fleuriste !

Heureusement que Brenda n'était pas là, elle qui prétendait que la famille manquait à Jack, et que celui-ci avait vraiment envie de prendre un peu de vacances à Parkvale en délaissant pour un temps son poste prestigieux à l'hôpital universitaire d'Oxford, en Angleterre ! Et qu'il serait revenu plus tôt s'il n'avait pas eu tant de vies à sauver.

Depuis longtemps, Callie, elle, soupçonnait Jack de ne plus guère faire cas de sa famille. Et sa visite, vu les circonstances, risquait de rompre l'un des derniers liens qu'il conservait encore avec ses proches…

Elle soutint son regard et lui adressa un sourire chaleureux, lui accordant une nouvelle chance de la reconnaître.

— De quel budget disposez-vous pour faire plaisir à votre mère ? lui dit-elle.

— Puisque vous la connaissez, je vous laisse composer un bouquet qu'elle aimera, sans vous soucier du prix.

Il consulta sa montre — certainement en platine et non en acier, se dit Callie —, puis il jeta un coup d'œil par la vitrine, en direction d'une Jaguar noire garée dans la rue.

— Très généreux de votre part, répliqua-t-elle.

Juste une petite pique, suffisamment discrète pour ne pas blesser. « Si tu penses rattraper huit années d'absence par un bouquet de fleurs d'une centaine de dollars, tu te trompes », aurait-elle pu ajouter.

Jack haussa les sourcils et se tourna vers elle.

— Je vous demande pardon ?

Elle se contenta de répondre d'un ton mesuré — par respect pour Brenda qui n'aurait jamais songé à critiquer la conduite de son fils chéri, mais aussi pour ne pas mettre Jack dans de mauvaises dispositions vis-à-vis d'elle-même :

— Votre mère adore les iris. Et les delphiniums.

Il afficha une expression perplexe.

— Si vous le dites. Des iris et des delphiniums, alors, dit-il sur le ton calme qu'il utilisait probablement avec ses patients.

Si elle lui avait dit que Brenda adorait les œillets et les pensées, il n'aurait probablement pas réagi plus vivement. Qu'importait les fleurs choisies ou les goûts de sa mère — apparemment, il s'en fichait complètement.

Dire que, depuis plusieurs semaines, elle se demandait ce qu'elle allait éprouver en le revoyant ! Une réponse inattendue s'imposait à elle : elle était juste furieuse !

Jack s'assit au volant de la Jaguar, la voiture la plus décente qu'il ait trouvée à l'agence de location de l'aéroport de Memphis. A cette heure, presque toutes les boutiques étaient fermées sur Bicentennial Square, la place centrale de Parkvale. Déjà, dans sa prime jeunesse, l'endroit était presque désert pendant les week-ends et à peine animé en semaine.

Il consulta sa montre avant de s'engager dans la circulation fluide, calculant l'heure qu'il devait être à Oxford. Pouvait-il encore appeler pour prendre des nouvelles de ses patients ? A quelle heure le tribunal du comté de

Marquette ouvrait-il le lundi matin, et dans quels délais son divorce pourrait-il être prononcé ?

Son divorce... Ainsi que l'étonnante et jolie le lui avait suggéré, il aurait peut-être dû acheter des fleurs pour *elle* aussi. Elle, son épouse. Cette Callista Jane Summers, à en croire la signature juvénile apposée au bas de la demande de publication des bans, dont le visage était désormais devenu pour lui une image très lointaine et très floue. Seulement, offrir un simple bouquet à cette jeune femme qui avait tant fait pour lui aurait paru un remerciement bien mesquin.

Il s'arrêta à l'un des rares feux rouges de Parkvale puis quitta la place pour s'engager dans Main Street, la rue principale, bordée d'arbres.

Les tilleuls, plantés l'année de la naissance de Jack, se dressaient maintenant avec fierté. En revanche, la ville semblait avoir rétréci pendant son absence. Il l'avait toujours trouvée petite, cette bourgade, mais aujourd'hui elle lui paraissait minuscule. Ainsi, à peine eut-il tourné dans Main Street qu'il lui fallut déjà prendre à gauche, dans Forsyth Street, puis tourner quelques secondes plus tard dans Stables Lane, où habitaient ses parents.

L'étroite impasse n'était guère plus longue qu'un jet de pierre. Deux voitures étaient garées à cheval sur le trottoir pour ne pas gêner la circulation.

Jack se gara à son tour, mais dans l'allée de ses parents, derrière le pick-up de son père. Il laissa toutes ses affaires dans la voiture et prit uniquement les fleurs, enveloppées dans leur papier de soie lilas et vert. Cette fleuriste, avec son petit haut bleu sexy, avait fait du joli travail. Jack avait été surpris quand le pompiste lui avait dit que Parkvale comptait maintenant quatre fleuristes. Huit ans plus tôt, il avait acheté un petit bouquet pour son… « épouse » dans la seule et unique boutique de fleurs de la ville, commodément située face à l'hôpital.

Il s'accrocha au bouquet et s'arma de tout son courage pour remonter l'allée de gravier qui menait à la porte d'entrée. Dans quelques secondes, il allait retrouver ses parents — mais aussi, ou surtout, retrouver Callista Jane Summers.

Non que Callie soit une source de problèmes pour lui, d'ailleurs. Il se souvenait d'elle comme d'une fille adorable, pleinement consciente du service qu'elle acceptait de lui rendre à l'époque en l'épousant. Et, aujourd'hui, elle voulait la même chose que lui : divorcer. Ces derniers mails dans ce sens s'étaient d'ailleurs faits de plus en plus insistants.

Ses parents, en revanche, risquaient de lui causer plus d'embarras. Au loin, il avait pu endormir leurs espoirs de le voir revenir et s'installer à Parkvale. Mais maintenant qu'il était là, qu'il s'apprêtait à entrer chez eux, il savait déjà qu'il allait devoir batailler contre le désir de le voir abandonner la neurochirurgie pour postuler plutôt à l'hôpital local, en dermato ou en gériatrie.

Sa mère avait dû entendre sa voiture car elle ouvrit la porte d'entrée et l'attendit sur le seuil, impatiente comme une enfant de dix ans.

— Jack ! s'exclama-t-elle. Mon fils !

Jack fut submergé d'une émotion qui le surprit. Jamais il n'aurait imaginé que la joie de sa mère lui fasse autant plaisir. Galvanisé, il monta les marches du porche en deux enjambées et la serra dans ses bras.

— Tu es si grand, c'est incroyable, dit Brenda en le serrant de toutes ses forces contre son cœur.

— Enfin, maman, je n'ai pas grandi depuis que nous nous sommes vus à New York, l'année dernière !

— Eh bien, j'ai dû oublier.

— A moins que ce ne soit toi qui aies perdu quelques centimètres ?

Cette remarque valut à Jack une petite tape dans le dos alors qu'il franchissait le seuil de la maison.

Une fois à l'intérieur, il se tourna vers sa mère pour lui offrir les fleurs qui avaient miraculeusement échappé à la pression des embrassades.

— Jack, elles sont magnifiques !

Brenda respira les fleurs puis adressa à son fils un petit sourire malicieux.

— Je parie que je sais où tu les as achetées.

— Chez la meilleure fleuriste de la ville, répondit-il simplement.

— N'est-ce pas ? renchérit Brenda, avec un large sourire.

Quelque chose dans ce sourire radieux interpella Jack, mais il ne déchiffra pas l'intention qu'y mettait sa mère.

— Tout le monde est venu pour te voir, lui dit celle-ci. J'ai préparé un déjeuner léger.

« Tout le monde » désignait certainement plusieurs membres de la famille Mitchell, pensa Jack, qui oublia momentanément la fleuriste. Et un « déjeuner léger » signifiait tout aussi certainement un buffet bien garni avec en vedette la spécialité de sa mère, la salade de poulet au curry. Il devait admettre que cette salade de poulet, qui n'avait rien de commun avec un plat indien quelconque — si ce n'est une pincée de curry — lui avait manqué.

Brenda le conduisit dans le salon de la maison de style victorien. Avec ses hauts plafonds et ses larges fenêtres, la maison avait les mêmes dimensions que dans son souvenir.

— Le voilà ! annonça triomphalement Brenda.

Oncle Frank et tante Nancy occupaient la banquette située sous la fenêtre. Leur fille Sarah était assise sur le canapé avec un jeune homme brun et ils se tenaient la main. Jack se rappela vaguement avoir entendu parler de fiançailles et d'un mariage prévu pour le mois de juin. Là, à côté de la bibliothèque, il devait s'agir de Mark et Jason, les deux frères aînés de Sarah. Ils s'étaient tous les deux étoffés, en huit ans, et Mark — à moins que ce ne soit Jason ? — portait maintenant la barbe.

— Fiston, quelle joie de te voir, dit Dan, le père de Jack, en lui donnant une accolade.

Il avait dû quitter son magasin de bricolage plus tôt que d'habitude alors qu'il ne fermait d'ordinaire que vers 19 heures le samedi.

— Je veux dire, en chair et en os, plaisanta Dan, et pas exclusivement sur un écran de télé.

— Heureux de te voir aussi, papa, répondit Jack.

Dan passa un bras possessif autour des épaules de Brenda, qui se pencha vers lui et lui adressa ce regard empli de tendresse que Jack associait toujours à ses parents.

« Tout est normal », songea-t-il. Pas besoin de doctorat en médecine pour constater que rien n'avait changé. Peu importait ce que Callie avait raconté dans ses messages, elle s'était de toute évidence trompée.

Jack fit le tour de la pièce, saluant les membres de la famille, se présentant au fiancé de Sarah, et acceptant les compliments des uns et des autres pour le documentaire consacré à ses techniques chirurgicales pionnières récemment diffusé par la télévision. Il précisa pour la quatrième fois que, non, il n'était pas de retour définitivement, et accepta une bière. A ce moment, par la baie vitrée, il vit un coupé blanc se garer dans l'allée de ses parents, juste derrière sa Jaguar, lui barrant ainsi la seule voie de sortie.

Soudain oppressé, Jack passa deux doigts dans le col de sa chemise. Pas de panique! songea-t-il, il pouvait quitter la ville à n'importe quel moment et il n'était qu'un imbécile de s'imaginer qu'il était désormais coincé ici.

Une jeune femme sortit du véhicule blanc.

La fleuriste? Ça alors! s'étonna-t-il. Il tâta la poche arrière de son pantalon : non, il n'avait pas laissé son portefeuille à la boutique. Peut-être une livraison? Non plus, puisque la jeune femme avait les mains vides.

Elle remonta l'allée d'un pas assuré, chaloupant doucement des hanches. A cette distance, il pouvait apprécier sa silhouette, et il la trouva de nouveau absolument parfaite.

— Maman, dit-il en montrant la fenêtre. Il y a quelqu'un.

— Ah! La voilà, répondit alors Brenda, visiblement ravie.

Ainsi, la fleuriste n'avait pas menti quand elle avait affirmé bien connaître sa mère. Elle la connaissait même si bien qu'elle entra sans frapper. Chacun la salua ensuite chaleureusement, comme un membre à part entière de la famille.

— Mon trésor, ton bouquet est superbe !

Il fallut à Jack une ou deux secondes pour comprendre que sa mère s'adressait à la fleuriste et non à lui. Il éprouva alors un pincement de jalousie déplacé. Quoi, sa mère considérait le bouquet comme l'œuvre de la jeune femme fleuriste plutôt que comme un cadeau de son fils ? Elle l'appelait « mon trésor » ? Et dire qu'il détestait ce surnom, du temps où il vivait encore sous le toit de ses parents…

— Tu as vu comme Callie a changé ? poursuivit alors sa mère.

Callie ? Avait-il bien entendu ?

— L'autre jour, expliquait Brenda, je regardais de vieux albums photo, et je me suis rendu compte à quel point notre Callista s'est métamorphosée ! D'ailleurs, je suis étonnée que tu l'aies reconnue.

Jack déglutit péniblement. En cet instant, il se sentait tellement stupide que personne n'aurait pu croire qu'il était un ancien de Harvard, qui plus est lauréat d'une bourse de recherche de l'université d'Oxford. Comment n'avait-il pas *vu* ce qui aurait pourtant dû lui sauter aux yeux au moment même où il était entré dans cette maudite boutique de fleurs ?

Car la jeune femme qui se tenait à deux mètres de lui, souriante mais le regard peu amène, était… sa femme. Callie. Callista Jane Summers, son épouse depuis huit ans.

— En fait, Brenda, il ne m'a pas reconnue, lança la

jeune femme. Et j'ai peur de ne pas m'être montrée très sympathique, parce que je l'ai laissé dans la plus complète ignorance.

Jack devina à l'expression de Callie qu'il y avait eu dans son omission bien plus qu'une simple espièglerie. Pourquoi lui avait-elle joué ce méchant tour qui le ridiculisait devant toute sa famille ?

Brenda éclata de rire.

— Jack, c'est vrai, tu ne l'as pas reconnue ? Tu n'as même pas eu un petit doute ?

Sans quitter Callie des yeux, il répondit :

— Tu ne m'as jamais dit que Callista était fleuriste. Je pensais qu'elle rénovait des maisons.

— C'est la cas, précisa Callie en soutenant son regard. J'achète des maisons et je les rénove pendant mon temps libre pour les revendre ensuite.

Inutile qu'elle entre dans les détails ! songea alors Jack, agacé. Il était au courant puisque c'était avec l'argent qu'il lui versait qu'elle finançait sa petite affaire de restauration.

Elle ajouta :

— J'ai cependant une formation de fleuriste, et j'ai ouvert ma boutique il y a près d'un an.

— Maintenant que tu sais qui elle est, fit alors remarquer Brenda en tapotant le bras de son fils, tu peux la saluer comme il se doit.

Perplexe, il interrogea sa mère du regard et vit que Callie avait fait de même. Non, Brenda ne voulait tout de même pas dire qu'il devait…

— Embrasse-la, insista sa mère sur le ton qu'elle

utilisait quand elle lui demandait d'embrasser sa sœur Lucy pour son anniversaire.

Il se tourna vers Callie. Dans ses yeux, il lut que tout refus compliquerait inutilement la situation. Aussi, se résigna-t-il à s'avancer d'un pas vers elle tandis que, de son côté, elle faisait également un pas vers lui. Puis elle lui offrit sa joue droite, qu'il frôla des lèvres.

Un contact aussi léger que la caresse d'une aile de papillon et qui ne dura que le temps d'un battement de cœur — et pourtant, stupéfait, Jack fut envoûté par la douceur veloutée de Callie contre ses lèvres. Un parfum de jasmin, de rose et de quelque autre fleur le transporta dans un jardin humide de rosée matinale. « Elle est fleuriste, se dit-il. Quoi de plus normal qu'elle embaume ? »

Mais l'impression fut fugace. La jeune femme reprit rapidement ses distances. Quant à Brenda, elle affichait un sourire approbateur.

Callie s'empressa de nouer les mains dans son dos pour s'empêcher de les poser sur ses joues, notamment là où Jack l'avait embrassée. Elle se sentait... troublée. Etait-elle toute rouge ? Elle chercha quelque chose à dire pour se donner une contenance.

— Alors, combien de temps restes-tu à Parkvale ?

Bien entendu, elle connaissait la réponse. C'était par elle qu'il avait appris que, avant de déposer une demande de divorce par consentement mutuel, il devrait résider au moins trente jours d'affilée dans le comté.

A cette question, Jack fronça d'ailleurs les sourcils. Il avait l'air de dire : « Tu plaisantes... ou bien tu es complètement dérangée, pour me poser une question pareille ? »

— Il va rester tout un mois, répondit Brenda à sa place, et aux anges. Quelle chance pour nous qu'il ait réussi à convaincre l'hôpital de lui accorder un congé aussi long !

— Oui, quelle chance, convint ironiquement Callie.

— Je suis impatiente de l'emmener dans tous les endroits de la ville qu'il avait l'habitude de fréquenter, reprit Brenda. Je pense à une promenade dans le parc lundi, à une réunion du conseil d'administration de l'école mardi, à…

— Laisse-lui le temps de passer au magasin, objecta Dan.

— Je projette aussi d'aller à Memphis pour rencontrer l'équipe du service de neurologie de Northcross Hospital, crut bon de préciser Jack.

Ensuite, il consulta sa montre, comme s'il comptait déjà les heures et les minutes qui le séparaient du moment où il quitterait le comté et embarquerait dans un 747 qui le ramènerait en Angleterre. A bord, il commanderait du champagne pour fêter son évasion.

« Pas question de t'éclipser », pensa Callie qui lut dans ses pensées.

— Si la médecine te manque à ce point, tu peux toujours visiter la nouvelle aile de gériatrie de l'hôpital de Parkvale, suggéra-t-elle avec malice. Il paraît qu'elle est à la pointe de la technologie, pour un bâtiment de cette taille.

C'est Brenda qui lui avait demandé de souffler l'idée à Jack, de crainte, si elle le lui proposait elle-même, que Jack ne la soupçonne de faire pression pour qu'il se réinstalle ici.

Il se raidit insensiblement mais garda un visage neutre et il répondit :

— Je suis neurochirurgien pédiatrique, spécialisé dans les malformations vasculaires cérébrales. Je ne m'intéresse pas à la gériatrie.

Il avait repris le même ton posé que dans la boutique, et il pensa que, décidément, Callie ne serait peut-être pas le problème le plus épineux à régler pendant son séjour…

— Tu veux dire, à part tes parents, intervint Brenda.

Callie lui adressa alors un petit sourire, signifiant qu'elle ne la considérait pas une seule seconde comme une vieille femme. Ensuite, elle regarda Jack en plissant les yeux, pour lui signifier qu'elle ne tolérerait pas son manque d'intérêt envers ses parents et sa famille.

— Si tu as quelque chose qui te gêne dans l'œil, je peux regarder, proposa-t-il.

La jeune femme n'eut pas le temps de supposer qu'il avait mal interprété sa mise en garde car elle lut la réponse de Jack dans son regard : « Mes relations avec mes parents ne te concernent en aucune manière. »

« Erreur : grâce à toi, cela me concerne, Dr Egoïste », songea Callie. Il y avait au moins un point positif dans le fait qu'il la déçoive : elle ne regrettait plus le moins du monde de lui avoir menti.

Elle recouvra son sang-froid, déclina sa proposition et, sans plus prendre de gants, elle proposa :

— Si tu veux savoir ce qui s'est passé à Parkvale

pendant ces huit dernières années, je serai ravie de te mettre au courant.

Il afficha une mine surprise, comme s'il n'avait pas l'habitude que des personnes désobéissent à ses ordres, même muets.

— Je te remercie, mais maman m'envoie régulièrement des nouvelles. Tu habites toujours chez mes parents ?

Seule Callie distingua le léger accent qu'il mit sur le « mes », et elle seule comprit les propos qui se cachaient derrière sa question : un rappel qu'elle aussi avait tiré profit de leur mariage, qui lui avait permis de se sortir d'une bataille juridique complexe et déplaisante concernant sa garde pour rester vivre avec Brenda et Dan.

— Pas en ce moment, répondit Callie.

La jeune femme s'empressa alors d'attraper un bol de cacahuètes posé sur le buffet car, les mains vides, elle craignait de céder à la tentation et de frapper Jack.

— Je vais, je viens, reprit-elle. Tout dépend à quel stade en est mon chantier de rénovation du moment.

Elle fit passer le bol.

Dan expliqua alors :

— Nous avons passé un accord avec Callie : tant que la maison qu'elle rénove ne dispose pas d'une cuisine et d'une salle de bains décentes, elle doit vivre ici.

Ensuite, Dan se servit de cacahuètes et prit place dans son fauteuil.

— Les enfants, pourquoi ne pas vous asseoir et discuter tranquillement ? proposa Brenda, qui essaya de les entraîner vers un petit canapé de deux places.

Toutefois, Jack ne bougea pas et Callie non plus. Celle-ci avait en effet la désagréable sensation que le premier qui s'assiérait perdrait la bataille. Faisant mine de ne pas avoir entendu, elle resta donc appuyée contre le buffet.

— C'est pratique, fit remarquer Jack. Tu reviens ici chaque fois que tu en as besoin.

Elle frémit. Oubliait-il que leur mariage secret lui avait aussi permis de poursuivre son illustre carrière de médecin en toute bonne conscience ? Chacun y avait trouvé son compte.

A l'époque, toutefois, elle n'avait pas vu la situation sous cet angle, et elle aimait à croire que lui non plus. Au moment de leur mariage, elle connaissait à peine Jack. Il travaillait à Boston bien avant qu'elle n'emménage chez les Mitchell, mais elle avait supposé qu'il cherchait avant tout à épargner de nouvelles souffrances à ses parents. Encouragée par sa mère, Callie avait, elle, accepté la protection et la sécurité qu'il lui offrait.

En réalité, elle n'avait pas vraiment eu le choix.

— Nous adorons avoir Callie avec nous, dit Brenda. La maison nous paraît tellement vide sans elle, mais au moins nous savons qu'elle finira toujours par revenir.

Callie savait que Brenda n'avait pas voulu faire intentionnellement référence à l'absence prolongée de Jack, mais elle vit la bouche de celui-ci se pincer.

— On dirait que ta cote d'amour est au plus haut avec mes parents, murmura Jack.

« La faute à qui ? » eut-elle envie de rétorquer. D'une certaine manière, leur mariage avait fourni à Jack un moyen de se dédouaner de ses responsabilités familiales, dont il s'était déchargé sur elle.

— Callie fait partie de la famille, dit Dan sur un

ton un peu sec. Nous la considérons comme notre fille depuis…

Inutile qu'il termine sa phrase, tout le monde avait compris qu'il voulait dire « depuis la mort de Lucy ».

Callie vit un voile de tristesse ternir le regard de Brenda. Lucy manquait aussi à la jeune femme, surtout en cette période de l'année. Jack devait regarder la réalité en face et admettre qu'il était le seul enfant encore en vie de ses parents. Avant la fin de son séjour à Parkvale, elle voulait qu'il s'engage à aider sa mère et à s'impliquer plus activement dans la vie de ses parents vieillissants. Il n'était pas obligé de vivre à Parkvale, car elle devinait déjà qu'il finirait par y mourir prématurément d'ennui, mais elle attendait de lui qu'il se conduise comme un fils et qu'il modifie son comportement actuel.

— Et je vous aime moi aussi, répondit-elle sur un ton qu'elle s'efforça de garder léger, souhaitant éviter que le souvenir de Lucy ne vienne assombrir les retrouvailles. Mais Jack est votre véritable famille.

Se tournant ensuite vers le fils prodigue avec un large sourire, Callie ajouta d'une voix plus forte de manière à être entendue par tous :

— Bienvenue chez toi, Jack ! Que cette visite soit la première d'une longue série.

Tante Nancy applaudit, les cousins poussèrent des hourras et Brenda serra son fils dans ses bras.

— Merci, Callie, dit Jack en serrant les dents.

La jeune femme devina à son regard qu'il avait plutôt envie de l'étriper sur place. Elle se redressa et s'obligea alors à lui adresser un sourire encore plus large et plus radieux. Elle se tenait tout près de lui et le trouvait encore plus grand que tout à l'heure, dans sa boutique. Plus carré que huit ans plus tôt, aussi. Et encore plus antipathique. Jack Mitchell n'était plus un gentil fils un peu oublieux qui avait besoin d'un petit rappel à l'ordre. Non, sa réussite professionnelle lui était montée à la tête et avait fait de lui un être nombriliste, et la petite ville du Tennessee dont il était originaire n'était plus assez bien pour lui.

Les pensées de Callie furent interrompues par Brenda, qui se dirigea vers la salle à manger en annonçant :

— Il est temps de déjeuner !

Comme Jack s'en était douté, la table incrustée de bois de rose et datant des années soixante-dix croulait sous la nourriture et l'on distinguait à peine la nappe de dentelle entre les plats divers. Personne n'osait s'approcher le premier du buffet, chacun attendant que les autres commencent avant de se servir de salade de pommes de terre, de légumes, de viande et de salade de poulet au curry de Parkvale.

Jack décida de se lancer, sinon ils en seraient toujours au même point demain matin, à s'échanger des « Après vous », « Je vous en prie » et des « Mais non, je n'en ferai rien ».

Il n'y avait que six places autour de la table de la salle à manger et les invités repartirent donc avec leurs assiettes dans le salon. Entre deux bouchées de viande de bœuf d'une remarquable tendreté, qui rappelèrent à Jack combien la cuisine de sa mère lui avait manqué, il discuta avec ses parents tout en surveillant du coin de l'œil Callie, qui s'entretenait avec oncle Frank à côté de la fenêtre. A un moment, elle éclata de rire, d'un rire franc et joyeux qui n'avait rien à voir avec l'amabilité forcée qu'elle déployait avec lui. Se sentant observée, la jeune femme se tourna vers lui.

C'est alors que deux souvenirs inoubliables de leur mariage revinrent à la mémoire de Jack. Tout d'abord, la stupide blague qu'elle avait racontée et à laquelle il s'était efforcé de rire car il avait compris que la jeune femme essayait d'oublier sa nervosité. Le regard de Callie, qui faisait tout pour éviter le sien. Elle préférait fixer le sol, ou bien les ongles rongés de ses mains, ou encore le ciel au-dessus de sa tête — tout plutôt que Jack.

Aujourd'hui, il avait la sensation qu'elle ne cessait de l'observer à la dérobée depuis la seconde où il était entré dans sa boutique. Ses yeux lui rappelaient ce bleu si particulier qu'il avait remarqué dans certaines toiles de la Renaissance admirées au musée du Louvre. Comme le regard de Mona Lisa, celui de Callie semblait le suivre partout. En revanche, contrairement à Monna Lisa, l'expression de Callie n'avait rien de mystérieux : Jack savait reconnaître la colère quand il la voyait.

Soudain, il eut l'impression d'étouffer alors qu'il ne devait pas faire plus de vingt degrés dans la maison.

Il regarda ailleurs en se rappelant que Callie était comme sa petite sœur et qu'il n'avait pas le droit de regarder ses yeux, d'admirer sa silhouette ni rien d'autre la concernant.

La jeune femme semblait croire que son but dans la vie était d'empoisonner la sienne, mais, malheureusement pour elle, Jack n'entendait pas se laisser faire. Il était ici pour voir ses parents et mettre un terme à son mariage, un point c'est tout.

Résolu à sortir prendre l'air, il posa son assiette sur le buffet.

— Maman, je vais chercher mon sac de voyage qui est dans la voiture. Est-ce que ma chambre est prête ?

Sa mère fronça légèrement les sourcils.

— Oui. J'espère que tu aimeras la nouvelle couleur.

La nouvelle couleur ? Depuis toujours, sa chambre était peinte en bleu marine.

Callie, qui devait espionner discrètement les conversations de Jack, interrompit alors sa discussion avec oncle Frank et expliqua :

— Je me suis installée dans ta chambre il y a cinq ans. Je l'ai peinte en mauve et j'ai ajouté une frise florale au pochoir, en carmin et magenta.

Carmin et magenta ? Jack ne savait pas à quoi ressemblaient ces couleurs, mais il pressentait déjà qu'il n'allait pas aimer.

Il eut alors le sentiment profond d'être la victime d'une injustice : pour commencer, elle avait omis de lui dire qui elle était, ensuite elle avait semblé prendre un malin plaisir à le provoquer sournoisement. Et, maintenant, elle jubilait ouvertement de le savoir obligé de dormir dans une chambre dont les couleurs lui auraient certainement donné la nausée d'ici à demain matin.

Jack se demanda alors si, par hasard, un des avocats de Parkvale travaillait le week-end…

Chapitre 2

— Penche-toi vers l'avant, ma chérie, demanda tante Nancy, qui tenait plusieurs épingles entre ses dents.

Docilement, Callie obéit et le bustier de sa robe de demoiselle d'honneur, de couleur champagne, bâilla.

— Doux Jésus, s'exclama Nancy, c'est presque indécent !

— En effet, acquiesça Brenda.

Alors que Callie s'apprêtait à se redresser, Nancy lui tapota sur le bras pour l'arrêter.

— Attends que je mette une épingle, ma chérie.

— Maman, si tu penses que la robe de Callie est indécente, attends de voir la mienne, dit la voix de la future mariée depuis le salon d'essayage de l'atelier de couture, situé dans la cave de Nancy.

Nancy, une ancienne couturière, avait pris sa retraite, mais l'atelier avait repris vie depuis que Sarah avait annoncé ses fiançailles.

— Quand je me suis mariée, j'avais un col qui montait jusque-là, dit Nancy en montrant son menton même si sa fille ne pouvait pas la voir. Je ne comprends pas pourquoi, de nos jours, les jeunes femmes tiennent absolument à s'exhiber à l'église.

Elle avait terminé d'épingler un côté de la robe, et

maintenant le décolleté de Callie était de guingois. Nancy passa à sa gauche pour épingler l'autre côté.

A ce moment, la porte de l'atelier s'ouvrit.

— Mon chéri, dit Brenda, je n'ai pas encore vu la mariée. Cela ne t'embête pas d'attendre quelques minutes ?

— Pas de problème, répondit la voix de Jack.

Callie se redressa immédiatement, serrant le côté béant de son bustier contre elle.

Jack entra alors dans la pièce, et tout dans son allure exprimait sa virilité : un bassin étroit, mis en valeur par un jean qui avait été porté suffisamment pour épouser son corps de manière parfaite mais pas assez pour paraître usé, et une chemise au col ouvert qui était un juste équilibre entre l'élégance et la décontraction.

— Est-ce que Callie n'est pas superbe ? demanda Brenda.

Il adressa un signe de tête, ni amical ni hostile, en direction de Callie.

— On dirait que tu n'as pas perdu la main, tante Nancy.

La bouche de Jack s'incurva dans un sourire séducteur qui aurait dû être accompagné d'un écriteau de mise en garde « Attention, danger », et Callie ajouta « charmeur » à la liste des défauts de Jack Mitchell. Même si Brenda oubliait ses scrupules et essayait de faire pression sur lui pour qu'il se rapproche de Parkvale, il aurait pu balayer n'importe quel argument avec ce simple sourire.

Nancy semblait aux anges.

— Tu es si gentil, Jack. Le simple fait de te voir et je me sens déjà mieux.

« Oh, pitié, pensa Callie. Comme s'il n'avait pas déjà une très haute opinion de lui-même ! »

— Mais je ne sais pas si je suis pour grand-chose dans le fait que cette robe soit si jolie sur Callie, reprit Nancy. La couleur lui va très bien. Je n'ai plus qu'à arranger ceci.

Or, « ceci » désignait le sein gauche de Callie et, à son plus grand désarroi, Nancy le tapota — un geste que Jack observa avec un intérêt non dissimulé.

— Elle veut dire que la robe a besoin d'être ajustée à cet endroit, crut bon de préciser Callie entre ses dents.

— Quel dommage que ta mère ne soit pas là pour voir comme tu es devenue jolie, dit alors Brenda d'une voix émue.

Immédiatement, la jeune femme sentit sa gorge se serrer et elle hocha la tête en s'efforçant de contenir ses larmes.

La mère de Callie, Jenny, était la meilleure amie de Brenda au lycée de Parkvale, mais les amies avaient été séparées quand Jenny avait décidé de partir tenter sa chance ailleurs. Des années plus tard, alors que Jenny luttait contre une leucémie, Brenda l'avait accueillie sous son toit avec Callie. Par chance, Callie s'était immédiatement bien entendue avec Lucy Mitchell et les deux jeunes filles étaient devenues à leur tour les meilleures amies du monde, comme leurs mères. Brenda avait même l'habitude de les appeler « les inséparables ».

— Maman a raison, dit calmement Jack. Jenny serait fière de toi. A tous les points de vue.

Il posa alors une main sur le bras de Callie, dans un geste de sympathie qui surprit la jeune femme. Sa peau était tiède là où il l'avait touchée. Il sourit de nouveau, mais c'était cette fois un sourire amical et complice, qui laissa paraître ses dents parfaites.

Au fond, Jack était peut-être toujours le même gentil garçon, songea Callie, et elle n'était plus aussi sûre d'avoir eu raison de lui mentir pour le faire revenir à Parkvale — et pas seulement parce qu'il allait très prochainement découvrir son mensonge.

Elle secoua légèrement la tête, comme pour chasser son sentiment de culpabilité. D'accord, Jack avait fait preuve de sensibilité l'espace d'un instant, mais cela ne suffisait pas à compenser ses huit années d'indifférence, pendant lesquelles il s'était acheté une bonne conscience en distribuant son argent. Il n'oubliait jamais d'envoyer d'Angleterre des cadeaux onéreux à toutes les dates importantes, mais il n'avait jamais le temps de parler au téléphone.

— Attention, je sors, annonça Sarah.

Tante Nancy frappa dans ses mains pour réclamer l'attention de l'assistance, puis la mariée sortit du salon d'essayage, revêtue d'une robe de soie ivoire profondément décolletée.

— Oh, dit Nancy d'une voix étouffée par les sanglots, avant de tamponner ses yeux avec un mouchoir en papier.

— Eh bien, cousine, tu n'es pas désagréable à regarder, dit Jack.

Sarah lui tira la langue puis elle se tourna vers Brenda et écarquilla les yeux :

— Tante Brenda ? Ça va ?

Callie se tourna alors vers Brenda et elle vit que celle-ci était livide et pleurait à chaudes larmes.

— Maman, dit Jack, inquiet.

Brenda agita ses mains devant son visage.

— Désolée… Je ne peux pas… m'en empêcher, parvint-elle à dire entre deux hoquets.

Ensuite, elle se força à sourire et ajouta :

— Tu es si… si belle.

Nancy lui passa son mouchoir, qui était déjà détrempé de larmes, puis elle tapota affectueusement l'épaule de sa belle-sœur. Comme Brenda semblait incapable de se calmer, un silence gêné s'installa dans la pièce.

Du moins, les femmes le ressentirent. Pour sa part, Jack semblait ne pas trop comprendre ce qui passait, mais il ne paraissait pas ennuyé. Il pensait certainement que les femmes réagissaient de cette manière chaque fois qu'elles voyaient une mariée ou une future mariée.

— Jack ? intervint alors Callie sur un ton un peu sec. Et si tu ramenais ta mère à la maison ?

— Tu as raison. Viens, maman. Allons-y.

Il entraîna ensuite Brenda, qui sanglotait toujours, en dehors de la pièce tandis que Callie filait se déshabiller. Nancy n'aurait qu'à ajuster le côté de son bustier un autre jour.

Quand elle sortit dans la rue, Brenda était assise dans la Jaguar et avait cessé de pleurer, mais elle était encore très pâle.

Callie passa alors sa tête par la vitre ouverte et demanda :

— Tout va bien ?

— Ma chérie, inutile de me dire que j'ai réagi de

manière exagérée, je m'en rends bien compte, répondit Brenda d'une voix normale.

Seules les articulations de ses mains, blanches tellement elle serrait son sac, trahissaient sa nervosité.

— C'est normal, intervint Jack. Le moment était plutôt émouvant.

Comme s'il était au courant de tout ! Les larmes de Brenda étaient exactement le type de sautes d'humeur dont Callie lui avait parlé et qu'il avait choisi d'ignorer. Toutefois, ce n'était pas le moment pour en discuter.

— Nancy comprendra, rassura-t-elle Brenda.

La mère de Jack se mordit la lèvre inférieure.

— Nancy certainement, mais Dan…

— Quoi ? demanda Jack.

— Dan n'en saura peut-être rien, dit Callie.

Pourtant, il y avait de grandes chances pour que Nancy relate l'épisode à Frank et que Frank le répète à son frère.

Laissant retomber sa tête contre le siège, Brenda soupira :

— Je dois avoir une tête affreuse.

— Tu es très bien, lui assura Jack.

Décidément, il racontait n'importe quoi ! songea Callie, Elle ne l'avait pas incité à revenir à Parkvale pour qu'il raconte des mensonges à sa mère, mais pour qu'il prenne la mesure de la situation et agisse en conséquence.

— J'aimerais me rafraîchir avant de rentrer à la maison, dit Brenda en se tournant vers Callie.

— Que diriez-vous d'une tasse de thé au Coin gourmand ?

— Merci, dit Brenda en tendant maladroitement le

bras pour serrer la main de Callie dans la sienne. C'est une excellente idée.

— Alors, nous allons au Coin gourmand ? demanda Jack.

— Oui, s'il te plaît, répondit Callie. Je vous suivrai avec ma voiture.

Le café-restaurant se trouvait sur Bicentennial Square, à l'opposé de la boutique de Callie. En ce dimanche, l'endroit était désert. Brenda se dirigea directement vers les toilettes tandis que Callie et Jack choisissaient une table.

Ils prirent place sur une banquette, et ils s'assirent l'un en face de l'autre. La jeune femme prit une profonde inspiration et, dans l'espace confiné, elle sentit l'odeur de Jack : le savon, la menthe, le coton fraîchement repassé de sa chemise, l'odeur du cuir de qualité. Elle se recula.

— Explique-moi pourquoi nous sommes venus ici prendre une tasse de thé, dit-il. Tout à l'heure, on aurait dit que ma mère et toi parliez en langage codé.

— Nous sommes ici pour donner à ta mère le temps de recouvrer ses esprits avant qu'elle ne rentre à la maison et se retrouve face à Dan.

Il rit doucement.

— Papa l'a déjà vue bouleversée auparavant, et je pense qu'il peut supporter.

Il fit signe à la serveuse de venir prendre la commande.

— Dan n'aime pas quand elle se met dans un état pareil, insista Callie.

— Tu sais comme moi quelle époque de l'année nous

sommes. Je m'attendais à les trouver tous deux un peu tendus.

— C'est une partie de l'explication, reconnut Callie.

La semaine dernière avait en effet marqué l'anniversaire de la mort de Lucy, qui s'était noyée alors qu'elle nageait dans la rivière Tallee à l'occasion d'un pique-nique avec le lycée.

— Il y a eu un peu de friction l'année dernière, mais, cette année, tes parents sont… stressés.

Jack semblait sceptique.

— Papa et maman sont solides comme un roc.

Callie brûlait de lui demander : « Comment peux-tu en être aussi sûr alors que tu ne les as quasiment pas vus en huit ans ? » mais elle s'abstint car Brenda pouvait revenir d'une minute à l'autre.

— Je ne pensais pas que tu viendrais chez Nancy, dit-elle sur un ton dégagé. J'aurais cru que tu aurais préféré dormir pour te remettre du décalage horaire.

— Rester allongé dans un lit en regardant des murs mauves et une frise magenta m'a rapidement donné la nausée.

Callie s'efforça de ne pas imaginer Jack allongé dans un lit. Ensuite, elle se rappela qu'il s'agissait de *son* lit quand elle habitait chez Dan et Brenda et elle commença à avoir chaud. Mine de rien, elle passa le dos de sa main sur sa joue droite, puis sur la gauche. Elles étaient tièdes, et probablement rouges.

Jack se pencha alors vers elle en l'observant.

— Tout va bien ? Tu as de la fièvre ?

Bon sang, avait-il besoin de vouloir établir un diagnostic médical à chacune de ses réactions ?

— Je vais bien, répliqua-t-elle, énervée.

Son seul problème, c'est qu'elle avait besoin de passer moins de temps à parler aux fleurs et plus de temps avec des hommes parce que son esprit semblait obnubilé par cette histoire de lit.

Il se pencha encore plus près, comme s'il était capable de lire ses moindres pensées. Quelle horreur !

D'un bond, elle se recula sur son siège, sauvée par l'arrivée de la serveuse, à qui elle commanda un thé pour Brenda et elle. Jack demanda du café.

Une fois la serveuse partie, il lança abruptement :

— Tu es en colère contre moi.

— Pardon ?

Jack était resté éveillé la plus grande partie de la nuit, à cause du décalage horaire et des pensées qui ne cessaient de tourner en boucle dans son esprit et non pas à cause de nausées provoquées par la peinture mauve. A 3 heures du matin, il s'était mis à penser à Callie et il en avait conclu que cela ne servirait à rien de se mettre en colère contre elle dans la mesure où il avait besoin de sa coopération.

— Je te présente mes excuses pour ne pas t'avoir reconnue dans ta boutique, commença-t-il.

Les femmes préfèrent penser qu'elles sont inoubliables et il aurait dû le comprendre plus tôt.

— Tu crois vraiment que je vais t'en vouloir pour un tel détail ?

Elle passa une main dans ses cheveux auburn, dans lesquels elle avait dû faire faire des mèches puisqu'ils semblaient accrocher la lumière et prendre une teinte dorée au niveau de ses épaules.

— Au contraire, je l'ai pris pour un compliment, reprit-elle. J'en ai conclu que j'avais changé depuis la dernière fois que tu m'as vue.

Elle était décidément exaspérante, songea Jack. N'étant pas habitué à sa manière de fonctionner — et doutant s'y habituer dans les prochaines semaines —, il pianota des doigts sur la table en cherchant quoi répondre.

— Si je te dis oui, ce serait une insulte pour celle que tu étais à l'époque. Et si je te dis non, ce serait une insulte pour celle que tu es aujourd'hui.

— Alors, quelle option choisis-tu ? demanda-t-elle.

Jack éclata de rire, se sentant soudain moins tendu. D'accord, Callie était de mauvaise humeur, mais elle était inoffensive. Et drôle, ce qui ne gâchait rien. Diana, sa petite amie qui l'avait dernièrement quitté, était une pédiatre sophistiquée et brillante, mais elle manquait cruellement de sens de l'humour. Notamment concernant le mariage secret de Jack.

Ce qui le ramena vers la raison pour laquelle il était venu chercher sa mère à l'essayage chez tante Nancy.

Il pouvait rayer le premier point de sa liste : s'excuser de ne pas avoir reconnu Callie. Si nécessaire, il était prêt à passer au point numéro deux : essayer de défroisser les susceptibilités pour avoir monopolisé l'attention de ses parents. Au milieu de la nuit, il avait en effet compris que la jeune femme se montrait peut-être désagréable envers lui parce qu'elle était jalouse.

— Et si nous faisions une trêve ? proposa-t-il, en passant au numéro trois de sa liste.

Callie l'observa un long moment puis elle hocha la tête.

— Je n'ai aucune envie que nous nous disputions.

De mieux en mieux : ils semblaient sur la même longueur d'onde !

— Bien, répondit-il.

Maintenant, le point numéro quatre — sans doute le plus délicat.

— Nous devons prendre rendez-vous avec un avocat au sujet du divorce. Peux-tu trouver un peu de temps demain ? As-tu pensé à quelqu'un en particulier ?

Il donnait le vertige à Callie, à sauter ainsi du coq à l'âne. Elle grimaça légèrement, ce qui plissa son nez de manière charmante.

— Je ne crois pas que ce soit une bonne idée de prendre un avocat de Parkvale. Ils sont tous membres du Rotary Club comme ton père et ils le connaissent bien. Je passe par un cabinet de Memphis pour ma boutique. Nous pourrions nous adresser à eux.

— Ils sont bien ?

Elle plissa de nouveau le nez, ce qui étrangement attira l'attention de Jack vers sa bouche — pleine et rose.

— Ils ne sont pas chers, et ils se trouvent juste en face de ma banque.

Il soupira.

— Imagine un peu que les gens choisissent leur médecin selon ces mêmes critères : pas chers, et près de leur banque.

— Personne ne ferait une chose pareille, évidemment. Les médecins sont bien plus importants que les avocats. Tout le monde le sait.

Jack était partagé entre l'amusement et l'agacement face à l'évidente malice de Callie. Il se dit alors que Lucy se comporterait de la même manière si elle était toujours en vie, mais il s'empressa d'écarter cette pensée.

— J'ai un ami à Memphis qui s'est trouvé embarqué dans un mariage illégal, commença-t-il.

Elle tressaillit face aux mots qu'il avait choisis car leur mariage était tout ce qu'il y avait de plus légal.

— Je l'appellerai, reprit Jack en l'ignorant. Je lui demanderai à quel avocat il s'est adressé et je prendrai un rendez-vous.

— Je te laisse t'en charger.

Mission accomplie, pensa Jack avec soulagement, au moment où sa mère sortait des toilettes.

Quand ils raccompagnèrent Brenda chez elle, plus aucun signe ne trahissait son trouble. Elle confia seulement à son époux qu'elle s'était laissé submerger par ses émotions mais qu'elle se sentait mieux.

— Oh non, pas encore, répondit Dan, exaspéré.

Callie se demanda si Jack avait remarqué la réaction de son père, et que sa mère avait réitéré sèchement ses excuses.

La jeune femme partit ensuite, préférant les laisser en famille.

Jack l'appela plus tard dans la soirée, pour lui annoncer qu'il avait pris rendez-vous avec l'avocat de son ami à Memphis le lendemain soir. Pour quelqu'un qui paraissait se désintéresser de sa famille, il semblait en revanche s'impliquer activement dans leur divorce.

Il fallait compter presque trois heures pour rejoindre Memphis en voiture, donc la journée serait longue et Callie devrait fermer sa boutique plus tôt, à 16 heures.

Par conséquent, elle serait obligée de presser un peu ses habitués du lundi après-midi : une mère dont le petit garçon adorait sentir les fleurs ; deux vieux messieurs ; et trois femmes qui faisaient le tour de la boutique et qui ressortaient sans rien acheter, en se plaignant des prix.

Alors qu'elle essayait de les pousser vers la sortie tout en restant polie, Jack gara la Jaguar le long du trottoir. Il sortit et fronça les sourcils quand il vit la pancarte « Ouvert » derrière la porte.

En réponse, Callie fronça elle aussi les sourcils.

Il observa les clients repartir les mains vides et demanda :

— Aucun d'eux ne t'a rien acheté ?

— Pas cette fois.

Callie brossa nerveusement le pollen de lys qui était sur sa jupe, alors qu'elle savait très bien qu'il fallait le décoller avec du ruban adhésif puis accrocher la jupe en plein soleil. Comme il fallait s'y attendre, les traînées jaunes s'étalèrent sur le coton blanc.

— Il y a quelques personnes qui viennent à la boutique pour le seul plaisir d'admirer les fleurs ou parce que leur parfum leur rappelle des souvenirs, expliqua-t-elle. Quant à ces vieux messieurs… Je pense qu'ils sont seuls et qu'ils recherchent un peu de compagnie.

— Dans ce cas, tu ne dois pas gagner beaucoup d'argent. Si je me souviens bien, il n'y avait personne non plus quand je suis venu la dernière fois.

— Tu étais là, et tu as dépensé une centaine de dollars,

rétorqua-t-elle. En ce qui me concerne, ton argent vaut bien celui des autres.

Jack leva alors ses mains devant lui, comme pour signifier que cela ne le regardait pas.

— Que reste-t-il à faire pour que nous puissions partir ? demanda-t-il alors, en se rappelant qu'ils avaient conclu une trêve.

Ensemble, ils rentrèrent les fleurs qui étaient exposées dehors. Les vêtements de Jack étaient immaculés. Son jean et son polo à manches longues de couleur verte lui allaient impeccablement, comme s'ils avaient été taillés sur mesure, et il ne sembla pas craindre de se tacher avec le pollen ou la terre. Voilà donc un point pour lui, songea Callie. En revanche, ses épais cheveux bruns et ses pommettes saillantes ne jouaient pas en sa faveur. Ils ne faisaient qu'inciter les femmes à le flatter, et son ego surdimensionné n'en avait pas besoin. Le jour où elle se marierait véritablement, si jamais elle se mariait un jour, hors de question qu'elle choisisse un homme qui soit aussi séduisant. Le côté superficiel de sa personnalité en souffrirait peut-être mais, au moins, elle trouverait quelqu'un de moins égoïste.

Jack attendit qu'elle ait fermé la porte de la boutique à clé, puis il lui tint la portière de la Jaguar ouverte.

Le luxe du véhicule convenait parfaitement à Jack. De l'intérieur, le bruit du moteur était quasi inaudible. Jack appuya sur un bouton du tableau de bord, et la voix de Norah Jones envahit l'habitacle, s'échappant d'enceintes dissimulées dans les portières.

Comme ils redémarraient au feu situé à l'intersection de la rue principale et de la Cinquième Rue, Callie salua de la main un groupe d'hommes, dont l'un lui adressa un signe en retour.

— Qui était-ce ? demanda Jack.

— Ton cousin Jason, répondit-elle en levant les yeux au ciel.

— C'est bien ce que je pensais.

— En compagnie de son frère, qui est aussi ton cousin.

— Des types formidables.

— Si formidables que tu es incapable de les reconnaître d'un jour sur l'autre.

— Je les ai à peine aperçus. Je te rappelle que je conduis et que je regarde en priorité la route.

Callie se dit qu'elle ferait mieux de s'abstenir d'accuser Jack de ne pas avoir reconnu les membres de sa famille parce qu'il se fichait de tout le monde à Parkvale. « Trêve, se rappela-t-elle une nouvelle fois. Nous avons conclu une trêve. » Elle était prête à parier qu'il supportait la critique encore moins que la plupart des gens et donc, quand elle prendrait la parole ce soir, elle s'efforcerait de garder son calme.

Comme Jack tournait à droite pour rejoindre l'autoroute, elle ajusta son siège, caressa le cuir souple du bout des doigts puis ouvrit la boîte à gants. Vide. Elle joua ensuite avec les arrivées d'air de son côté de la voiture. De l'air frais souffla sur son visage, soulevant ses cheveux. Elle baissa donc le miroir de courtoisie pour vérifier sa coiffure. Pas terrible… Elle passa ses mains dans ses cheveux pour y remettre bon ordre.

— Tu es hyperactive, ou quoi ? demanda Jack, exaspéré.

Callie se figea.

— Et toi, tu veux bien arrêter ?

— Quoi ?

— De suggérer que j'ai un problème médical chaque fois que je fais une grimace ou que je me gratte le nez.

— Je suis médecin, et il est normal que je remarque ce genre de choses, expliqua-t-il en reprenant un ton de médecin s'adressant à un patient fou.

— Arrête de me parler comme ça, sur ce ton énervant.

— Comme ça ? demanda-t-il d'un ton rassurant et apaisant.

Elle ne put s'empêcher de lui donner un coup de poing dans le bras et, quand sa main entra au contact de ses muscles solides sous son polo, elle la retira immédiatement. Finalement, la neurochirurgie devait être une discipline plus physique qu'elle ne le pensait.

Il baissa le regard vers son bras, à l'endroit où elle l'avait touché, puis il lui adressa un regard oblique.

— L'hyperactivité pourrait expliquer…

— Stop ! lui ordonna-t-elle. Tu n'es pas obligé de te comporter en médecin en permanence.

— Je ne peux pas m'en empêcher, c'est une seconde nature chez moi. Tu ne me feras pas croire que tu n'as pas remarqué les fleurs qui poussent le long de la route, dit-il en accompagnant ses paroles d'un geste de la main.

— Des trilliums, de la variété *cuneatum*, dit-elle automatiquement. Une plante courante dans le Tennessee.

— Tu vois ? Si tu as le droit de réagir en permanence comme une fleuriste, pourquoi est-ce que je ne pourrais pas réagir en médecin ?

Il marqua une pause puis reprit :

— Alors, ce n'est pas de l'hyperactivité ? Seulement une crise de bougeotte passagère ?

— J'essayais de m'occuper pour oublier que je suis en colère contre toi.

Dubitatif, il se frotta le menton.

— Tu es en colère contre moi parce que je n'ai pas reconnu mes cousins ? demanda-t-il sur un ton qui laissait penser que, décidément, son attitude déraisonnable semblait ne pas avoir de limites.

— Oui... Non... Il n'y a pas que ça, répondit Callie, avant de mordiller nerveusement sa lèvre inférieure, se demandant par où commencer.

— Nous avons conclu une trêve, lui rappela-t-il.

— Et c'est la seule raison pour laquelle je garde le silence.

Il éclata de rire.

— Parlons d'un sujet qui ne te contrariera pas. Comment vont les affaires ?

Elle se tourna vers lui.

— Tu envisages de me donner des conseils ?

— Il m'incombe de m'assurer que tu es dans une situation financière stable avant notre divorce.

— Pardon ?

— Je l'ai promis à ta mère, précisa-t-il sur un ton tout à fait sérieux.

— J'ai vingt-cinq ans, dit alors Callie. Je suis désormais assez grande pour m'occuper de moi-même et maman ne t'en voudrait pas de ne plus te soucier de moi.

Il resta silencieux.

— En fait, je suis la dernière de tes responsabilités, ne put-elle s'empêcher d'ajouter.

— Fais-moi plaisir, et dis-moi plutôt comment tu vas. Dès que nous serons divorcés, tu devras te débrouiller seule.

Callie frissonna.

— Tu peux éteindre l'air conditionné si tu as froid, dit-il.

Voilà, il recommençait et Callie serra les poings.

— Je n'arrive pas à déterminer si tu souffres d'un manque total de sensibilité, dit-elle, ou bien si le fait de chercher une cause physique à chaque action s'explique par ton attitude suffisante et ton ego surdimensionné de médecin.

— Heureusement que nous observons une trêve, dit-il. Je n'ose pas imaginer ce que cela donnerait si nous nous disputions pour de bon.

Callie lui fit un sourire exagéré, qui ressemblait plus à une grimace.

En revanche, Jack lui adressa un véritable sourire.

— Alors, tes finances ? J'imagine que ta mère ne t'a pas laissé grand-chose.

— Son assurance-vie a juste suffi à payer les factures de l'orthodontiste, répondit Callie.

Devinant sa surprise, elle ajouta sur la défensive :

— A l'époque, cela m'a paru un bon usage de l'argent.

Un autre regard oblique de Jack. Elle couvrit pratiquement sa bouche avec sa main, comme elle en avait l'habitude avant que ses dents ne soient redressées. Le fait d'évoquer le passé lui donnait l'impression d'être redevenue une jeune fille maladroite de dix-sept ans.

— Ensuite, il ne te restait plus d'argent pour l'université ?

Il mit son clignotant et dépassa une voiture.

— J'ai un diplôme de premier cycle de commerce, payé en grande partie par tes parents. Même si j'avais eu l'argent pour aller à l'université, j'aurais choisi de rester à Parkvale.

Dans l'intérêt de leur trêve, elle se garda bien de suggérer une quelconque comparaison avec l'attitude de Jack, qui n'avait pas hésité à partir et rester au loin pendant de longues années.

— Cela ne m'étonne pas, compte tenu de tout le mal que nous nous sommes donné pour que tu restes vivre chez mes parents, répondit-il d'une voix neutre.

Callie se détendit. S'ils réussissaient à garder leur calme, elle pourrait peut-être envisager qu'ils aient une discussion sérieuse au sujet de Dan et Brenda. Le type de discussion qu'ils auraient dû avoir depuis plusieurs années, si elle avait été capable de passer outre l'image de Jack, incarnant l'autorité, qui avait pris toutes les décisions, à commencer par leur mariage.

— Est-ce que tu te rends compte, dit-elle alors, que la dernière fois que je me suis retrouvée en voiture avec toi, c'était le jour de notre mariage ?

Chapitre 3

Jack avait le regard fixé sur la route.

— Ce jour-là, tu étais au bord de la crise de nerfs et je pensais que tu ne tiendrais pas le coup jusqu'au bout.

— Heureusement que tu avais suffisamment d'assurance pour deux, répondit Callie.

— Vraiment ? demanda-t-il avec une expression impénétrable.

— Maman aussi. C'était la dernière décision importante qu'elle prenait.

A cette époque, le combat de Jenny contre la leucémie durait depuis deux ans déjà. Depuis six mois, elle livrait en plus une bataille à l'issue incertaine contre les parents de son ex-mari. Dès qu'ils avaient appris la maladie de Jenny, ceux-ci avaient en effet déposé une demande de garde de la jeune Callie, alors âgée de seize ans. Ils avaient aussi demandé la garde temporaire et immédiate de Callie au motif que sa mère n'était plus en mesure de s'occuper d'elle.

Les parents de Jenny étaient décédés depuis plusieurs années et elle était déterminée à tout faire pour que ces « mauvaises personnes », comme elle appelait ses ex-beaux-parents, n'obtiennent pas gain de cause. Quant à Callie, elle n'avait aucune envie d'aller vivre chez ses grands-parents paternels, qu'elle ne connaissait pas et qui habitaient en Californie. Parkvale, et plus particulièrement la maison de Dan et de Brenda Mitchell, était le premier véritable foyer qu'elle ait jamais connu. Par ailleurs, sa mère avait besoin d'elle et Callie avait besoin de rester auprès de sa mère jusqu'à la fin.

— Tu n'étais pas convaincue que ce mariage était une bonne décision, dit Jack.

— Je n'avais pas de meilleure idée, expliqua-t-elle.

Elle pointa alors du doigt une voiture de police qui se trouvait devant. Il hocha la tête et ralentit.

— En réalité, reprit-elle, j'étais parfaitement incapable de réfléchir, entre maman qui venait d'entrer à l'hôpital… et ensuite la noyade de Lucy.

Jack, qui était revenu de Boston pour les obsèques de sa sœur, venait de décrocher une bourse de recherche à l'université d'Oxford. Brenda acceptait déjà mal qu'il parte si loin et, après la disparition de Lucy, elle était complètement anéantie à l'idée de ne plus avoir aucun de ses enfants auprès d'elle.

Jack avait alors suggéré à Jenny que si Callie l'épousait, ce qu'elle ne pouvait légalement faire sans la permission de sa mère, tous les problèmes seraient résolus. Une fois mariée, la demande de garde de ses grands-parents deviendrait en effet complètement caduque et Brenda et Dan garderaient Callie, une jeune fille qu'ils adoraient, sous leur toit.

Quant à Jack, il pourrait partir en Angleterre sans se faire de souci pour ses parents.

— Il faut dire que nous nous sommes comportés en parfaits… hypocrites, dit Callie.

Il soupira.

— Comment aurions-nous pu en parler à mes parents ? Pour eux, le mariage a un caractère si sacré qu'ils n'auraient pas compris notre démarche. Sans compter que maman n'allait pas bien.

En effet, Brenda traversait une profonde dépression depuis le décès de Lucy. Il n'y avait que ses habitudes — c'est-à-dire s'occuper de Dan et Callie — qui la motivaient.

Jack avait raison : garder leur mariage secret avait été la bonne chose à faire, à l'époque et aujourd'hui.

Exceptionnellement, la mère de Callie avait obtenu l'autorisation de sortir de l'hôpital pendant quelques heures pour assister à la cérémonie, et ils s'étaient rendus tous les trois à la chapelle dans la vieille Mustang de Jack. Il avait offert un petit bouquet de fleurs à Callie — quelques roses entourées de brins de gypsophile. Pas très original, mais elle avait néanmoins trouvé le bouquet très joli.

Si elle fermait les yeux, elle pouvait encore sentir le parfum des roses.

Elle était tellement nerveuse qu'elle avait été prise de tremblements irrépressibles et Jack avait pris sa main dans la sienne pour tenter de la rassurer.

Si le célébrant avait pensé qu'il y avait quelque chose d'étrange concernant le mariage d'un séduisant médecin sûr de lui et d'une jeune fille incapable de prononcer une parole, il n'en avait rien montré. La cérémonie avait duré seulement quelques minutes, et ensuite Jenny avait éclaté en sanglots de soulagement.

— Il est trop tard pour regretter notre mariage, reprit Jack. Tu dois maintenant penser à ton avenir. Est-ce que tu envisages une carrière de fleuriste à long terme ?

— J'aime l'indépendance, l'idée d'être mon propre patron, répondit-elle. Quand j'ai ouvert ma boutique il y a près d'un an, cela faisait trois ans que je travaillais dans la boutique près de l'hôpital et j'étais persuadée de pouvoir faire mieux que ma patronne.

Jack hocha la tête.

— Le jour où j'ai décidé que je ne pouvais plus supporter de voir des bouquets imparfaits quitter la boutique, j'ai démissionné pour me lancer.

— Est-ce que ce n'était pas risqué ? On dirait qu'il y a de la concurrence.

Elle haussa les épaules.

— Je me déplace jusqu'à Memphis au moins deux matins par semaine pour acheter des fleurs à la criée. Cela me donne un avantage sur mes concurrentes, qui s'approvisionnent principalement auprès de grossistes.

— Es-tu propriétaire de la boutique ?

— Non, je la loue, mais j'ai payé la remise en état. Avec mon argent, pas le tien, crut-elle bon de préciser.

Cinq ans plus tôt, elle avait emprunté de l'argent à Jack pour payer l'acompte de sa première maison. Une fois la maison rénovée, grâce au matériel acheté à prix coûtant chez Dan, elle l'avait revendue puis avait investi une partie de la plus-value dans l'achat d'une autre maison, et elle avait placé l'autre partie. Au fil des ans, elle avait répété la même opération à plusieurs reprises. Pour les deux dernières maisons, elle avait utilisé tout son argent et avait payé la remise en état de sa boutique sur ses économies. Elle n'aimait pas l'idée de se trouver dans une situation précaire, mais elle ne pouvait pas non plus passer sa vie à emprunter de l'argent à Jack.

— Tu te sers toujours de mon nom comme caution pour ton emprunt, n'est-ce pas ? demanda Jack.

— Oui. Je n'ai qu'à produire ta feuille d'impôts de super-chirurgien pour qu'un banquier m'accorde tout ce que je veux, avec un large sourire, qui plus est.

Quant à Jack, il ne prenait aucun risque, puisqu'elle n'achetait que des maisons vendues en dessous du prix du marché.

— Est-ce que tu auras plus de problèmes à emprunter une fois que nous serons divorcés ?

— Je me débrouillerai, se contenta-t-elle de répondre.

Le regard de la jeune femme se posa alors sur les mains de Jack, posées sur le volant — des mains de chirurgien, soignées et avec de longs doigts fuselés. Aucune alliance, tout comme elle.

Pour leur mariage, elle avait emprunté l'alliance de sa mère, puis elle la lui avait rendue à l'issue de la cérémonie. L'alliance lui était revenue dans le petit sac de plastique contenant les affaires de sa mère. Callie l'avait rangée dans une boîte, dans le tiroir de sa commode, avec une dent de requin montée en pendentif qui, selon sa mère, avait appartenu à son père. Elle la soupçonnait d'avoir acheté le pendentif uniquement pour lui laisser un souvenir de ce père qui était parti alors qu'elle n'avait que huit ans et qu'elle n'avait jamais revu ensuite.

Jack fronça les sourcils tout en accélérant pour dépasser un semi-remorque rouge.

— J'imagine que je pourrai toujours me porter caution pour toi.

— Une fois que les affaires iront mieux, la boutique

me servira de caution, répondit Callie. Je n'aurai plus besoin de toi.

Il se tourna vers elle :

— Tu veux dire que les affaires ne vont pas bien ?

— La boutique est récente. Il faut du temps pour se faire connaître et fidéliser la clientèle.

Les doigts de Jack tambourinèrent sur le volant.

— Si tu te remariais, tu serais plus en sécurité.

Elle se redressa dans son siège.

— Tu ne me crois pas capable de réussir ?

— Pas si tu considères ta boutique comme un lieu de promenade pour les pauvres et les désœuvrés. Tu n'as pas envie de te marier ? demanda-t-il, en imitant le ton qu'elle venait d'utiliser.

— Si, et de préférence avec un homme que j'aime, répliqua-t-elle. Pas uniquement pour obtenir un prêt.

— As-tu un petit ami ? s'enquit alors Jack, comme si cette éventualité venait juste de lui effleurer l'esprit.

Comme si cela lui paraissait extraordinaire.

— Je vois toujours Rob de temps en temps, dit-elle.

— Rob ?

— Rob Hanson, le garçon avec qui je sortais quand nous nous sommes mariés.

— Je ne me souviens pas que tu sortais avec quelqu'un.

— Tu plaisantes ? répondit Callie. J'étais folle de lui. Aussi amoureuse qu'une adolescente peut l'être.

Il ricana doucement, mais il changea de position sur son siège, comme si la nouvelle l'avait mis mal à l'aise.

— Nous sommes sortis ensemble pendant trois ans,

se délecta-t-elle à préciser. Ensuite, nous nous sommes fiancés.

Le pied de Jack écrasa le frein, donnant un à-coup au véhicule. Instinctivement, il tendit son bras droit pour retenir Callie pendant que son pied s'efforçait de retrouver l'accélérateur. Sans le faire exprès, son bras se porta sur la poitrine de la jeune femme.

— Désolé, marmonna-t-il, en se concentrant pour maintenir le véhicule droit dans la file.

Derrière lui, quelqu'un klaxonna. Bon sang, s'il avait un accident, ce serait sa faute à elle. Il adressa un signe de la main à l'autre conducteur pour s'excuser et accéléra de nouveau pour atteindre cent trente kilomètres à l'heure.

— Comment as-tu pu te fiancer alors que tu étais mariée avec moi ? demanda-t-il enfin.

— Nous avions prévu de longues fiançailles…

Elle passa une main sur sa poitrine, là où Jack l'avait touchée, et celui-ci essaya de ne pas regarder.

— Je pensais que toi et moi aurions divorcé au moment où Rob et moi serions prêts à fixer une date de mariage.

— Plutôt risqué, dit-il sèchement.

Conscient que sa réaction était complètement déplacée, il s'éclaircit la gorge.

— Je suis surprise que Brenda ne t'ait pas annoncé que j'étais fiancée.

— Je ne prends pas toujours le temps de lire ses messages avec toute l'attention qui conviendrait, avoua-t-il.

Prenant sur elle, Callie pinça les lèvres pour ne faire aucune réflexion.

— Donc, tu disais que tu étais toujours avec… Rob ? demanda Jack.

Elle hocha la tête.

— J'ai rompu nos fiançailles au bout d'un an. Il y a quatre ans.

— Pour quelle raison ?

Elle ne répondit pas.

Le grondement des pneus sur la chaussée changea de rythme quand ils s'engagèrent sur le pont. Callie regarda alors par la vitre. Sous eux, le Mississippi, nourri par les pluies du printemps, roulait ses eaux boueuses avec force.

— Etait-il repoussant ? insista Jack.

— Il est très séduisant.

— Alors, est-il stupide ?

— Il n'est pas neurochirurgien, si c'est cela que tu veux savoir, mais il n'est pas pour autant idiot. Ni arrogant, ajouta-t-elle intentionnellement. Rob est quelqu'un de bien et n'importe quelle femme pourrait s'estimer heureuse de l'avoir dans sa vie.

— A part toi.

Jack se tourna alors vers la jeune femme, et il remarqua que sa jupe blanche était légèrement remontée au-dessus de ses genoux, révélant une partie de ses cuisses.

Il sentit immédiatement comme un pincement au creux de l'estomac — une sensation masculine bien naturelle mais déplacée en ce qui concernait Callie. Il préféra donc l'ignorer et essaya de mettre de l'ordre dans ses pensées. Non, il ne souhaitait pas savoir à quelle fréquence elle voyait Rob.

Ensuite, elle passa sa langue sur sa lèvre inférieure et il trouva ce geste si… sexy !

Consterné par sa propre stupidité, Jack se força à tourner la tête. Tant qu'il se bornerait à considérer Callie comme sa petite sœur, tout irait bien.

Or, il avait dans l'idée que ce ne serait pas si facile que cela…

Callie se demanda pour la millième fois pourquoi elle ne s'était pas mariée avec Rob quand elle se rendit compte qu'après avoir passé une partie du trajet à lui faire des suggestions sur la manière de vivre sa vie, Jack restait maintenant silencieux.

A son tour de lui poser des questions indiscrètes sur sa vie. Bien entendu, elle saurait faire preuve de plus de tact que lui.

— Avec une carrière comme la tienne, tu dois manquer de temps pour avoir des relations suivies.

Jack plissa les yeux : il n'était pas dupe de sa fausse candeur.

— Je n'aurais pas dû me mêler de ta vie amoureuse, et je te présente mes excuses.

— Je parlais de tes parents.

A l'approche de Memphis, la circulation devenait plus dense et il ralentit.

— Je reconnais que je suis occupé, mais j'ai des contacts réguliers avec eux.

Croyait-il sincèrement ce qu'il disait, ou bien mentait-il de manière éhontée ? Callie décida de ne pas employer le terme « négligence » parce qu'il avait une connotation trop négative. Idem pour « abandon », « égoïsme » et « indifférence ». Où était passé l'homme qui avait serré sa main dans la sienne pour la réconforter, quand elle avait été secouée de tremblements irrépressibles juste après leur mariage ? Qui avait éclaté de rire quand elle avait raconté une blague stupide pour essayer d'oublier sa peur ? La gentillesse dont il avait alors fait preuve l'avait convaincue que tout irait bien. Aussi bien que possible.

« Regarde les choses en face, comme le ferait un médecin », s'ordonna-t-elle.

— Quand tu as appelé pour annoncer ta venue, cela faisait deux mois que tes parents n'avaient pas eu de tes nouvelles, et encore : il s'agissait d'un message de quelques lignes. Et, avant cela, un appel de cinq minutes, trois mois auparavant.

Un silence, qui ne présageait rien de bon, s'installa dans le véhicule.

— Est-ce que maman s'est plainte de quoi que ce soit ? demanda-t-il enfin.

— Elle ne formulerait jamais ouvertement la moindre critique contre toi.

— Tu devrais peut-être prendre exemple sur elle, fit remarquer Jack. Parce que si elle est heureuse…

Du bout du doigt, elle suivit la bordure festonnée de sa jupe sur ses cuisses et elle vit le regard de Jack suivre le mouvement de son doigt.

— Ils ne vont pas en rajeunissant, insista-t-elle.

— Mais ils ne sont pas vieux non plus. Maman a cinquante-sept ans…

— Cinquante-huit, corrigea-t-elle.

— Donc papa en a soixante. Ils sont en bonne santé.

Pour l'instant, mes patients ont beaucoup plus besoin de ma présence que mes parents n'ont besoin de savoir quel temps il fait à Oxford.

Callie se rappela de quelle manière Brenda s'efforçait de trouver des excuses à son fils, et la fierté avec laquelle elle relayait les rares nouvelles qu'il daignait envoyer.

— Je ne te parle pas de santé physique. A moins que tu n'aies pas eu le temps de lire mes messages ?

— Tu veux parler de ces messages codés pour dire en deux cents mots que maman n'est pas elle-même ?

Callie prit une lente et profonde inspiration. Une fois cette conversation terminée, elle ferait une excellente candidate à la béatification pour avoir fait preuve d'une tolérance qui l'étonnait elle-même.

— Je sais que ton temps est précieux, mais c'est la même chose pour tout le monde.

— Tout à fait vrai, répondit-il. Arranger des bouquets, opérer des cerveaux : nos vies sont tellement remplies !

Elle prit sur elle pour ne pas lui faire ravaler son arrogance et reprit :

— Pendant ton séjour à Parkvale, tu n'auras pas ces pressions. Alors pourquoi ne pas prendre le temps de constater par toi-même qu'elle ne va pas bien ?

— Si tel est le cas, rétorqua-t-il.

Callie ne répondit pas.

— Tu te souviens que c'est son anniversaire le 15, n'est-ce pas ?

— Bien entendu, répondit-il trop facilement.

Il avait dû sentir l'incrédulité de Callie parce qu'il afficha un petit sourire en coin, mais elle ne releva pas.

— Je commanderai à la boutique Fleurs et Couleurs un bouquet spécial pour l'occasion.

— Tu sais ce qui lui ferait encore plus plaisir que des fleurs ?

— Oui.

Callie cligna des yeux, surprise.

— Vraiment ?

— Tu vas me répondre : une demi-heure de mon temps, ou quelque chose qui me fera encore remarquer que je suis un mauvais fils.

Elle réprima un sourire.

— Elle adorerait que tu l'emmènes faire du shopping.

— Pour choisir un cadeau ?

Callie haussa les épaules.

— Pas nécessairement. Brenda rencontre toujours des dizaines de personnes qu'elle connaît quand elle va faire du shopping et elle pourrait avoir la joie de te présenter à ses amis.

— Je ne suis pas un trophée que l'on exhibe, rétorqua-t-il entre ses dents.

La jeune femme croisa ses bras devant elle.

— Pourtant, je t'ai si peu vu ces dernières années que je finis par croire que tu appartiens à une espèce rare.

— Je ne suis peut-être pas revenu à Parkvale depuis longtemps, mais il y a toujours moyen de me joindre et je peux toujours prendre un avion, dit-il d'une voix tendue.

— Tu veux dire en cas d'urgence médicale ?

— En tous les cas, pas pour une urgence de shopping.

— Tes parents sont en bonne santé, mais je crois que ta mère est au bord de la dépression nerveuse.

— Ton diagnostic me semble un peu exagéré. S'il y a le moindre problème, fais-moi confiance, je le verrai.

Il se rabattit sur la voie de droite, prêt à sortir de l'autoroute.

— Cependant, Callie, commença-t-il avec un sourire enjôleur, je te remercie sincèrement de t'inquiéter mais, tu sais, je connais moi aussi mes parents.

Voilà qu'il lui parlait de nouveau comme si elle était débile !

A 19 heures, ils arrivèrent à Germantown, une banlieue chic de Memphis, et Jack gara la voiture devant une maison de style géorgien à deux étages.

Callie s'efforça d'oublier la dernière remarque de Jack et demanda :

— Comment s'appelle cet avocat, déjà ?

— Sam Magill. Sa femme est la belle-mère de mon ami Adam Carmichael.

— Adam Carmichael qui travaille à la télé ?

Il hocha la tête.

— En effet, sa famille est propriétaire de Memphis Channel Eight. Tu le connais ?

— Il y a quelques années, une jeune fille de Parkvale — Casey Greene, dont la sœur Karen est l'une de mes meilleures amies — avait réussi à entraîner son fiancé à la télé, pour un mariage surprise en direct sur Channel Eight. Manque de chance, le type n'a pas apprécié et l'a laissée tomber, et elle a épousé Adam Carmichael au cours d'un mariage qu'elle croyait faux. Seulement, le mariage était légal.

— Je ne comprends rien à ton histoire, dit Jack en soupirant.

— Ce que je voulais dire, c'est que Casey et Adam sont peut-être les époux illégaux dont tu parlais, expliqua-t-elle.

Il retira la clé du contact.

— Si Sam a réussi à tirer au clair l'histoire farfelue que tu viens de me raconter, alors notre divorce sera une partie de rigolade pour lui.

La femme, grande et mince, qui ouvrit la porte d'entrée approchait de la soixantaine et était très élégante.

— Eloise Magill. Vous devez être Callie, dit-elle en serrant chaleureusement la main de la jeune femme. Et vous, vous devez être Jack.

Elle s'adressa à lui sur un ton assez froid, comme si elle le tenait pour responsable de leurs déboires conjugaux, quels qu'ils soient. Callie apprécia immédiatement Eloise.

— Sam est en conversation téléphonique, mais il ne devrait plus en avoir pour longtemps.

Elle les entraîna dans un salon dont la décoration était un subtil mélange de meubles masculins et d'objets féminins. Des canapés de cuir flanquaient une chauffeuse à rayures roses et grises, et un éventail de soie, des dessous de verre soufflés à la bouche et un numéro de *Vogue* étaient posés sur une table basse de bois foncé. Ce mélange hétéroclite fonctionnait plutôt bien.

Sam, qui avait des sourcils plus que fournis et ponctuait sa conversation téléphonique d'une toux de fumeur, les salua d'un signe de la main.

Quelques instants plus tard, il raccrocha.

— Merci de t'être occupée de mes invités, chérie, dit-il en prenant la main d'Eloise dans la sienne avant de la lâcher à regret.

A en juger par la manière dont ils se regardaient, il ne faisait aucun doute que le couple n'aurait jamais besoin d'un avocat pour divorcer.

Honteuse devant autant d'amour, Callie s'écarta encore un peu plus de Jack. Sam leur serra la main, leur indiqua l'un des deux canapés de cuir avant de s'asseoir dans l'autre. Eloise quitta alors la pièce en disant qu'elle allait préparer du café.

— Alors, si vous me parliez de votre situation, commença Sam en retirant le capuchon de son stylo. Ensuite, nous verrons comment nous allons procéder.

Jack se détendit. Il aimait l'allure de Sam et son pragmatisme. Par ailleurs, Callie était étonnamment silencieuse. Pour la première fois depuis son retour aux Etats-Unis, il avait la sensation de progresser vers le but de son voyage.

Il expliqua à Sam comment et pourquoi ils s'étaient mariés. Même en collant strictement aux faits, l'histoire n'était pas plus belle à entendre. Soudain, il commença à comprendre pourquoi Diana, son ex-petite amie, avait été tellement choquée d'apprendre la vérité, et pourquoi la nouvelle s'était répandue comme une traînée de poudre parmi ses collègues.

— Et, maintenant, vous voulez divorcer, dit posément Sam.

Avec son stylo, il tapota son bloc-notes.

— Normalement, je recommanderais que le mari

et la femme se fassent représenter chacun par un avocat différent.

— Il ne s'agit pas d'un véritable mariage, intervint Jack, et nous sommes tous les deux d'accord pour y mettre un terme, le plus rapidement possible.

Il se tourna alors vers Callie, comme pour lui demander de corroborer ses propos, mais elle avait le regard baissé et la bouche pincée, comme si elle était sur le point de commencer à émettre de nouvelles critiques si jamais elle parlait.

Finalement, il valait sans doute mieux qu'elle se taise.

Sam joua avec son stylo.

— En tant qu'avocat, mon premier devoir est de vous conseiller de trouver une solution à vos différends par la voie de la médiation.

— Nous nous connaissons à peine. Nous n'avons aucun différend.

Jack ne se souvenait donc pas de la discussion qu'ils avaient eue dans la voiture. A côté de lui, Callie s'agitait.

Sam hocha la tête.

— D'accord, je note donc que vous refusez la médiation. Ensuite, vous devez savoir que, selon les termes de la loi du Tennessee, les biens du couple sont par défaut divisés équitablement entre les époux.

Callie releva la tête.

— Est-ce que les neurochirurgiens gagnent plus que les fleuristes ? demanda-t-elle sur un ton léger. Je veux dire, je sais que leurs revenus sont beaucoup plus importants.

Jack tourna alors vers elle un regard assassin, qu'il devait employer habituellement pour faire taire les internes un peu trop imbus de leur personne. Mais elle, elle ne se laissa pas impressionner et Jack reconnut dans les yeux de la jeune femme la même expression furieuse que le jour où il était arrivé en ville.

« Ignore-la », s'intima-t-il.

— Nous sommes convenus de reprendre chacun ce que nous avions apporté dans le mariage, dit-il à l'avocat.

Sam souleva ses sourcils et regarda Callie, qui exhala un profond soupir avant de hocher la tête. L'avocat fit la moue et Jack aurait parié qu'il tentait de réprimer un sourire.

Il serra les dents.

Au diable leur trêve ! Il avait voulu faire preuve de patience quand, dans la voiture, elle s'en était prise à lui au sujet de ses parents. Grossière erreur. Maintenant, elle pensait avoir tous les droits. Non, il n'aurait jamais dû céder à ce sentiment inattendu de culpabilité parce qu'il estimait avoir exploité sa situation désespérée, huit ans plus tôt.

— Je vais préparer les papiers que vous devrez signer tous les deux, et par lesquels vous renoncez à réclamer une partie des biens de votre conjoint, annonça Sam.

Il leur tendit ensuite une feuille de papier, en expliquant :

— Voici une liste des motifs de divorce reconnus dans l'Etat du Tennessee. Je vous demanderai d'en choisir un.

Jack refusa de se tordre le cou pour lire par-dessus l'épaule de Callie et il préféra attendre.

Pendant un moment qui parut interminable à Jack, elle étudia la liste tout en se tapotant le menton avec le bout de l'index. Enfin, elle posa son doigt sur une ligne, en haut de la feuille.

— J'aime bien le premier : l'une des parties est naturellement impuissante et incapable de procréer.

Elle se tourna ensuite vers Jack, et lança au passage un regard lourd de sens à Sam.

Jack serra les dents et il lui en coûta un effort surhumain pour ne pas déclarer à Sam que non, il n'était pas impuissant. Il savait en effet qu'il ne valait mieux pas protester trop vivement à ce sujet sous peine de paraître suspect, mais il ne put retenir une sorte de grognement agacé.

Callie lui tapota alors le genou.

— Mon chéri, il n'y a vraiment pas de quoi avoir honte.

Sam ne put s'empêcher de réprimer un rire.

Puisque c'était comme ça, Jack se dit qu'il allait l'étrangler. Pas ici, dans la maison de leur avocat, parce que ce serait stupide. Il s'occuperait d'elle ensuite, quelque part aux environs de l'aéroport, où il pourrait ensuite sauter dans un avion et partir bien avant que l'on ne découvre le corps de la jeune femme. La perspective de bafouer aussi ouvertement son serment d'Hippocrate lui procura une joie indicible.

— Vous savez, reprit alors Callie, je me disais que « abandon ou absence volontaire sans motif valable » pourrait être plus approprié.

Il se tourna vers elle.

— Je ne crois pas que mon engagement à sauver des

vies d'enfants puisse être considéré comme irraisonnable par un juge.

— Tu as raison, répondit-elle dans un soupir, avant de reprendre la lecture de la liste. Traitement cruel et inhumain ?

Agacé, Jack finit par lui arracher la liste des mains et il la lut à son tour.

— Voilà, j'ai trouvé ! s'exclama-t-il triomphalement. Tout ce que j'ai à faire, c'est d'attenter à ta vie « par le poison ou tout autre moyen », et nous aurons un motif valable de divorce.

Elle porta une main à sa gorge, comme si elle sentait sa fin approcher.

— Vas-y, ne te gêne pas. Au moins, tes parents te verront plus souvent si tu es emprisonné ici.

Décidément, elle allait le rendre complètement fou et Jack préféra lui tourner le dos pour ne pas être tenté de répondre.

— Avons-nous besoin de choisir un motif de divorce ce soir ? demanda-t-il à Sam. Quel délai avons-nous ? Je sais que je suis obligé de résider pendant au moins trente jours dans le Tennessee avant que la demande ne puisse être déposée.

Oh non, songea Callie, qui eut soudain l'impression de suffoquer. Elle savait pourtant que son mensonge finirait par éclater au grand jour, mais elle aurait préféré que ce ne soit pas juste après qu'elle avait tout fait pour mettre Jack hors de lui. Y avait-il la moindre chance pour que Sam ne révèle pas le pot aux roses ?

Surpris, l'avocat souleva ses sourcils épais et elle comprit alors qu'elle était perdue.

— Ce n'est pas tout à fait exact, dit Sam. Du moment que vous avez un motif valable, ce qui semble le cas à plusieurs égards, et dans la mesure où l'un de vous deux réside dans le comté de Marquette depuis six mois au moins…

Il tourna alors son regard vers Callie, qui ne put que hocher la tête, avant de reprendre :

— Et où vous avez vécu séparés pendant une période continue de deux années ou plus sans cohabiter en tant que mari et femme pendant ce laps de temps…

Sam prit une inspiration avant de terminer sa tirade et de sceller le sort de Callie :

— Vous pouvez remplir les papiers dès demain.

— Si je comprends bien, dit alors Jack, je suis obligé de rester ici pendant soixante jours à partir de la date de dépôt du dossier ?

Sam hocha la tête.

— Vous n'êtes pas obligé de rester. En réalité, vous n'auriez même pas eu besoin de revenir. Callie aurait très bien pu s'occuper de toutes les démarches seule.

La jeune femme s'efforça de pousser un petit cri et de feindre la surprise.

Malheureusement, Super-Chirurgien, qui la plupart du temps s'adressait à elle comme si elle était complètement stupide, ne sembla pas croire une seule seconde qu'elle avait mal compris la loi du Tennessee et il se retourna d'un bond vers elle.

Son regard lançait des éclairs et il pointa un doigt accusateur vers elle :

— Tu m'as menti.

Chapitre 4

— Tu avais déjà décidé de rentrer à Parkvale, répondit Callie en employant le même ton de médecin parlant à un patient fou à lier qu'il avait utilisé auparavant avec elle.

Elle fut ravie de voir que ça le mettait hors de lui, au moins autant qu'elle.

— J'ai seulement exagéré un peu concernant la durée de séjour nécessaire, reprit-elle.

Sam se gratta la gorge comme pour marquer sa désapprobation et Jack répondit sans desserrer les dents :

— Je suis revenu parce que je voulais m'assurer que tu allais bien, comme je l'avais promis à ta mère. Tu n'avais aucun droit de te servir de ma promesse pour parvenir à tes fins.

Callie ne voyait aucune raison de culpabiliser. Après tout, ce n'était pas elle qui négligeait les plus merveilleux parents du monde. Alors, elle pointa à son tour un doigt vers Jack.

— Si je ne t'avais pas dit que tu avais besoin de rester un mois, tu te serais contenté de prendre un avion, tu te serais assuré que j'allais bien, tu aurais passé deux jours avec tes parents, et tu serais reparti.

Il cilla légèrement et elle comprit qu'elle avait fait mouche, mais la satisfaction de la jeune femme fut de courte durée face à la colère qui grondait en lui.

— Comment pourrais-je te faire comprendre que je ne vis pas en Angleterre parce que je trouve que c'est plus drôle que Parkvale ? Là-bas, il y a des gens, des patients, et notamment des enfants, dont les vies dépendent de moi.

Il se leva ensuite d'un bond, comme s'il ne supportait plus d'être assis sur le même canapé qu'elle.

— Soit, je reconnais que je suis parfois moins disponible pour ma famille, mais d'autres familles — les familles de mes patients — diraient que le sacrifice en vaut la chandelle. Qui t'a donné le droit de t'en mêler ?

Elle avait du mal à croire qu'il n'avait pas encore compris.

— C'est toi qui m'en as donné le droit, espèce de neurochirurgien égoïste et imbu de sa personne ! Tu m'as laissée prendre ta place, pour réconforter tes parents après le décès de Lucy, et n'essaie pas de prétendre le contraire, ordonna-t-elle comme il ouvrait la bouche.

Bien entendu, il ignora la mise en garde de la jeune femme.

— Tu déformes la vérité, accusa-t-il. C'est seulement que je ne voulais pas que mes parents te perdent aussi rapidement après la disparition de Lucy.

— Dis plutôt que tu voulais éviter que ta mère n'essaie de te dissuader de partir à Oxford. En me laissant prendre ta place, tu pouvais quitter le pays en toute bonne conscience et oublier Dan et Brenda.

— Je savais que maman supporterait mieux mon départ si tu…

— Tu m'as utilisée afin de pouvoir abandonner ta famille au moment où tes parents avaient le plus besoin de toi, répliqua-t-elle sans se démonter. N'essaie pas de me faire croire que toutes ces années passées en Angleterre ont été une sorte de sacrifice pour toi. Tu voulais partir, et tu as tout fait pour parvenir à tes fins.

— Ce n'est pas vrai, gronda-t-il.

Dans un geste de colère, elle frappa du poing le bras du canapé puis elle se leva dans une tentative inutile de se retrouver à la même hauteur que lui. Tout en lui était plus grand, plus fort, plus puissant qu'elle.

— Tu ne leur rends jamais visite, et tu appelles rarement. Bien sûr, tu joues au fils généreux en offrant de temps en temps un billet d'avion à tes parents pour qu'ils viennent te voir, mais tu prends à peine une journée de congé pour rester avec eux.

Il pâlit et elle regretta momentanément d'avoir laissé échapper la seule remarque proche d'une critique que Brenda avait exprimée au sujet de son fils. Un moment déstabilisée, Callie tenta de rassembler ses défenses chancelantes.

— Tu ne prends même pas la peine de lire les messages qui pourraient t'indiquer ce qui se passe ici, reprit-elle.

Sam s'éclaircit alors la gorge.

— La médiation que j'ai mentionnée tout à l'heure pourrait peut-être…, commença-t-il.

Jack ignora la proposition de l'avocat.

— Je sais voir ce qui est important, dit-il à l'attention de Callie.

Elle claqua des doigts.

— Je ne te parle pas des crises d'hypertension de ton père.

— Depuis quand papa fait-il de l'hypertension ?

— Pas de panique, son médecin s'en occupe, répliqua-t-elle.

De toute évidence, elle avait été trop subtile dans ses messages…

— Je parle de la dépression de ta mère et de la crise que traversent tes parents.

Il resta un moment bouché bée.

— Maman ne fait pas de dépression. Ce n'est pas son genre.

Décidément, songea la jeune femme, quand il avait décidé de ne pas comprendre…

— Mes parents ne traversent aucune crise, ajouta-t-il. Je n'ai rien vu à part une légère *tension* — il insista sur le terme qu'elle avait elle-même employé dans ses messages — entre eux.

— Avoue plutôt que tu n'as pas envie de voir, par peur que la réalité ne vienne perturber ta si précieuse vie.

— N'importe quoi ! Je parlerai à papa au sujet de sa tension, mais sinon…

— Il ne s'agit pas d'une visite médicale à domicile, dit-elle au bord de l'exaspération. Il s'agit de ta famille. Ouvre les yeux, Jack.

Celui-ci préféra lui tourner brusquement le dos, rejetant en bloc tout ce qu'elle avait dit.

— Tu as changé, accusa-t-elle. Avant, tu étais gentil et si attentionné.

— Et toi, tu savais te taire, rétorqua-t-il.

Soudain, Callie se sentit à bout de forces. Elle se laissa retomber dans le canapé, la respiration courte.

— Concernant les motifs du divorce, intervint alors Sam, je suggère « différends inconciliables ».

A la manière dont Jack sortit de la maison des Magill, Callie s'attendait plus ou moins à ce qu'il saute dans la Jaguar et démarre en trombe en la laissant sur le trottoir.

Avec ses grandes jambes, il aurait pu la devancer sans problème mais, quand il posa un pied sur la première marche du porche, il s'arrêta. L'éclairage faisait ressortir les angles saillants de son visage et illuminait un sourire narquois et satisfait. Que se passait-il encore ?

Il descendit les marches. Une fois en bas, Callie le rejoignit. Elle eut alors l'impression qu'il sautillait presque et elle crut même l'entendre siffloter.

Profondément suspicieuse, et encore plus quand il lui tint la portière ouverte et s'inclina légèrement, elle se glissa du côté passager.

Après environ deux kilomètres de route dans le silence le plus complet — elle avait dit tout ce qu'elle pouvait dire sans perdre son calme et Jack était préoccupé — uniquement interrompu par les gargouillis de l'estomac de Callie, il gara la Jaguar sur le parking d'un restaurant Happy Burgers.

Il remonta ensuite sa vitre et proposa :

— Tu as faim, allons manger.

Typique. Une fois encore, il venait de décider ce qui n'allait pas bien chez elle et ce qu'elle devait faire pour y remédier.

— Est-ce que tu n'as pas appris à la fac de médecine que ce genre de nourriture n'est pas bon pour la santé ?

A ce moment, son estomac gargouilla une nouvelle fois et elle posa sa main dessus comme pour le faire taire.

— Je n'ai aucune envie d'entendre ton estomac gémir pendant tout le trajet de retour, dit-il avant de sortir de la Jaguar.

— J'espère que tu sais soigner les indigestions et les excès de cholestérol, répondit-elle en courant derrière lui.

Une fois à l'intérieur, Jack commanda une grande portion de frites plus deux hamburgers géants pour lui, ainsi qu'un soda. Callie avait prévu de commander une salade, mais elle finit par céder à l'appel du cheeseburger et des frites. Pour le dessert, elle ne résista pas à la tentation d'une glace au caramel, avec sa délicieuse sauce collante au léger goût de plastique !

— Ce repas va probablement me tuer, marmonna-t-elle en s'asseyant.

— J'espère bien, répondit joyeusement Jack.

Il posa ensuite le plateau sur la table de plastique, qui n'avait pas été nettoyée depuis le passage du précédent client.

Callie refusa de mettre sa nourriture directement sur la table, mais Jack y posa son hamburger sans se soucier des bactéries. Il n'avait jamais paru aussi heureux depuis son arrivée à Parkvale, ce qui n'avait aucun sens.

— Ce rendez-vous a été une véritable catastrophe, dit-elle avant d'aspirer le sel d'une frite. Sam doit penser que nous sommes des fous.

Jack avala une énorme bouchée de hamburger avant de répondre :

— Il a certainement pensé que *tu* étais folle, ça ne fait aucun doute. En revanche, je pense qu'il a reconnu un professionnel sérieux en moi.

— A la manière dont tu as menacé de me tuer ?

Il sourit : elle semblait sérieusement inquiète.

— Je n'ai toujours pas renoncé à demander le divorce au prétexte que tu es impuissant, ajouta-t-elle.

— Fais ce que tu as à faire, se contenta-t-il de répondre.

Callie eut alors la désagréable sensation que ses chances de le convaincre d'aider Brenda et Dan étaient en train de fondre comme neige au soleil. Elle essaya une nouvelle tactique :

— Jack, je suis désolée si j'ai exagéré…

— « Menti » serait plus approprié.

— Au sujet du temps que tu dois passer ici.

Il haussa les épaules :

— Peu importe.

— C'est juste que je m'inquiète pour tes parents, alors j'ai…

Comprenant la réponse qu'il venait de lui faire, elle s'arrêta, son hamburger à mi-chemin de sa bouche, et demanda :

— Comment cela, peu importe ?

Il s'adossa contre la banquette et croisa ses bras sur son torse.

— As-tu oublié ce que j'ai appris au cours de notre rendez-vous chez Sam ?

Avait-elle manqué quelque chose ? Elle fouilla en vain dans sa mémoire.

— Qu'il n'y a pas de honte à être impuissant ?

Jack pinça sa bouche puis posa ses deux mains sur la table et se pencha vers Callie :

— Que je ne suis pas obligé de rester ici pour que nous divorcions. Alors, je repars en Angleterre.

— Tu ne peux pas !

— Je ne peux pas ? Essaie donc de m'en empêcher ! répliqua-t-il avant de mettre plusieurs frites dans sa bouche.

Callie eut soudain l'impression qu'un poids venait de tomber sur son estomac.

— Mais tes parents…

— Ils comprendront que je dois retourner m'occuper de mes patients. Je m'assurerai que le médecin de papa surveille sa tension, et je demanderai même à maman si elle a besoin d'une aide quelconque, dit-il avec une générosité exagérée. Selon moi, je peux repartir mercredi, ou jeudi au plus tard.

Non, il ne pouvait pas faire une chose pareille, si ce n'est que son aplomb indiquait qu'il le pouvait et qu'il ne s'en priverait pas. Callie tenta alors désespérément de trouver un argument, n'importe lequel, pour l'inciter à rester.

— Tout à l'heure, quand tu faisais semblant d'être un homme responsable et digne de confiance, tu as dit vouloir t'assurer que tout allait bien pour moi, pour respecter la promesse faite à ma mère. Tu ne l'as pas fait.

Il but une gorgée de soda.

— Tu as ta boutique, tu es propriétaire de ta maison,

mes parents te mangent dans la main, et tu es prête à mentir et à manipuler les autres pour obtenir ce que tu veux. A mon avis, tu es parfaitement capable de te débrouiller toute seule.

La gorge subitement sèche, Callie déglutit difficilement.

— Callie, reprit-il, mes patients ont besoin de moi. J'ai reçu un appel de l'un de mes collègues ce matin même. Il voulait savoir si j'étais disponible pour une craniectomie difficile.

— Personne n'est indispensable. Ils t'ont bien remplacé, pour l'instant.

— Je te rappelle que je suis le meilleur.

— Tu essaies de me faire croire que tu te préoccupes plus de tes patients que de tes parents ?

— J'aime mes parents, assura-t-il. Et ils sont mes parents. Je te demande juste de me faire confiance, et de croire que je fais les bons choix.

— Comme il y a huit ans ? souligna-t-elle.

Elle venait de marquer un nouveau point et Jack ne put s'empêcher d'éprouver une certaine culpabilité. Il comprenait aujourd'hui que la mère de Callie et lui n'avaient pas réellement laissé le choix à la jeune fille qu'elle était alors. Il s'était dit qu'elle aurait aussi pu échapper à la demande de garde de ses grands-parents en demandant son émancipation, mais les démarches auraient pris plus de temps et auraient constitué ouvertement un défi vis-à-vis de ses grands-parents. Cette solution aurait été plus risquée aux yeux de sa mère, et aux yeux de Jack.

— Notre mariage a atteint son but alors oui, c'était la bonne décision, répondit-il.

Le fait d'énoncer ce constat à voix haute, de manière aussi irrévocable, le faisait sonner juste.

Toute trace de culpabilité s'évanouit, et il avait une incroyable opportunité professionnelle qui l'attendait. Non, hors de question qu'il se laisse distraire par quoi que ce soit : ni réflexions a posteriori, ni Parkvale, et surtout pas Callie.

— Même si le mariage était la meilleure solution à l'époque, dit-elle, ce n'est plus le cas. Je ne suis pas la fille de Brenda. Lucy n'est plus là, et voilà que tu veux repartir, toi aussi.

Il froissa l'emballage de son hamburger dans son poing.

— Mes parents sont des adultes capables de régler seuls leurs problèmes, si jamais ils en ont, ce qui ne me paraît pas être le cas.

Callie exhala un soupir exaspéré, que Jack fit mine de ne pas remarquer.

— Si Sam n'a pas eu le temps de préparer les papiers concernant notre renoncement au partage des biens matrimoniaux au moment de mon départ, il n'aura qu'à me les envoyer en Angleterre et je les signerai. Bien entendu, il est inutile que je sois là pour la signature de la demande de divorce, ajouta-t-il.

Callie repoussa sa glace — un geste que Jack considéra comme un gaspillage de nourriture et il s'empressa de la prendre pour la terminer. Elle avait une petite goutte de glace à la vanille sur son menton. Il tendit alors le bras et l'essuya du bout de l'index. Même son menton avait l'air têtu.

Elle tourna brusquement la tête.

— Laisse-moi tranquille.

— Tu as de la glace sur le menton, dit-il en lui montrant le bout de son doigt.

— Je refuse.

— Je te demande pardon ?

Elle redressa les épaules.

— Je refuse de signer la demande de divorce.

Pendant une seconde, il resta figé sur place avant de se détendre.

— Pas de problème, je la signerai. Du moment que l'un de nous a résidé ici, peu importe qui dépose la demande. Nous réunissons toutes les conditions requises — à l'exception de l'impuissance, ajouta-t-il en plissant les yeux.

— Je refuserai le divorce.

— Tu ne peux contester le motif de différends irréconciliables, répondit Jack d'une voix légèrement incertaine.

— Si, je le peux, et je peux encore bien d'autres choses. Mon amie Karen, celle dont la sœur a épousé ton ami Adam, est avocate. Quand le mari de Karen a voulu divorcer pour les mêmes motifs, elle a demandé au juge de leur ordonner de suivre une psychothérapie de couple pendant un mois.

Ce fut au tour de Callie de s'asseoir tranquillement en croisant les bras sur sa poitrine. Jack balaya les menaces d'un revers de la main.

— Hors de question que je fasse une psychothérapie.

— Je veux que tu restes un mois comme prévu, insista Callie, de manière à ce que tu te rendes compte de l'état de ta mère et que tu l'aides. Je dépose une demande de psychothérapie dès demain.

— Vas-y. De toutes les manières, je serai parti jeudi.

Le sourire confiant qu'elle afficha était faux. Elle tentait en fait un coup de bluff.

— Je doute que le juge apprécie beaucoup que tu prennes la fuite juste après avoir reçu l'ordre de suivre une psychothérapie. Ton divorce pourrait bien être refusé, ou alors il serait à tes torts exclusifs et non à l'amiable.

Jack réfléchit un moment. S'il ne rentrait pas en Angleterre avec son certificat de divorce dans la poche, ses supérieurs pourraient bien décider de ne plus l'envoyer en voyage d'études à Paris, comme il l'avait demandé.

— Tout ça est complètement stupide, gronda-t-il.

— Reste ici un mois, et je signerai les papiers du divorce avec toi.

Jack tambourina nerveusement des doigts sur la table tout en réfléchissant aux options qui se présentaient à lui. Il pourrait déposer une demande de divorce en Angleterre, mais il n'avait aucune idée des démarches qu'il aurait à faire, et il avait appris au fil des ans que les Anglais n'étaient pas aussi rapides que les Américains.

— Bien, dit-il enfin, en se rendant compte que la situation n'était pas aussi bonne que cela. Je resterai tout le mois comme prévu, à condition que tu me signes ces maudits papiers cette semaine.

— Qui me dit que tu ne vas pas trouver un moyen de ne pas tenir parole ?

— Alors, maintenant, tu me traites de menteur ? En plus de prétentieux et d'égoïste ? s'exclama-t-il, répétant les qualificatifs qu'elle avait employés chez l'avocat.

Une expression de culpabilité, ou alors de gêne, passa sur le visage de la jeune femme, puis elle dit :

— Comment un homme peut-il être si pathétique tout en faisant croire à ses parents qu'il est un saint ?

Il la fusilla du regard.

— Et puis qui sait ? reprit-elle en se levant et en prenant son plateau. Une thérapie de couple pourrait nous faire du bien.

— Nous ne sommes pas un couple, railla-t-il en perdant son calme.

A la table voisine, une jeune maman lui lança un regard noir.

Callie se mit alors à renifler et réussit à paraître au bord des larmes.

— Chéri, tu sais bien que tu me fais de la peine quand tu dis cela.

C'est alors que la jeune femme glissa à Callie :

— Divorcez de ce goujat, c'est ce que vous avez de mieux à faire.

— Tu vois, triompha Jack.

Callie hocha la tête. Jack serra les poings, mais elle ne s'inquiéta pas. Elle savait bien qu'il n'était pas violent… ce qui était une bonne chose parce qu'à en juger par son expression, il semblait prêt à lui sauter à la gorge pour l'étrangler.

— Je signerai les papiers à la fin du mois, dit Callie.

— Ou je pourrais aussi bien te tuer dès ce soir et m'épargner bien du tracas, répondit-il en la fixant du regard.

— Qui s'occuperait alors de tes parents ? rétorqua-t-elle avec un sourire. Par ailleurs, l'impuissance ne constitue pas une circonstance atténuante en cas de meurtre.

Elle prit soin de prononcer le mot « impuissance » suffisamment fort pour que la jeune femme assise à la table voisine l'entende, ce qui mit Jack en furie.

— Tu serais condamné à la prison à vie, et que deviendraient alors tes patients ?

— En quoi est-ce que cela te concerne ?

— En rien. Mais tes patients retrouveront facilement un autre médecin, alors que Brenda et Dan ne retrouveront jamais un autre fils.

Il resta assis là, et sembla réfléchir un moment avant de lancer finalement sa cuiller de plastique sur la table.

— C'est bon, je reste. Inutile que tu déposes une demande pour une psychothérapie de couple.

Elle hocha la tête.

— Toutes les armes sont bonnes pour t'obliger à rester ici. Tu pourrais bien prétexter une urgence médicale en Angleterre et brandir la menace de la mort potentielle d'un enfant si je ne te laisse pas partir.

— Comme si cela dépendait de toi, fit-il remarquer amèrement.

— Je déposerai la demande demain.

— Ce n'est pas parce que tu n'es pas digne de confiance que…

Elle leva une main pour le faire taire.

— Je suggère que nous ne nous lancions pas immédiatement dans un débat sur la confiance, dit-elle. Gardons ce que nous avons à dire pour le psychologue.

A l'heure du déjeuner, le mardi suivant, Callie avait usé de toutes les armes que la justice mettait à sa disposition pour s'assurer que Jack ne serait pas tenté de quitter Parkvale avant la fin du mois.

Elle avait tiré son amie Karen Greene du lit en lui apportant un café et lui avait avoué la vérité au sujet de son mariage secret. Une fois oubliée la déception que son amie Callie ne lui ait pas confié qu'elle était mariée à l'un des plus brillants citoyens de Parkvale, Karen lui fut d'une très grande aide.

Karen était spécialisée en droit pénal plutôt qu'en droit de la famille, mais elle avait vécu un divorce et elle savait exactement ce qu'il convenait de faire ou de ne pas faire. A 10 heures, elle avait rempli une demande urgente pour que le juge ordonne à Jack et Callie de suivre une thérapie de couple pendant un mois. Quand le juge exprima sa surprise que la demande soit déposée avant la demande de divorce, Karen lui expliqua que Callie craignait que son mari ne s'enfuie à l'étranger. Le juge accepta de ne pas révéler le nom du couple, et il ordonna aux deux époux de rencontrer un psychothérapeute une fois par semaine pendant les quatre prochaines semaines.

— Je te donnerai le nom du psychothérapeute que je suis allée voir, proposa Karen quand elle vint retrouver Callie dans sa boutique pour lui annoncer la bonne nouvelle. La thérapie a été inutile, mais peu importe dans ton cas. A moins que tu ne penses que ce mariage ait une chance ?

— Non ! s'exclama Callie, horrifiée. Je pense avant tout à Brenda et Dan.

Karen afficha inconsciemment un petit sourire en coin pendant qu'elle regardait un bouquet de roses rouges.

— Un jour, il va falloir que tu penses à t'occuper de toi.

— Crois-moi, si jamais Brenda et Dan se séparent, je serai aussi abattue que tout le monde.

En voyant son amie froncer les sourcils, Callie comprit que sa remarque avait quelque chose d'étrange. Pourtant, elle était sincère. Elle ne pouvait laisser Brenda et Dan se séparer alors qu'ils incarnaient à ses yeux le couple idéal.

— Cela n'empêchera pas Jack de partir s'il est déterminé, reprit Karen. Il pourrait même partir trois semaines à Reno et obtenir le divorce là-bas.

— Dans ce cas, autant qu'il reste un mois ici, répondit Callie, tout en nouant un ruban autour du bouquet de tulipes et de fougères qu'elle venait de terminer.

Karen caressa une tulipe jaune du bout du doigt.

— Au fait, qui est ton avocat ? demanda-t-elle.

— Le second mari de la belle-mère de ta sœur, répondit Callie en mettant les fleurs dans un vase.

— Sam Magill ? Tu plaisantes ?

Callie hocha la tête.

— Je l'appellerai pour lui raconter ce qui se passe, dit Karen avec un sourire. Il va finir par avoir l'habitude des femmes de Parkvale et de leurs mariages bizarres.

Sortant un dossier de son fourre-tout, elle ajouta :

— J'ai deux copies de l'ordonnance du juge. Veux-tu que j'en apporte un exemplaire à ton mari ?

— Non, je te remercie. Je vais me faire un plaisir de la lui remettre moi-même.

Chapitre 5

Depuis plus de cent trente ans, les services administratifs du lycée de Parkvale se trouvaient dans le bâtiment de stuc rose de style espagnol qui donnait sur High School Road.

Tandis qu'elle attendait sous l'arche de l'entrée, Brenda se dit que tous ceux qui comptaient pour elle étaient passés par ce lycée : Dan, Frank, Nancy et leurs enfants, Jenny, Jack, Lucy, Callie…

L'idée des générations successives qui allaient et venaient — à l'école ou en ville — et assuraient une certaine pérennité ne la réconforta pas autant que d'habitude. Non, ce soir, elle n'arrivait à penser qu'aux personnes qui ne reviendraient jamais. Bien entendu, il y avait Jenny. Et Jack, car même s'il était temporairement revenu à Parkvale, elle craignait toujours qu'il ne finisse par choisir de rester définitivement en Angleterre. Mais, surtout, il y avait sa chère Lucy.

Perchée sur des hauts talons alors qu'elle n'en avait pas l'habitude, Brenda sentit ses chevilles vaciller et elle prit appui sur la rampe de fer forgé pour se reposer. L'heure de la réunion du conseil d'administration du lycée était très mal choisie — mais personne n'y était pour rien — et il n'y avait pas moyen d'y échapper.

Elle consulta la montre à cadran de nacre que Dan

lui avait offerte pour leur vingt-cinquième anniversaire de mariage. 6 h 55.

Depuis qu'elle était arrivée, les nuages s'amoncelaient dans le ciel, l'air sentait l'humidité — deux signes annonciateurs de pluie.

« Dan, dépêche-toi », songea-t-elle.

Deux membres du conseil d'administration passèrent à côté d'elle en parlant à voix basse. Ils lui lancèrent un coup d'œil. Parlaient-ils d'elle ?

« Du calme, Brenda, s'intima-t-elle. Ils ne sont pas en train de fomenter un complot contre toi. » Elle ignorait complètement d'où lui venaient parfois ces soupçons absurdes.

— Brenda ! l'appela alors Callie, en se dirigeant vers elle.

Voyant la jeune femme, Brenda se força à balayer ses inquiétudes et sourit.

— Je ne m'attendais pas à te voir ici, ma chérie. Merci, j'ai besoin de tout le soutien que l'on pourra m'apporter.

— Et Jack ? Je pensais qu'il devait venir.

— Tiens, le voilà, dit alors Brenda.

Mais il était seul…

— Bonsoir, maman, dit-il avant de l'embrasser.

— Où est ton père ? s'enquit Brenda.

— Toujours au magasin. Il y a deux bricoleurs qui sont arrivés, et ils y sont apparemment pour un bon moment.

Brenda laissa échapper un juron.

— Maman ! s'exclamant Jack, en se bouchant les oreilles.

Elle n'avait en effet jamais juré devant ses enfants et elle rougit.

Au-dessus de leurs têtes, l'horloge du lycée sonna 19 heures.

— Nous ferions mieux d'entrer, dit Brenda.

Les six membres du conseil d'administration étaient assis sur le devant de la scène, dans l'auditorium du lycée. Le président, Alvin Briggs, hocha la tête en voyant Brenda, mais il semblait loin d'être enthousiaste.

Elle se dirigea vers le premier rang et remarqua que seulement la moitié des parents avaient pris la peine de se déplacer. Dan ne serait jamais là à l'heure. Elle serra ses doigts sur le bord de son siège, le regard fixé sur la scène.

Callie attendit que le procès-verbal de la réunion précédente soit lu pour sortir de son sac la grande enveloppe blanche que Karen lui avait donnée, et elle la fit passer à Jack.

— Tiens, c'est pour toi, chuchota-t-elle.

Il lui avait paru plus sage et plus discret de la lui remettre pendant la réunion plutôt que chez Brenda où, sous le coup de la colère, il aurait pu laisser échapper des paroles malheureuses devant ses parents.

Il ouvrit l'enveloppe et sortit la feuille pliée à l'intérieur. Elle était identique à celle qui se trouvait dans le sac de Callie et contenait uniquement l'ordonnance du juge.

Jack garda le regard fixé sur le papier pendant plusieurs secondes. Ensuite, il le roula en boule et le laissa tomber sur par terre. M. Smith, le principal du lycée qui, selon l'ordre du jour, devait présenter au conseil d'administration une nouvelle campagne sur la propreté, toussa. Jack sembla sur le point de répondre par un geste peu poli, mais il se contenta de ramasser le papier et de le glisser dans la poche de son jean sans accorder le moindre regard à Callie.

Sur la scène, le conseil d'administration passa au vote du procès-verbal de la réunion précédente.

— J'ai trouvé un thérapeute, glissa Callie à Jack. Il peut nous recevoir vendredi.

— Je refuse de suivre la moindre psychothérapie pour un mariage qui n'existe pas, répliqua-t-il.

— Ce papier dit que tu y es obligé, si tu veux obtenir le divorce.

Il lui adressa un sourire moqueur.

— Que sommes-nous censés lui raconter ?

— Ce que tu voudras. Je pensais commencer par lui dire que tu oublies mon anniversaire chaque année.

Il haussa les épaules.

— Je ne connais même pas la date de ton anniversaire.

— Tiens, tu vois ! Moi, en revanche, je connais la date du tien.

— Ce n'est pas pour autant que tu me le souhaites.

Elle applaudit les résultats remarquables de l'entraîneur de basket de son équipe cette saison.

— Si tu cherches quelque chose à dire, reprit-elle, pourquoi ne pas te plaindre que je suis une manipulatrice et lui raconter tout le mal que tu penses de moi ?

Le visage de Jack se crispa.

— Jack, écoute : même si nous restons assis une heure sans rien dire…

— Une heure !

— Ce qui compte, c'est que tu respectes l'ordonnance du juge. Ensuite, tu obtiendras ce divorce sans problème.

Callie se rendit alors compte que, pendant qu'ils discutaient, la réunion avait avancé et elle fit signe à Jack de se taire, ce qui n'améliora pas son humeur.

Selon le président, l'école proposait d'adopter un programme d'apprentissage de l'autonomie en première année. Il lut le programme et le budget proposé et annonça :

— Mme Brenda Mitchell a demandé à intervenir à ce sujet.

Les personnes présentes échangèrent des regards surpris, car, l'année dernière, le conseil d'administration avait voté contre le budget suite à l'intervention de Brenda.

Celle-ci se leva et se dirigea vers la scène.

— Madame Mitchell, nous vous accordons cinq minutes maximum pour nous exposer votre point de vue. Merci de décliner vos nom et adresse et de préciser le sujet sur lequel vous souhaitez intervenir.

— Enfin, Alvin, dit Brenda en soupirant. Tous les membres du conseil d'administration me connaissent et savent la raison de ma présence ici.

— Je vous remercie par ailleurs d'éviter tout commentaire déplacé, à haute voix ou sans rapport avec le sujet, continua Alvin, en lisant les points d'étiquette relatifs aux réunions du conseil d'administration. Les personnes ne respectant les présentes consignes seront priées de quitter les lieux immédiatement.

Il posa ensuite son menton dans ses mains, comme s'il attendait que Brenda parle pendant les cinq minutes qui lui étaient accordées alors qu'il n'en avait pas du tout envie.

Jack adressa à Callie un regard qui voulait dire : « Ce type est un crétin », et, pour une fois, elle était d'accord avec lui.

Brenda déclina son identité et son adresse.

— Je souhaiterais m'exprimer au sujet des cours d'apprentissage de l'autonomie. Comme vous le savez tous, ma fille Lucy s'est noyée il y a huit ans au cours d'un pique-nique organisé par le lycée.

Des murmures de sympathie s'élevèrent dans le public et parmi les membres du conseil d'administration.

— La mort de Lucy était un accident, et Dan et moi ne l'avons jamais reprochée à qui que ce soit, reprit Brenda d'une voix tremblante. Le point positif qui est ressorti de cet accident — le seul point positif — c'est que l'école s'est engagée à apprendre aux collégiens les gestes de premier secours.

L'idée venait de Brenda. Elle avait pris conseil auprès de spécialistes pour mettre en place un programme qui soit adapté aux enfants et avait préparé une formation de cinq jours mêlant cours théoriques et pratiques, avec l'aide du personnel des urgences de l'hôpital.

— Les cours de secourisme ont lieu chaque année depuis huit ans, rappela le principal.

Callie n'aurait su dire de quel côté il était ni ce qu'il entendait par sa remarque.

Brenda hocha la tête.

— La dernière fois que le conseil d'administration

a mentionné les cours d'apprentissage de l'autonomie, ils venaient remplacer les cours de secourisme. Est-ce toujours le cas ? demanda Brenda.

— Notre programme scolaire est suffisamment chargé et nous manquons de temps pour proposer deux formations spécialisées, confirma le principal. Par ailleurs, l'adoption des cours d'apprentissage de l'autonomie n'empêcherait pas les élèves d'apprendre le secourisme.

— Comme ils le faisaient avant, dit Brenda avec un air de défi. C'est-à-dire que, quand ce courageux jeune homme a sauté dans l'eau pour secourir Lucy et la sortir de l'eau, personne n'avait la moindre idée de ce qu'il fallait faire ensuite.

Le principal allait prendre la parole, mais Brenda ne lui en laissa pas le temps.

— Cela n'a pas suffi à la sauver, insista-t-elle.

Callie glissa un coup d'œil en direction de Jack. Il était assis, bras croisés, et il regardait fixement sa mère. Comme la voix de celle-ci devenait de plus en plus forte, il fronça les sourcils et se tourna vers Callie, qui lut une question dans ses yeux : est-elle dans son état normal ?

Callie hocha la tête. Elle se rendit compte que des gouttes de pluie commençaient à s'écraser sur les vitres. Le mauvais temps avait fini par arriver.

C'est alors qu'un membre du conseil d'administration prit la parole.

— Brenda, l'ensemble de la communauté vous remercie pour votre engagement envers cette cause, mais de nombreux parents nous ont demandé des cours d'apprentissage de l'autonomie.

— Rien ne prouve que le programme de secourisme ait permis de sauver des vies, ajouta Alvin.

— Les gestes que les enfants apprennent pendant ces cours leur serviront toute leur vie, rétorqua Brenda. Ils ne sauveront peut-être pas de vie tant qu'ils seront au lycée, mais, un jour, ils aideront quelqu'un. L'enfant, la mère, le frère ou la sœur de quelqu'un.

— Abandonner les cours de secourisme ne signifie pas que votre fille Lucy sera oubliée, lui assura le principal sur un ton compatissant. Elle reste dans la mémoire de l'école grâce à…

— Au banc que mon mari a fabriqué pour la cour carrée, termina Brenda d'une voix amère. Je sais.

Alors que Callie commençait à croire que la bataille était perdue, Jack se leva.

— Pardonnez-moi, maman et monsieur… Alvin.

Callie entendit l'un des membres du conseil d'administration murmurer : « C'est le frère. »

— En tant que médecin, j'aimerais faire quelques remarques concernant les résultats d'une réanimation rapide par rapport aux chances de survie.

Alvin consulta sa montre.

— A condition que vous ne dépassiez pas les cinq minutes accordées à votre mère.

Jack tourna alors un regard interrogateur vers Brenda, qui acquiesça d'un signe de tête.

— Les études montrent toutes que, quand une réanimation efficace est réalisée dans les plus brefs délais, les patients présentant des traumatismes identiques ont plus de chances de survivre que les patients ayant reçu des soins inadaptés ou plus tardifs.

Il parlait sur un ton impersonnel, se contentant d'énoncer des faits, mais Callie ressentit une profonde émotion de le voir prendre la défense de sa mère.

Quand il eut terminé, le président le remercia pour son intervention et dit :

— Les principaux arguments pour et contre les cours d'apprentissage de l'autonomie n'ont pas changé depuis que nous en avons débattu il y a six mois. Je suggère que le conseil d'administration passe au vote.

La dernière fois, Brenda avait remporté une victoire haut la main, mais ce soir… Les membres du conseil d'administration semblaient souhaiter un changement. Tous levèrent la main en faveur de l'adoption des cours d'apprentissage d'autonomie. Alvin n'eut même pas besoin de voter.

— Brenda, je suis désolé, dit-il.

Celle-ci posa ses mains sur ses hanches, dans une posture agressive qui contrastait avec sa silhouette maternelle.

— Faux, vous n'êtes pas désolé, Alvin. Cela fait des mois que vous essayez à tout prix de caser vos cours d'apprentissage de l'autonomie. Si vous croyez que je ne suis pas au courant de vos manœuvres pour faire pression sur les autres membres du comité en privé.

Le président en resta bouche bée.

— Vous vous fichez complètement de la sécurité de nos enfants…, continua Brenda.

Callie avait le regard fixé sur Brenda : où était passée la citoyenne modèle que tous connaissaient ?

— Vous pouvez prendre votre maudite décision…, continua Brenda, et la vous la mettre quelque part.

Alvin brandit alors la liste des points d'étiquette.

— Votre remarque était déplacée, à haute voix et sans rapport avec la discussion. Je vous demande donc de quitter cette salle immédiatement.

— Si vous croyez m'impressionner, vous vous trompez, rétorqua Brenda. Venez donc me chercher !

Callie ne put réprimer un petit cri.

Jack se leva d'un bond, mais il réussit malgré tout à garder un air dégagé. Il se dirigea jusque vers la scène.

— Maman, il est temps d'y aller, dit alors Jack sur un ton qui se voulait apaisant.

Avant que Brenda n'ait pu s'en prendre à un autre membre du conseil d'administration, Jack passa un bras autour de ses épaules et la fit descendre.

Pendant ce temps, Callie avait rejoint sa voiture. Elle actionna les essuie-glaces pour nettoyer le pare-brise et appela Dan au magasin. Ensuite, elle suivit Jack et Brenda. La voiture de Brenda pouvait passer la nuit sur le parking du lycée.

Dan arriva à la maison après eux et il secoua la pluie de ses cheveux blancs en franchissant le seuil.

— Pourquoi n'es-tu pas venu à la réunion ? demanda Brenda qui, loin d'être calmée, faisait les cent pas dans le salon.

— J'avais des clients, répondit Dan en lui prenant les mains. Chérie, tout va bien ?

Brenda se dégagea d'un mouvement sec.

— Non, ça ne va pas du tout, et tu ne me poserais pas la question si tu étais venu. Le conseil d'administration a voté contre la reconduction des cours de secourisme et tu n'as rien fait pour les en empêcher.

Dan retira son imperméable et l'accrocha au portemanteau de l'entrée.

— Chérie, nous savions que cela pourrait arriver. Nous en avons déjà parlé, dit-il en emmenant son épouse vers le salon.

Jack et Callie les suivirent.

— Il ne s'agit pas d'une conversation au cours de laquelle je te dis ce que je pense et toi tu acquiesces, insista Brenda.

— Ce n'est pas non plus une conversation au cours de laquelle tu répètes la même chose une douzaine de fois, répondit Dan.

— Papa, maman, intervint alors Jack, qui essaya de s'interposer.

Ses parents s'étaient déjà disputés au cours de leurs nombreuses années de mariage, mais jamais de manière aussi ouverte et Callie pouvait voir qu'il était sous le choc.

« Je te l'avais bien dit », songea-t-elle.

Brenda et Dan ignorèrent l'intervention de leur fils et la dispute se transforma en un échange de reproches. Jack lança alors à Callie un regard perdu, qui semblait lui demander : « Et, maintenant, que faisons-nous ? » Elle se sentit un peu triste pour lui, mais seulement un peu. L'heure était venue pour l'éminent Dr Jack Mitchell, superstar de la neurochirurgie, de tenir pleinement son rôle de Jack Mitchell, fils de Dan et Brenda. Elle adressa alors un petit signe de la main et dit :

— Bonsoir tout le monde. Je rentre chez moi.

Brenda et Dan ne l'entendirent même pas, mais la lueur

d'inquiétude dans le regard de Jack quand elle partit lui procura une très grande satisfaction.

Le lendemain matin, Callie s'arrêta chez les Mitchell avant d'ouvrir Fleurs et Couleurs. Non seulement elle voulait s'assurer que Brenda allait bien, mais elle était aussi curieuse de voir comment Jack s'en était sorti.

Le véhicule de Dan n'était plus dans l'allée, alors que la Jaguar y était toujours. Callie entra par la cuisine et trouva Jack en train de téléphoner. Quand elle lui adressa un signe pour lui dire bonjour, il couvrit le combiné et dit :

— Maman est partie avec papa pour récupérer sa voiture.

— D'accord, dit-elle en prenant une mug à un crochet, au-dessus du plan de travail. Je t'en prie, continue pendant que je me sers un café.

Il fronça les sourcils, certainement parce qu'il la trouvait plutôt arrogante de lui accorder la permission de faire quelque chose, et il lui tourna le dos pour regarder par la fenêtre pendant qu'il reprenait sa conversation. A en croire par les termes de jargon qui émaillaient la conversation, il devait s'entretenir avec un confrère.

Y avait-il la moindre chance que Jack ait annoncé à son supérieur qu'il démissionnait pour s'occuper de sa famille ? Non, c'était hautement improbable.

Même s'il avait eu l'occasion de constater la veille au soir que sa mère avait besoin de lui, il était incapable de comprendre que, lui aussi, il avait besoin de sa famille. Dans la mesure où il était essentiellement égoïste, il y avait peu de chances qu'il change quoi que ce soit à sa vie, à moins qu'il n'y trouve son compte.

Elle se demanda si Jack avait besoin de quelque chose… Il avait tout — une famille aimante, un emploi prestigieux, beaucoup d'argent et… un physique de rêve !

Callie poussa un petit cri en prenant conscience de ce qu'elle venait de penser. L'idée s'était insidieusement imposée à elle, suscitée par la silhouette de Jack à contre-jour face à la fenêtre de la cuisine, son jean ajusté mettant en valeur ses fesses et ses longues jambes.

Il l'avait entendue crier et tourna un regard inquiet vers elle, laissant ses yeux se promener sur le cardigan jaune à manches courtes et la robe d'été blanche à bretelles de la jeune femme avant descendre le long de ses jambes fuselées. Callie se dit qu'observer les gens devait être comme un réflexe chez lui. Du reste, il semblait toujours absorbé par sa conversation. Elle se surprit toutefois à passer une main dans ses cheveux pour leur donner un peu de volume. Apparemment, elle aussi agissait par réflexe.

Elle se reprit et s'employa à remplir sa mug de café.

— Je ne sais pas, Jeremy, dit Jack en griffonnant quelque chose sur un bloc-notes. Dans le cas d'un angiome caverneux, on ne peut jamais vraiment savoir si l'opération a permis de tout enlever. J'hésiterais beaucoup à préconiser une radiochirurgie stéréotaxique sans plus d'informations.

Il parla ce langage mystérieux pendant encore une minute ou deux, avant de revenir à des propos compréhensibles et demander :

— Des nouvelles de Paris ?

Paris ? pensa Callie. Quel Paris ? Paris en France ? Paris au Texas ? Paris Hilton, la jet-setteuse ?

En réponse à ce qu'il entendait, Jack laissa échapper quelques sons évasifs puis il demanda d'une voix radoucie :

— Comment va Hannah ?

Il écouta attentivement la réponse.

Qui était cette Hannah ? Sa petite amie ? Ou alors une femme à qui il s'intéressait, mais il attendait que le divorce soit prononcé avant de se rapprocher d'elle ? Il projetait peut-être de l'emmener à Paris ?

— Dis-lui que je pense à elle, dit-il.

Quand Jack raccrocha, Callie demanda :

— Hannah, c'est ton chat ?

— Je n'ai pas de chat, répondit-il en fronçant les sourcils.

— Evidemment. Il n'y a que les personnes qui souhaitent partager leur vie qui ont un chat. C'est ta petite amie ?

— Une petite amie ne correspondrait pas aux mêmes critères qu'un chat ? demanda-t-il en arquant un sourcil.

— J'imagine que tu pourrais ignorer une petite amie, mais les chats ont tendance à harceler leur maître tant qu'ils n'ont pas obtenu ce qu'ils veulent.

— Tu t'y connais en harcèlement ? demanda-t-il avec un petit sourire.

— Un peu, reconnut-elle en souriant.

Jack soutint son regard, et elle pouvait sentir une sorte de courant qui l'attirait vers lui comme vers un aimant.

Callie fut la première à tourner les yeux. Elle sortit sa mug de café du four à micro-ondes. Brenda aimait son café léger, Dan préférait le café soluble, et boire du café dans cette maison exigeait habituellement de vider la mug d'un seul trait.

Pourtant, cette fois, un arôme riche et délicat vint chatouiller les narines de Callie et le liquide n'était pas transparent. De toute évidence, Jack savait choisir le café. Elle le goûta.

— Hmm.

— Hé, c'était mon café, protesta-t-il.

Elle se contenta de lever sa mug en guise de salut.

— Que fais-tu encore ici ? Je te l'ai dit, papa et maman sont sortis.

Elle remarqua qu'il évita de répondre à sa question sur sa petite amie.

— Je voulais savoir comment les choses s'étaient passées hier soir, et si tu avais besoin d'un soutien moral.

— C'est maintenant que tu le proposes ! Sache que j'ai géré la situation du mieux que j'ai pu, et que le petit accrochage d'hier soir entre papa et maman n'est plus qu'un mauvais souvenir.

Petit accrochage ?

Posant sa mug sur le plan de travail, Callie dit :

— Tu as entendu comme moi ta mère dire au président du conseil d'administration ce qu'il pouvait faire de sa décision. Sans parler de son vocabulaire de charretier.

Jack prit la mug et avala une gorgée.

— D'accord, elle s'est laissé emportée, reconnut-il.

Callie croisa ses bras et le fixa du regard.

— Ne t'inquiète pas, nous ne la laisserons pas recommencer, assura-t-il.

— *Nous* ne la laisserons pas recommencer? répéta Callie.

Elle haussa les épaules quand Jack mit du sucre dans son café.

— Dans la mesure où je fais partie de sa famille, et que toi, tu adores te mêler des affaires des autres, répondit-il, je crois que oui, je peux parler de « nous ». J'ai dit à maman qu'elle devait accepter la suppression des cours de secourisme.

— C'est un programme formidable.

— C'était, insista-t-il. Je n'imagine pas le conseil d'administration revenir sur sa décision.

— En effet, dit-elle avant de grimacer en avalant une gorgée de café sucré.

— Et si maman continue de défier l'école à ce sujet, cela ne pourra qu'aggraver la tension qui règne dans cette maison.

— La tension qui, selon toi, n'existait pas? ne put s'empêcher de lui faire remarquer Callie.

— Celle-là même.

A la plus grande surprise de la jeune femme, il ne rechigna pas à reconnaître qu'elle avait eu raison et lui tort.

— Je peux comprendre qu'elle soit contrariée, dit-elle, mais je m'inquiète de ses réactions extrêmes.

— C'est pourquoi j'envisage d'y mettre un terme.

Elle tenta de boire du café, mais il était beaucoup trop sucré à son goût et elle lui tendit la mug.

— Je m'étonne que tu prennes cette histoire au sérieux. Même si tu te comportes de manière un peu autoritaire.

— Merci. Je me trompe, ou tu viens de me faire un compliment ?

Elle ignora sa remarque.

— Malgré tout, je pense que tu es exagérément confiant.

— Exagérément confiant, et autoritaire ?

Elle lui donna une petite tape.

— Que feras-tu si tu n'arrives pas à y mettre un terme avant de repartir en Angleterre ?

— J'y arriverai, ne t'inquiète pas.

— Mais si tu n'y arrives pas ?

Il laissa échapper un soupir exaspéré qui indiqua à Callie que rien ne pourrait l'empêcher de repartir en Angleterre.

— J'ai parlé à maman, et elle m'a écouté attentivement. Je sais qu'elle a confiance en toi, et il faudrait que tu lui fasses aussi passer le message. Dis-lui qu'elle doit renoncer aux cours de secourisme.

— Ils représentent tellement pour elle. Je me demandais si nous ne pouvions pas essayer de convaincre l'école de…

— Non, la coupa-t-il. On arrête là, d'accord ? dit-il sur un ton qui ne souffrait aucune contradiction.

Malheureusement, elle savait qu'il avait raison.

— J'ai l'impression de ne pas avoir trop le choix, répondit-elle.

— Ce qui veut dire oui, j'imagine, se félicita alors Jack en posant sa main sur celle de Callie. Faisons équipe, si tu le veux bien. Promets-moi que nous allons coopérer, pour le bien de maman. Que nous allons mettre nos différends de côté et que nous allons traverser les prochaines semaines sans empirer la situation.

Callie sentit une chaleur intense à l'endroit où il l'avait touchée et elle regarda sa main comme si elle pouvait voir une brûlure.

Brenda avait besoin de l'amour et du soutien de Jack, et celui-ci faisait des progrès. Callie devait l'encourager à prendre une plus grande part dans la vie de sa famille et non s'y opposer. Elle répondit alors :

— Je parlerai avec elle.

Jack sourit. D'un large sourire qui éclaira son visage.

— Merci. Tu as pris la bonne décision. *Nous* avons pris la bonne décision. Nous allons rapidement ramener la paix dans cette maison.

Cette fois, sa main couvrit entièrement celle de Callie.

Des papillons commencèrent à voleter dans l'estomac de la jeune fille. Soit, ils feraient équipe pour rétablir la paix.

— Au fait, dit-elle alors, je te rappelle que nous avons notre premier rendez-vous chez le psychothérapeute, ce soir.

Chapitre 6

Le psychothérapeute travaillait à son domicile à Gleason, à une quinzaine de kilomètres de Parkvale. Jack raconta à sa mère qu'il avait demandé à Callie de lui montrer les environs et ils partirent dans la voiture de celle-ci juste après le dîner.

Jack profita du trajet pour observer Callie. La jeune femme avait de toute évidence fait un effort de toilette, et elle portait l'une de ses jupes courtes — cette fois une jupe blanche avec des motifs de feuilles vertes — un haut vert près du corps et des mules ornées de brillants verts et jaunes sur les lanières. Elle ressemblait au printemps.

Et elle sentait bon comme le printemps.

— Les papiers du divorce sont arrivés aujourd'hui, dit-il. Je les ai pris avec moi. Tu pourras les signer ce soir.

Elle lui adressa un petit sourire ironique et hocha la tête. Jack essaya d'éprouver de la colère, mais il n'y parvint pas. Sans doute parce que, dans la mesure où ils avaient décidé d'unir leurs forces pour aider Brenda, Callie était en théorie de son côté.

Ils arrivèrent à Gleason et trouvèrent facilement l'adresse : une maison neuve, sans personnalité et en forme de boîte, avec une sorte de cube à l'avant. Jack supposa qu'il devait s'agir du cabinet du psychothérapeute — ou de la salle de torture, selon le point de vue depuis lequel on se plaçait.

— Ravi de vous voir, dit Marvin Japes. C'est cool que vous soyez venus.

A en juger par son allure, Marvin avait dû faire ses débuts dans les années soixante-dix, en pleine période hippie.

Où est-ce que Callie l'avait trouvé ? se demanda Jack.

Les sièges de Skaï beige étaient collants et couinaient au moindre mouvement, mais Jack n'avait aucune intention de se sentir à son aise. Les premières questions de Marvin portèrent sur des points essentiels : depuis combien de temps étaient-ils mariés ? Depuis combien de temps vivaient-ils séparés ? Comme la réponse aux deux questions était la même, cette première partie de l'entretien fut plutôt facile.

Marvin se gratta alors le menton d'un air pensif.

— D'après ce que j'ai compris, vous êtes ici suite à une ordonnance du juge, n'est-ce pas ?

Jack hocha la tête et gratifia Callie d'un regard mauvais, mais discret.

Ils étaient convenus de ne raconter au psychothérapeute que le strict minimum. Callie avait aussi proposé de préparer certains points de discussion. Après tout, pourquoi pas, s'était dit Jack. Si ça pouvait l'amuser… Pour sa part, il envisageait de parler le moins possible.

— Vous pourriez peut-être m'indiquer d'éventuels points particuliers dont vous souhaiteriez discuter, proposa alors Marvin.

Si jamais Callie parlait d'impuissance…

— J'aimerais parler de la petite amie de mon mari, commença Callie.

L'étranglement serait une mort trop douce pour elle, songea Jack.

Marvin haussa les sourcils et prit quelques notes.

— O.K., c'est cool. Et vous, Jack ?

— Rien.

Apparemment, Marvin ne trouva pas sa réponse « cool » car il grimaça.

— Dans ce cas, commençons par la petite amie. De qui s'agit-il, Jack ?

— Je n'ai pas de petite amie, protesta-t-il sur un ton ferme.

— Peut-être pas en ce moment, mais il en a eu une, précisa Callie.

Comment était-elle au courant au sujet de Diana ? Est-ce que Brenda lui en avait parlé, ou bien est-ce qu'elle bluffait ?

— Jack, cette liaison est-elle terminée ? s'enquit Marvin.

Jack se contenta de hocher la tête, puis il se dit qu'après tout, le temps passerait plus vite s'il rentrait dans le petit de jeu de Callie.

— Diana m'a laissé tomber quand elle a appris que j'étais marié.

Marvin sembla tout ragaillardi et il s'exclama avec enthousiasme :

— Cool ! Toutefois, je dois vous dire que l'infidélité est préjudiciable au mariage.

— Nous sommes en procédure de divorce, lui rappela Jack.

— En effet, répondit Marvin en consultant ses notes. Donc, vous avez dit à Diana que vous étiez marié et elle a rompu. Qu'avez-vous ressenti ?

— Du soulagement. Elle insistait pour que je vienne emménager chez elle et voulait savoir quand nous allions nous marier, etc. Elle voulait tout planifier dans les moindres détails.

— Tu as dû subir beaucoup de pression, intervint alors Callie avec un air faussement compatissant. On dirait qu'elle était complètement insensée.

Jack se dit alors que si une femme pouvait être qualifiée d'insensée, ce n'était certainement pas Diana…

— Je lui ai expliqué que je ne pouvais pas envisager de l'épouser parce que j'étais déjà plus ou moins marié.

Callie éclata de rire.

— Comment peux-tu être « plus ou moins marié » ?

— C'était précisément sa question, poursuivit-il avec un air déterminé. Seulement, elle ne riait pas. Elle m'a dit que soit j'étais marié, soit je ne l'étais pas, et qu'elle ne voulait plus sortir avec moi tant que je n'aurais pas réglé la situation.

— Tout à fait d'accord avec elle, dit Callie.

— Dire qu'il faut entendre cela de la bouche d'une femme qui s'est fiancée alors qu'elle était mariée…

Marvin écarquilla grands les yeux.

— Touché, dit Callie en baissant la tête. C'est pour cela que tu veux le divorce ? Pour épouser Diana ?

Marvin les regardait tour à tour, comme un spectateur à un match de tennis.

— Elle a parlé de nos problèmes à une amie, expliqua

Jack. Au bout d'une semaine, tout l'hôpital était au courant. J'en ai eu assez des réflexions et des sous-entendus de mes collègues sur mon épouse secrète. C'était devenu intolérable.

Jack avait en effet l'habitude d'inspirer le respect et l'admiration chez ses collègues, pas les moqueries.

— Au goût de certains, j'ai gravi les échelons trop vite, dit-il en s'adressant à Marvin, mais l'information était destinée à Callie. Ils guettent le moindre faux pas de ma part. Je ne souhaite pas me retrouver dans une position dans laquelle ma carrière pourrait être compromise parce que quelqu'un m'accuserait d'avoir eu un comportement peu digne d'un médecin.

Et, surtout, la seule perspective de voir sa candidature pour Paris refusée l'avait incité à prendre les jours de vacances qu'il avait accumulés pour sauter dans le premier avion et obtenir le divorce.

— Donc, vous voulez reprendre votre relation avec Diana ? demanda Marvin.

Jack n'en savait rien, et il avait même du mal à la voir dans son esprit. Certainement parce que le léger parfum fleuri de Callie était si différent du parfum sophistiqué de Diana.

— Je n'ai jamais voulu que notre relation aille aussi loin, et elle le sait, répondit-il alors.

Callie fit mine de fermer sa bouche avec une fermeture Eclair et elle lui adressa un regard faussement innocent disant qu'elle s'abstenait de tout commentaire.

— Vous savez quoi ? intervint alors Marvin. Je sens des vibrations entre vous, une attirance indéniable.

Callie se ratatina dans son siège de Skaï, comme si

elle essayait de mettre encore plus de distance entre Jack et elle.

— Impossible.

Quant à Jack, il hocha la tête.

Marvin nota quelque chose puis continua. Une fois sa série de questions terminée, il referma son cahier.

— Si vous voulez mon avis, je trouve que vous vous en sortez vraiment bien. A la semaine prochaine.

Une fois dans la voiture, Callie dit à Jack :

— Ça ne s'est pas si mal passé.

— En effet, c'était cool.

Elle éclata de rire, d'un rire franc et léger qui était agréable à entendre. Le genre de rire qui donnait envie à un homme d'oublier les pressions, les responsabilités.

— Tu devrais peut-être envoyer tes parents chez Marvin, suggéra-t-elle.

— Les choses vont s'arranger pour mes parents.

Callie espéra qu'il avait raison, mais elle en doutait.

Le trajet de retour jusqu'à Parkvale se fit dans un silence complice. Quand ils arrivèrent au lycée, Callie s'arrêta.

— Que se passe-t-il ? demanda Jack.

— J'ai pensé que tu serais heureux de voir le banc que ton père a fabriqué à la mémoire de Lucy, puisque Brenda en a parlé hier soir.

Pendant un moment, il ne bougea pas. Puis il haussa les épaules et dit :

— Si tu veux.

Il était 20 h 15 et le soleil n'était pas encore couché. Ils marchèrent dans l'air frais, en direction de la cour carrée située derrière le bâtiment des services administratifs.

Le banc de bois de cerisier était orienté face au sud. Quiconque s'asseyait là pouvait profiter des rayons du soleil.

— Le voilà, dit Callie. Lucy adorait sentir le soleil sur son visage.

Jack hocha la tête. Il fit le tour du banc, observa les bras sculptés avec un motif de feuilles, le siège.

— Papa a fait du bon travail.

Callie passa derrière le banc.

— Il y a une plaque : En mémoire de Lucy Mitchell.

Jack fit le tour pour venir à côté d'elle. Du bout du doigt, il suivit les lettres gravées dans le cuivre.

Ensuite, Callie s'assit sur le banc et, après un moment, il vint la rejoindre. Le siège de bois était confortable, et il avait conservé un peu de la tiédeur de la journée. Ils restèrent assis pendant plusieurs minutes en silence, regardant les bâtiments dans lesquels ils étaient tous deux allés au lycée, à quelques années d'intervalle.

— Pourquoi ne voulais-tu pas t'engager avec Diana ? demanda-t-elle enfin.

Il la regarda.

— Je te rappelle que la séance de psychothérapie est terminée.

— Je suis ta femme, et j'ai le droit de savoir. Etais-tu trop occupé ? Ou bien refusais-tu de laisser quelqu'un prendre une telle place dans ta vie ?

— Cela ne te regarde pas.

— C'était à cause de ton impuissance, n'est-ce pas ?

Il passa ses pouces dans les poches de son jean, dans

une posture qui semblait dire « Attention : mâle viril » et expliqua :

— Tout semble indiquer que l'on va me proposer un échange de deux ans à Paris. Diana ne voulait pas que j'accepte sans que nous ne nous soyons engagés sérieusement avant. Moi, je n'étais pas sûr de partir à Paris, et je n'étais pas sûr de vouloir m'engager à long terme avec elle.

Callie ne s'attendait à une telle explication et elle sentit son cœur se serrer.

— Paris ?

Il hocha la tête.

Comment Parkvale, petite bourgade du Tennessee, pouvait-elle rivaliser avec Paris, la Ville lumière, capitale de la France, la « ville la plus belle du monde » ? se demanda la jeune femme.

— J'imagine que tu veux vraiment aller à Paris, dit-elle l'air sombre.

Il haussa les épaules, mais elle savait qu'il plaçait le travail en tête de toutes les priorités.

— J'aurais un revenu annuel à six chiffres, je travaillerais dans la plus belle ville du monde, avec les meilleurs spécialistes au monde dans le domaine. Sans parler de la satisfaction de découvrir de nouveaux aspects du métier et de sauver de nouvelles vies.

Le cœur de Callie se serra encore plus fort : une fois à Paris, il n'aurait plus une seule minute à consacrer à ses parents.

Sans parler des rencontres qu'il pourrait faire là-bas.

— Tu sortiras certainement avec un de ces top models français, murmura-t-elle.

— Avec un peu de chance.

Son expression se fit alors calculatrice et, posant une main sur l'épaule de la jeune femme, il ajouta :

— Une fois que toi et moi aurons divorcé, bien entendu.

Il laissa sa main et Callie ne fit rien pour se dégager.

— Et si jamais tu l'épouses et que vous restiez en France pour toujours ?

— C'est une éventualité, reconnut-il en se frottant le menton. Nous aurons des enfants superbes.

Callie s'écarta un peu de lui.

— Elles finissent par grossir, le mit-elle en garde.

Il arqua un sourcil.

— De qui parles-tu ?

— On dit que les Françaises ne grossissent pas, mais quand tu vois toutes ces femmes âgées dans les reportages ou dans les films, elles sont toutes rondelettes.

— Ma mère est rondelette, fit-il remarquer en souriant. C'est une question d'âge, pas de nationalité.

— Voilà exactement où je voulais en venir, rétorqua Callie : inutile de t'exiler en France. Tu trouveras les mêmes choses en Amérique.

— Des femmes petites et rondelettes ?

— Aussi rondelettes que tu le souhaites.

Il rit doucement. Ensuite, ses yeux se portèrent sur la bouche de Callie.

— Il paraît que les Françaises savent embrasser comme personne.

Callie sentit des picotements autour de ses lèvres.

— Peut-être, mais que je suis sûre que…

Elle s'interrompit, en se rendant compte qu'elle avait oublié de respirer.

— Tu es sûre que... ? demanda Jack, son regard toujours fixé sur la bouche de la jeune femme.

Celle-ci était au bord de la suffocation et son cœur battait à tout rompre.

— Les Américaines sont tout aussi...

Son regard était inexorablement attiré par la bouche ferme et bien dessinée de Jack et elle eut du mal à terminer sa phrase.

— ... tout aussi incroyables.

Il se rapprocha d'elle, et elle put distinguer de légers plis au coin de sa bouche qui suggéraient qu'il devait sourire plus souvent qu'elle ne le croyait.

— J'aimerais en avoir la certitude, dit-il.

— Tu peux me croire sur parole, répondit Callie, qui avait du mal à parler.

Du doigt, il inclina le menton de la jeune femme.

— Tu as oublié que je ne te fais pas confiance.

Elle avait plus d'une dizaine de raisons de lui objecter que ce serait une erreur d'embrasser une personne à qui l'on ne faisait pas confiance, qui plus est la personne dont on était sur le point de divorcer. Toutefois, aucun de ses arguments ne résistait à la profonde et incroyable envie qu'elle éprouvait de ressentir la bouche de Jack sur la sienne.

Le pouce de Jack frôla la bouche de la jeune femme, et les lèvres de celle-ci frémirent sous le contact ferme et tiède. Ensuite, avec un grognement de frustration, il l'embrassa.

L'espace d'une seconde, Callie se dit qu'il était impossible qu'un homme comme lui la trouve incroyable, mais, rapidement, elle fut submergée par un désir brûlant. Sous les assauts de la langue de Jack, qui dessinait le contour de sa bouche, elle s'ouvrit à lui et s'abandonna à son baiser.

Il explora sa bouche, cherchant, goûtant. D'une main, il l'enlaça et l'attira vers lui.

Callie noua ses bras autour de son cou, appuya ses courbes contre lui, réclamant des baisers plus profonds. Il grogna une nouvelle fois, et son baiser se fit encore plus pressant.

Quand elle se recula — parce que, si elle restait dans ses bras une seconde de plus, elle pourrait bien faire quelque chose de stupide —, elle eut l'impression que l'air autour d'eux crépitait de l'ardeur de leur désir.

Elle frissonna et frotta ses bras pour se réchauffer.

Jack s'éclaircit la gorge et demanda :

— Que vient-il de se passer ?

— Peut-être les premiers résultats de la psychothérapie de couple ?

Il sembla paniquer.

— Elle n'est pas censée fonctionner.

— Karen avait dit que Marvin était incompétent, reconnut-elle.

— Donc, la thérapie ne fonctionne pas, insista Jack.

— Absolument pas.

— Marvin pensait qu'il y avait des vibrations entre nous, dit-il avec un air pensif. Si ça se trouve, il avait fumé des trucs hallucinogènes comme dans les années soixante-dix.

— De toute évidence, répondit-elle.

« Je me demande si ce n'est pas plutôt moi qui ai fumé des substances illicites », songea-t-elle. Parce que la vibration qu'elle ressentait était si forte qu'elle n'aurait pas été étonnée de voir le soleil se transformer en kaléidoscope psychédélique.

— Quoi qu'il se soit passé, reprit Jack, s'embrasser n'est pas une bonne idée, surtout dans notre cas.

— Trop compliqué, renchérit-elle.

Il se leva et dit alors :

— Il est temps de rentrer.

Jack prit la main de Callie pour l'aider à se lever. Non pas qu'elle ait eu besoin de son aide, mais c'était surtout un prétexte pour la toucher une nouvelle fois. Toucher sa peau satinée, et avoir ce sentiment de proximité.

A contrecœur, il abandonna la main de la jeune femme pendant qu'ils marchaient en direction de la voiture de Callie. Il n'arrivait pas à se souvenir quand, pour la dernière fois, un simple contact comme celui-ci l'avait à ce point ému. Si Callie ne s'était pas montrée aussi entêtée concernant sa prétendue négligence envers sa famille, si elle ne l'avait pas manipulé pour qu'il vienne passer un mois ici, si elle n'avait pas été sa femme… il aurait bien pu avoir envie de sortir avec elle.

Brenda s'arrêta au milieu du rayon du supermarché et porta une main à sa poitrine pour vérifier que son cœur battait toujours.

— Maman, tout va bien ? s'inquiéta Jack.

Elle laissa retomber sa main le long de son corps.

— Je vais bien, mon chéri.

Du moins, elle l'espérait. Certains matins, se lever de son lit relevait de l'exploit et elle craignait toujours de ne pas avoir la force de tenir jusqu'au soir.

Elle avait espéré que le retour de Jack l'aiderait à surmonter son état dépressif, mais cela faisait une semaine qu'il était à Parkvale et, ce matin, elle s'était de nouveau réveillée avec cet horrible sentiment d'être presque morte.

— Bon. Tu voulais du sucre, n'est-ce pas ? demanda Jack en regardant les rayons.

Il l'avait crue sur parole, sans poser plus de questions. Etonnant que Jack, un médecin, n'ait pas cherché à en savoir plus.

— Oui, du sucre glace, dit-elle. Et du chocolat en poudre. Je voudrais faire mon gâteau au chocolat que tu aimes tant.

— Miam ! dit Jack. Je reviens tout de suite.

« A moins qu'il ne veuille pas voir, pensa Brenda. Comme son père. » Machinalement, elle passa une main sur son cœur, en espérant que la douleur finirait par s'atténuer.

— Maman, tu me le dirais s'il y avait un problème avec ton cœur, n'est-ce pas ? demanda Jack, en déposant le sucre et le cacao dans le Caddie.

— Tout va bien, Jack, je t'assure.

Pendant que la caissière passait les articles au scanner, Brenda dit à Jack :

— Callie a appelé ce matin. Elle m'a demandé de la retrouver pour déjeuner à midi et demi, après la fermeture de la boutique.

Elle consulta sa montre : 11 heures. Elle ajouta donc :

— J'ai un peu de temps à perdre. Pourquoi ne pas aller nous promener au bord de la rivière ?

Jack chargea les courses dans le Caddie et partit en direction de la sortie.

— Je ne crois pas que ce soit une bonne idée.

Evidemment : n'était-il pas le fils de son père ? Brenda était prête à jurer qu'il n'était pas retourné au bord de la rivière depuis la mort de Lucy.

Comme ils arrivaient au niveau des portes automatiques, elle posa sa main sur le bras de Jack.

— S'il te plaît, implora-t-elle d'une voix tremblante.

Elle adorait Jack. Il était le fils le plus intelligent, le plus beau et le plus aimant du monde. D'un autre côté, il était aussi le plus têtu, et il ne faisait jamais ce qu'il n'avait pas envie de faire.

Callie lui avait fait remarquer que cela faisait de Jack une personne égoïste, comme si Brenda ne se rendait compte de rien. En réalité, elle pensait que ce simple défaut n'était pas aussi important que ses nombreuses qualités.

— Maman, insista-t-il, je n'ai aucune envie d'y aller.

Brenda se dit alors qu'en ce moment précis, elle aurait bien échangé son entêté de fils contre son cousin Mark, de nature plus accommodante.

Elle le suivit jusqu'à la voiture. Il l'aida à monter du côté passager, puis chargea les courses dans le coffre. Quand il s'assit au volant, il proposa :

— Pourquoi ne pas aller nous promener ailleurs,

maman ? C'est bientôt ton anniversaire. Tu ne préfères pas que je t'emmène faire un peu de shopping ?

Quand Jack entra dans le salon de thé à la suite de sa mère, portant plusieurs paquets suggérant qu'il avait été rétrogradé du grade de médecin au grade de laquais, Callie faillit en avaler sa petite cuiller.

Il n'avait cessé d'occuper ses pensées — et de hanter ses rêves — depuis leur baiser de la veille et la vision du véritable Jack, en chair et en os, était encore bien plus perturbante.

— Je suis exténuée, annonça Brenda en posant son sac à main sur la banquette.

Elle avait en effet l'air fatigué et complètement satisfaite, à des lieues de la femme abattue et déprimée avec qui Callie avait parlé au téléphone le matin même.

— Jack voulait absolument m'acheter un cadeau d'anniversaire, reprit Brenda. Nous avons rencontré tellement de gens pendant que nous étions au centre commercial que je n'en peux plus de marcher et de parler.

Le regard de Jack croisa celui de Callie et il lui adressa un clin d'œil discret. Rien en effet dans la volubilité de Brenda ne suggérait qu'elle renonçait à parler dans l'immédiat.

— Je ne dirais pas que Jack est fait pour le shopping, reprit Brenda, mais, quand il a décidé de faire quelque chose, rien ne peut l'arrêter.

Une nouvelle fois, le regard de Callie croisa celui de Jack. Elle repensa à son baiser, à l'exploration passionnée et experte de sa langue, et elle sentit ses joues s'enflammer. Elle tourna la tête.

Parmi les différents sacs, elle reconnut un sac rose avec des lettres noires.

— Jack vous a emmenée chez Rêves de soie ? demanda-t-elle, en essayant d'imaginer Jack dans le seul magasin de lingerie de Parkvale avec sa mère.

— Ne suis-je pas un fils dévoué ?

— Tu as l'air tout pâle, répondit Callie.

Il éclata de rire.

— Le magasin de lingerie a été notre dernier arrêt et je ne m'en suis pas encore complètement remis. Heureusement que maman ne m'a pas demandé mon avis sur ses achats.

— C'est une chemise de nuit, très jolie et très pratique, et je n'avais aucune envie de connaître ton avis, répliqua Brenda. En revanche, Maxine Steen semblait très intéressée de connaître ton opinion au sujet d'un déshabillé.

Callie rit à son tour. Maxine avait dix ans et une cinquantaine de kilos de plus que Jack.

— J'ai du mal à croire que tu te sois laissé embarqué dans une telle conversation !

— J'aime peut-être les femmes plantureuses, répondit-il du tac au tac.

— Ou alors, il voulait simplement faire plaisir à sa mère, dit Brenda en l'embrassant sur la joue. Il a aussi réservé une table pour emmener toute la famille, et toi aussi, au restaurant pour mon anniversaire.

Callie adressa un regard interrogateur à Jack. Celui-ci haussa les épaules et leva les mains en l'air, dans un geste qui voulait dire : Eh oui, je suis un type super !

Elle plissa alors le nez, dans une grimace signifiant : le jury délibère toujours.

L'auréole de fils parfait de Jack disparut deux minutes après qu'il fut rentré chez ses parents et qu'il eut commencé à vérifier sa messagerie électronique.

Plusieurs collègues lui demandaient s'il accepterait d'opérer leurs patients, et son supérieur voulait savoir si les rumeurs qui étaient parvenues jusqu'à ses oreilles concernant la vie personnelle de Jack étaient fondées ou non.

Jack jura. Depuis qu'il était de retour à Parkvale, quasiment rien n'avait tourné de la manière dont il l'avait espéré : sa mère perdait son sang-froid à la moindre contrariété, il fréquentait les magasins de lingerie, il suivait une thérapie pour sauver un mariage qui n'avait jamais existé ailleurs que sur le papier, et il ne pensait plus qu'à embrasser une femme qui prenait un malin plaisir à lui compliquer la vie. Sans parler qu'il essayait de maintenir une paix relative entre ses parents, qui avaient pourtant la réputation d'être le couple le plus harmonieux du monde.

Il fallait que les choses changent rapidement et qu'il trouve un nouveau plan. Il avait promis à son père qu'il irait au magasin de bricolage, et il pouvait le faire maintenant. Ensuite, lundi, il se rendrait à Memphis, chez son ami Adam Carmichael, et il passerait la semaine au Northcross Hospital. Il reviendrait à Parkvale pour l'anniversaire de sa mère et les séances de thérapie chez Marvin mais, autrement, il se concentrerait sur son travail.

Surtout, il resterait aussi éloigné que possible de Callie, et des sentiments qu'elle lui inspirait. Ensuite, dans un mois, il prendrait la poudre d'escampette et repartirait en Angleterre.

Jack referma son ordinateur portable, prit les clés de la Jaguar et partit en direction du magasin de son père. Il n'avait pas vraiment eu l'occasion de parler avec celui-ci depuis son retour. Dan avait un côté assez vieux jeu, et il considérait que les hommes devaient se borner à parler de football, de base-ball, de voitures et de bricolage. Au moindre indice suggérant que la conversation risquait prendre un tour un peu plus intime, il augmentait immédiatement le volume de la télé. Si Jack voulait avoir une conversation en tête à tête avec son père, c'était au magasin qu'il fallait aller.

Le magasin de bricolage de Dan était situé au coin de deux rues, dans un endroit facile d'accès pour les véhicules qui venaient charger du matériel.

Le bâtiment était peint en bleu, et les cadres des fenêtres en jaune — les mêmes couleurs qu'avant, si ce n'est que la peinture semblait avoir été refaite récemment. Le père de Jack veillait en effet à repeindre sa façade tous les trois ans, estimant que quand on tenait un magasin de bricolage, la moindre des choses était d'avoir des locaux en bon état pour inspirer confiance aux clients.

Jack se gara un peu plus loin car, selon les règles instaurées par Dan, les membres de la famille devaient laisser les places les plus proches de la boutique aux clients.

Quand Jack entra dans le magasin, Dan était en conversation avec un client. Après avoir salué les employés de son père, qui le connaissaient depuis qu'il était adolescent, il fit le tour des rayons.

L'intérieur du magasin était aussi impeccable que l'extérieur. A gauche, des échelles de tailles différentes étaient accrochées sur le mur, au-dessus d'un étalage de seaux et de brosses. A droite se trouvaient les rayons consacrés aux outils, de loin les plus fréquentés.

Au milieu du magasin, une pancarte accrochée au plafond rappelait que la fête des Pères approchait, juste au-dessus de caisses à outils, de rabots, de perceuses…

L'odeur de la peinture, du bois et des différents produits renvoya Jack dans le passé. L'endroit avait la même odeur quand il venait y travailler après l'école et pendant les vacances d'été, à l'époque du collège et du lycée.

Une fois sa conversation terminée, Dan vint le rejoindre :

— Alors, fiston, tu cherches à te faire un peu d'argent de poche ?

— Je voulais seulement voir comment allait la boutique.

Il n'en fallut pas plus à son père pour lui montrer les nouveaux produits et les nouveaux rayons.

Jack saisit l'occasion de se trouver au rayon des pompes à pied pour en prendre une et examiner la valve de raccord.

— Au fait, Callie m'a dit que tu avais des problèmes de tension, glissa-t-il.

— Bah, ce n'est rien.

— Tu suis un traitement ?

— Ouais.

— Lequel ?

Dan fit une grimace.

— Je ne m'en souviens pas. Pas un nom très long, mais pas court non plus.

Ce qui réduisait le champ d'investigation à deux cents médicaments environ.

— Je pourrais peut-être rencontrer ton médecin, proposa alors Jack. Juste pour m'assurer qu'il fait tout ce qu'il faut.

Tout en rangeant une étagère de produits d'entretien pour la voiture, Dan répondit :

— Il fait ce qu'il faut, tu peux me croire. Maintenant, dis-moi une chose : préférerais-tu payer cinq dollars pour un bidon de polisseur premier prix pour cette Jaguar, ou bien payer vingt dollars pour un produit de première qualité ?

En d'autres termes, la conversation sur l'état de santé de Dan était close.

Alors qu'ils poursuivaient le tour du magasin, l'attention de Dan fut attirée par une cliente qui cherchait des outils pour le vingtième anniversaire de son fils. Le client étant toujours prioritaire, Dan s'excusa.

Jack observa son père en action. Sa chemise à carreaux et son jean lui donnaient un air professionnel et compétent, comme la blouse blanche de Jack à l'hôpital. Son père était un modèle de courtoisie à l'ancienne et de respect, mêlés à une grande connaissance de ses produits. Pas étonnant que son magasin de bricolage résiste brillamment à la concurrence des grandes chaînes spécialisées.

Jack se demanda ce que deviendrait l'endroit une fois Dan à la retraite, ce qui n'était pas pour demain. Quand Jack était enfant, Dan avait cru que son fils prendrait la relève le jour venu. A son grand dam, Jack avait préféré la médecine, et la bourse qu'il avait obtenue pour Harvard avait sonné le glas des espoirs de Dan. Celui-ci avait bien accueilli la nouvelle. Il s'était même montré fier de son fils, mais Jack n'avait pu s'empêcher de se sentir coupable.

Mais pas longtemps.

Comme le dirait Callie, il avait quitté la ville sans attendre et n'avait jamais regardé en arrière.

Dan et sa cliente avaient fini par se mettre d'accord sur un ensemble d'outils. Dan demanda à l'un des employés d'encaisser, puis il revint vers Jack.

— Regarde un peu ces déplantoirs. Les femmes les adorent.

Au lieu d'être simplement en acier, les déplantoirs et les fourches étaient peints dans des couleurs pastel. Jack saisit l'occasion pour parler des femmes.

— Comment est-ce que maman aborde l'anniversaire, cette année ?

Dan n'eut pas besoin de demander quel anniversaire.

— Comme toujours.

Jack se rendit alors compte qu'il ne savait à quoi ce « comme toujours » correspondait.

— Elle se comporte un peu bizarrement, se contenta-t-il de dire. Est-ce que tout va bien entre vous, autrement ?

Dan fourra ses mains dans ses poches et songea à dire à son fils de se mêler de ce qui le regardait. Il suffisait déjà que Callie essaie de mettre son nez dans leurs problèmes de couple. Toutefois, il fallait reconnaître que Callie le faisait en finesse, et elle respectait le fait qu'un homme puisse vouloir garder certaines choses privées.

— Alors, maintenant, tu es spécialiste en mariage en plus d'être spécialiste en médecine ?

— Je pose la question, c'est tout, dit Jack. Toutefois, il faut se rendre à l'évidence : il y a un problème.

Dan haussa les épaules.

— Ta mère se comporte toujours bizarrement à cette époque de l'année. Moi aussi, si ça se trouve. Ce n'est pas le meilleur moment pour essayer d'analyser notre comportement, et tu dois le savoir comme moi.

— Tu as raison.

— Tout finira par rentrer dans l'ordre, lui assura Dan, d'un air pourtant peu convaincu.

Heureusement, Jack se contenta de cette réponse et il promena son regard autour de lui.

— J'ai environ deux heures à perdre. Pourquoi ne me donnes-tu pas du travail ? Et je suis libre demain aussi.

Affichant un sourire ravi, Dan posa une main sur l'épaule de son fils et dit :

— J'ai toute une liste de choses à faire, mais on va commencer par quelque chose de facile, au cas où tu serais un peu rouillé.

— Ça marche.

— Une livraison, ça te dit ? Je suis plongé dans mon inventaire dès qu'il n'y a pas de client, et la camionnette est déjà chargée, prête à partir.

— Pas de problème. Où dois-je aller ? Je dois encore être capable de m'orienter dans Parkvale.

— Ingram Street. A côté de l'ancienne voie ferrée.

— Je vois. Les anciennes maisons pour les employés de la compagnie de chemin de fer.

— Numéro 12.

Dan sortit les clés de la camionnette et les lui tendit.

— C'est chez Callie, précisa-t-il.

Jack ferma alors les yeux en soupirant.

— Tout va bien, fiston ?

Il rouvrit les yeux.

— Je vais bien, marmonna-t-il. J'aurais dû m'en douter. Dans cette ville, tous les chemins mènent à Callie.

Chapitre 7

Le pavillon de Callie était le dernier de la rangée des pavillons des employés du chemin de fer.

La plupart des pavillons avaient été rénovés avec beaucoup de goût, avec des clôtures de bois peintes en blanc et des jardins arborés et fleuris. Pourtant, quand Jack se gara dans l'allée du numéro 12, il grimaça. Ce pavillon n'avait rien de coquet. La peinture de la façade, qui à l'origine avait dû être de couleur crème, était maintenant de couleur marron crasseux et s'écaillait. Le bas des fenêtres à guillotine avait été condamné avec des planches et, sous le porche, les lattes qui n'étaient pas encore pourries se soulevaient.

Seul le jardin paraissait à peu près potable. Il n'y avait pas de roses, mais une profusion de fleurs multicolores dont Jack ignorait le nom.

Il pouvait voir une pile de bois à l'arrière de la maison. Il déchargea donc plusieurs planches de la camionnette et, après les avoir posées en équilibre sur son épaule, il partit dans cette direction.

Au moment où il posa les planches sur la pile, la porte arrière de la maison s'ouvrit.

— Venez, entrez donc boire quelque chose, proposa gaiement Callie.

Ne s'attendant pas à un tel accueil, Jack fut pris de court.

Il sentit son estomac se nouer et il repensa au baiser sur le banc. Comme il avait envie de recommencer…

« Non, hors de question », se dit-il en se relevant.

Callie se tenait sur le seuil. Derrière elle, il remarqua que la vitre inférieure de la porte était fendue sur toute sa hauteur.

Elle portait un short en jean qui révélait ses jambes, et un débardeur blanc qui laissait ses épaules presque nues.

— Oh, dit-elle alors en voyant le visage du livreur. C'est toi.

Toute chaleur avait disparu de sa voix.

Il lui adressa un salut de la main.

— De neurochirurgien à livreur, il n'y a qu'un pas, m'dame. Est-ce que tu ne viens pas de m'inviter à entrer ?

— Si…

— Je vais chercher le reste du bois, le temps que tu décides si ton invitation à entrer est toujours valable. Mais je te préviens : j'ai très soif.

Après que Jack eut terminé de décharger tout le bois et plusieurs pots de peinture, en refusant la proposition de Callie de l'aider, celle-ci demanda :

— Préfères-tu un café ou un soda ?

Ce qui était à peu près les paroles les plus gentilles qu'elle avait eues à son égard depuis son arrivée à Parkvale.

— Un café, s'il te plaît.

Comme il la suivait à l'intérieur, il se frotta les épaules pour décontracter ses muscles, qui avaient perdu l'habitude du travail physique.

— Allongé ou cafetière à piston ? demanda Callie, en

montrant la cafetière, qui était la seule chose d'un peu moderne dans la cuisine.

Il aimait les femmes qui allaient directement à l'essentiel.

— Cafetière à piston, répondit-il.

Callie posa la bouilloire sur la cuisinière et ébouillanta la cafetière — un autre détail que Jack apprécia, car le café devait être servi très chaud pour libérer tous ses arômes.

Elle tendit le bras pour attraper des mugs et son short épousa la courbe de son postérieur. Rapidement, Jack s'obligea à tourner la tête et il préféra observer autour de lui. Les placards de bois semblaient dater de la construction de la maison mais ils avaient été récemment repeints, tandis que l'îlot central de pin semblait tout neuf. Au sol, le vieux linoléum turquoise était taché en de nombreux endroits et les murs crasseux portaient les stigmates de décennies de cuisine, avant l'avènement de hottes aspirantes.

— Cet endroit n'est pas un taudis, dit sèchement Callie.

Jack se rendit alors compte qu'elle l'observait.

— Est-ce que j'ai dit ça ?

Elle croisa les bras.

— Non, mais ton regard et ton expression parlent pour toi.

— Je ne suis pas spécialiste dans le domaine, répondit-il avec un sourire.

Il leva les yeux vers le plafond lézardé. Une grande tache d'humidité indiquait qu'il avait dû y avoir une fuite à un moment donné.

— Pourtant, je me dis qu'il y a du travail.

Elle versa des grains de café — du Kenya, remarqua Jack — dans un moulin à café électrique et, pendant quelques secondes, il aurait été vain de vouloir parler. Ensuite, elle versa le café moulu dans la cafetière à piston.

— As-tu pensé à rendre la façade plus agréable en la repeignant ? demanda-t-il.

Avec un regard méprisant, elle répondit :

— Evidemment, mais il a tellement plu pendant le printemps que c'était impossible. J'ai commencé par l'intérieur, en attendant le retour du beau temps.

Callie s'efforça de ne pas se formaliser du ton de Jack. Il n'avait vu que la cuisine, et c'était la pièce la moins avenante de la maison. C'était aussi la pièce qui coûtait le plus cher à rénover, et elle attendait d'avoir mis un peu d'argent de côté avant de la refaire. Toutefois, elle avait commencé à décoller la peinture des cadres de fenêtres, les avait rebouchés avec de la pâte à bois là où c'était nécessaire et elle avait refait les joints. Avec la nuance dorée du bois et la lumière du matin, elle savait que le résultat serait très joli.

A en juger par sa mine, Jack était pour le moins dubitatif. En plus, la cuisine semblait avoir rétréci à cause de son imposante présence.

Derrière elle, la bouilloire se mit à siffler et elle versa l'eau dans la cafetière.

— Si je te faisais visiter la maison, en attendant que le café soit prêt ? proposa-t-elle.

Le pavillon ne comptait que deux chambres, mais, quelques années plus tôt, une deuxième salle de bains avait été installée. Callie n'utilisait pas la plus petite des deux, qui lui servait pour l'instant à entreposer les sanitaires et la robinetterie.

— Le plombier vient la semaine prochaine pour installer les nouvelles douches et les nouveaux lavabos. Ensuite, je pourrais m'attaquer au carrelage et à la peinture.

La jeune femme faisait autant de choses qu'elle pouvait par elle-même — Dan avait été un excellent professeur —, mais elle laissait la plomberie et l'électricité aux professionnels.

Elle montra à Jack la petite véranda qui avait été ajoutée à la maison.

— La précédente propriétaire l'utilisait comme atelier de couture, mais je pense que ça pourrait faire un agréable bureau.

— J'aime beaucoup cette couleur, dit Jack en posant sa main sur le mur du couloir, repeint la semaine précédente.

Elle sourit.

— Elle s'appelle « cappuccino ».

Elle lui montra ensuite la chambre d'amis — une pièce carrée sans aucun caractère, mais il prit soin de ne faire aucun commentaire. Devant son manque manifeste d'enthousiasme, il fallait donc absolument qu'elle lui montre sa chambre pour lui prouver qu'elle était capable de transformer ce pavillon en une maison cosy.

Elle se contenta d'ouvrir la porte, d'entrer et elle laissa la chambre parler pour elle.

— Superbe ! dit Jack.

Tout en voulant respecter l'époque et la simplicité originelle du pavillon, elle avait peint les murs en ocre foncé, ce qui donnait à la pièce une sensation d'intimité et de chaleur, et elle avait accroché d'épais rideaux de lin de couleur crème aux fenêtres. Elle avait utilisé une généreuse quantité de tissu, de sorte que les rideaux bouffaient derrière les embrasses. Le ciel de lit était fait dans le même tissu, créant une ambiance à la fois exotique et romantique.

Contrairement aux autres pièces de la maison, dont le sol serait recouvert d'un plancher, elle avait posé dans sa chambre une moquette épaisse de couleur jaune paille.

— Toute la maison ressemblera à cela quand elle sera terminée, annonça fièrement Callie.

Puis, montrant le plafond, elle ajouta :

— Les plafonds hauts et les détails originaux, comme les moulures, méritent d'être restaurés.

Jack hocha la tête. Même s'il ne débordait pas complètement d'enthousiasme, il ne semblait tout de même plus la considérer comme une sans-abri habitant un taudis.

Toujours en observant le plafond, il fit le tour de la pièce. Quand il se cogna dans le lit, il s'arrêta et baissa le regard vers la housse de couette crème et les nombreux coussins.

Soudain mal à l'aise de le voir aussi près de son lit, Callie rit et proposa :

— Continuons notre visite.

Elle sortit de la pièce, l'obligeant à la suivre.

— Qu'est-ce que c'est ? demanda Jack, en montrant une porte dans le couloir, dont une chaise bloquait la poignée.

— La cave, répondit Callie en frissonnant. J'ai un

problème de rats, et je ne parle pas de toi, ajouta-t-elle avec un sourire.

— Très drôle.

Jack s'assura que la chaise tenait bien en place, ce qu'elle-même vérifiait chaque fois qu'elle passait devant.

— Ces rats doivent être plutôt impressionnants, si tu crains qu'ils puissent atteindre le loquet de la porte.

Il essaya d'ouvrir et constata que la porte était fermée à clé.

— Et intelligents.

— Crois-moi : quand tu ne fermes pas l'œil de la nuit parce que tu entends ces sales bêtes gratter, il ne faut pas un gros effort pour les imaginer en train de remonter de la cave.

Callie le conduisit ensuite dans le salon, qui était exposé au sud et profitait du soleil tous les après-midi. Elle attira son attention sur les corniches ouvragées, qui donnaient à la pièce un air beaucoup plus grandiose et majestueux que le reste de la maison.

Toutefois, Jack pensait toujours aux rats.

— As-tu disposé du poison ?

— Bien entendu mais, je te le répète, ils sont intelligents. Personnellement, je n'ai pas très envie de descendre pour les inviter à manger les graines empoisonnées.

A cette idée, il grimaça.

— Notre café doit être prêt, dit alors Callie.

Jack ajouta deux cuillérées de sucre à la mug de café que Callie poussa devant lui, sur le plan de travail en pin.

— Maintenant que tu as visité toute la maison, qu'en penses-tu ? demanda la jeune femme.

« Je pense que c'est une masure infestée de rats, et je pense que tu es folle », songea Jack, qui se contenta de répondre :

— C'est un sacré chantier.

— Oui, je n'en ai jamais entrepris d'une telle envergure, reconnut-elle. Les autres rénovations que j'ai réalisées jusqu'à présent tenaient plus de la décoration. Celle-ci exige plus de temps, et d'argent, que je ne l'avais prévu.

Elle avala une gorgée de café avant de reprendre :

— Pourtant, je suis tombée amoureuse de cet endroit, et j'essaie de trouver le moyen de le garder.

Du regard, elle balaya la pièce, lui trouvant de toute évidence des qualités admirables que Jack ne pouvait voir.

— Je me demande comment tu peux réussir à terminer la rénovation de cet endroit dans un délai raisonnable alors que tu travailles à plein temps à la boutique, remarqua-t-il.

— J'y arriverai.

— Il y a de nombreuses lattes de plancher à remplacer dans le salon.

— C'est à cela que les planches que tu as apportées vont servir.

— Tu as déjà posé du plancher avant ?

— Je suis assez douée. Demande à ton père.

Jack prit une gorgée de café et laissa le liquide riche en arômes descendre dans sa gorge. Pendant quelques secondes, l'endroit ne sembla plus aussi désespéré.

— Ton café est excellent.

Le regard de Callie croisa alors celui de Jack puis se détourna, mais il était trop tard : il avait déjà ressenti cette complicité, et il savait qu'elle aussi.

— Merci, dit-elle sur un ton léger.

Pragmatique, Jack demanda alors :

— As-tu les moyens de garder cet endroit ?

— Sans problème, si je m'abstiens de manger pendant un an, dit-elle. Et si les affaires décollent à Fleurs et Couleurs.

— Tu vendrais certainement plus de fleurs si tu ne t'évertuais pas à convaincre les clients potentiels d'aller faire du shopping avec leur mère plutôt que d'acheter des bouquets, lui fit-il remarquer.

— Peut-être, mais je serais prise de remords qui m'empêcheraient de dormir la nuit.

Jack comprit alors qu'il avait la réponse à la question qui l'avait incité à revenir : Callie avait-elle des soucis financiers ?

On dirait bien que oui.

Elle avait un emprunt à rembourser, sa boutique vivotait, et elle habitait une maison au confort tout relatif qu'elle n'avait pas les moyens de rénover pour en tirer un bénéfice. Si jamais elle réussissait à la rénover assez rapidement, elle la vendrait et elle se retrouverait de nouveau à la rue, obligée de recommencer le même cycle.

— Rénover une maison représente un projet énorme, dit-il sur un ton compréhensif. Cela doit te mettre la pression alors que tu essaies déjà de réussir avec la boutique.

— Sans doute.

— Que dirais-tu de vendre cet endroit pour t'acheter un joli appartement dans une résidence, suggéra Jack. Un endroit sans rat.

Elle cligna des yeux.

— Il n'est pas question de *nous* ici, Jack.

— Je pourrais te prêter de l'argent.

— Essaierais-tu de m'embobiner pour que je signe ces papiers de divorce dans les meilleurs délais ? demanda-t-elle, méfiante.

— Bien sûr que non. Pourquoi ? Ça marcherait ?

Elle leva les yeux au ciel.

— Je ne veux pas d'un appartement dans une résidence, je veux une maison avec un jardin. Comme celle-ci.

Jack haussa les épaules.

— Dans ce cas, tu devrais peut-être choisir de fermer Fleurs et Couleurs pour gagner un revenu fixe en travaillant pour quelqu'un d'autre.

Callie posa sa mug sur le plan de travail.

— Que se passe-t-il ?

— J'essaie de penser à ce que ta mère voudrait pour toi.

Elle plissa les yeux.

— Non, tu penses à toi. Tu veux divorcer, tu as collé un pansement sur les problèmes de tes parents, et maintenant tu essaies d'arranger ma situation financière. Comme ça, tu pourras repartir la conscience tranquille, et ne jamais revenir.

— Je ne suis pas obligé de résoudre tes problèmes avant de partir, rétorqua-t-il.

Ce qui était faux. Au cours de la semaine qui venait de s'écouler, ses sentiments avaient en effet changé. Il ne désirait plus seulement obtenir le divorce, mais il voulait repartir en Angleterre en ayant la certitude que la jeune femme pouvait se débrouiller seule dans la vie sans son aide.

Bon sang!

Il se leva du tabouret de bar et marcha jusqu'à l'autre extrémité de la petite cuisine. Il n'aurait jamais dû embrasser Callie. En l'espace d'un baiser, elle était passée du statut d'enquiquineuse dont il avait hâte de se débarrasser au statut de personne dont il avait la responsabilité.

Tout ceci était insensé. Depuis quand un ou deux baisers le rendaient responsable d'une femme ?

Depuis qu'il avait embrassé *sa* femme !

S'il n'avait jamais senti les lèvres de la jeune femme contre les siennes, s'il n'avait jamais serré ses douces courbes contre lui, il aurait pu se sortir de cette situation dans les meilleurs délais et sans trop de problèmes. Après tout, il lui avait prodigué ses conseils et, si elle refusait son aide, parfait. Ce n'était pas son problème à lui.

Mal à l'aise, Jack sentit le regard de Callie peser sur lui et il passa une main dans ses cheveux pour se donner une contenance.

— A combien se monte le capital que tu as investi dans cette affaire ? demanda-t-il enfin.

Elle fronça les sourcils en l'entendant changer de sujet.

— Environ vingt pour cent de la valeur totale, répondit-elle avant de lui donner un chiffre. Peu importe, cela ne te regarde pas.

— Tu ne peux pas te permettre de continuer à vivre de cette manière.

— Je refuse de vivre dans une résidence, et je refuse de fermer ma boutique.

Jack réfléchit en se massant les tempes.

— Et si tu gardais cet endroit pour toi et que je te prêtais l'argent pour acheter une autre maison, qui nécessiterait moins de travaux ? Tu pourrais la revendre rapidement, ce qui t'apporterait des liquidités pour rénover celle-ci.

Certes, ce n'était pas encore la solution idéale parce qu'elle serait obligée de vivre dans ces conditions précaires pendant encore quelque temps, mais elle aurait plus rapidement une maison digne de ce nom dans laquelle habiter.

Elle n'était pas contre l'idée — Jack distingua une lueur d'hésitation dans son regard — mais elle hocha négativement la tête.

— J'arrive à peine à payer les mensualités de cette maison, et je ne vois pas comment j'arriverais à joindre les deux bouts avant de vendre l'autre.

— Faisons le calcul, proposa alors Jack en attrapant un crayon et un papier qui se trouvaient à côté du téléphone.

Elle avait payé cinquante mille dollars pour la maison — l'immobilier était bon marché à Parkvale — et la rénovation allait lui coûter entre quinze et vingt mille dollars supplémentaires.

— A combien se monterait le premier versement pour une autre maison ?

— Au moins dix mille.

Pas franchement une somme dérisoire, mais pas de quoi non plus faire sauter la banque.

— Je peux te les prêter, proposa Jack.

Inconsciemment, elle passa sa langue sur ses lèvres, tentée.

— Explique-moi une chose : tu es venu ici dans le but de couper tous les liens que tu avais avec moi. A ton avis, comment est-ce que ta prochaine petite amie prendra le fait que tu continues d'aider financièrement ton ex-femme ?

— Certainement mieux que si je continue d'aider financièrement ma femme.

Il observa les chiffres qu'il venait d'écrire.

— Quel revenu mensuel net tires-tu de ta boutique ?

Quand elle le lui annonça, il grimaça. Ensuite, il lui demanda quelle somme elle s'accordait chaque mois.

— Cela ne me permet pas beaucoup de folies, précisa-t-elle.

— Penses-tu pouvoir suffisamment développer ton affaire pour arriver à rembourser deux emprunts ?

— Il faudrait que j'y consacre beaucoup plus de temps. Et si j'ai deux maisons à rénover, c'est complètement impossible.

Elle afficha une mine désolée.

— C'était bien pensé, Jack, reprit-elle, mais ce n'est pas envisageable.

Elle avait raison : elle ne pouvait y arriver. Alors, si Jack voulait pouvoir repartir en Angleterre sans s'inquiéter que Callie se fasse manger par des rats, il n'y avait qu'une seule solution.

Chapitre 8

Jack prit alors sur lui pour prononcer les paroles qui allaient le condamner à plusieurs semaines d'immersion dans la vie de ses parents, à passer chaque jour en compagnie de Callie, et très certainement à des heures interminables de harcèlement.

Après une profonde inspiration, il annonça :

— Je vais passer les trois prochaines semaines à mettre cette maison en état.

Elle éclata de rire.

— Je rêve !

— Si je peux faire le plus gros, elle sera au moins habitable, dit-il. Une fois cette maison terminée, tu pourras finir la rénovation d'une autre plus rapidement et passer plus de temps à ta boutique.

Elle le regardait comme s'il avait perdu la tête.

— Jack, mais de quoi parles-tu, enfin ?

— Je peindrai l'extérieur, je réparerai le porche et les parquets, je terminerai les salles de bains, expliqua-t-il en comptant sur ses doigts. Et je tuerai les rats.

— Tu es médecin.

— Et alors ? Tu oublies que j'ai eu le meilleur des maîtres en la matière : mon père. Je l'ai aidé quand il a construit l'extension de la maison, il y a plusieurs années.

La boîte à outils qu'il m'a offerte pour mon dix-huitième anniversaire est toujours dans le garage.

Elle mordilla sa lèvre inférieure, en proie aux doutes. Elle savait qu'il était sérieux, mais elle se demandait comment et pourquoi il voulait se lancer dans des travaux pour elle.

Un souvenir revint alors à la mémoire de Jack, de vacances de printemps à Parkvale.

— Avant, tu croyais que je pouvais tout faire. Rappelle-toi de cette fois où Lucy et toi aviez fait de la bicyclette dans un fossé et que je vous ai aidées à les en sortir ?

— Cela n'a rien à voir avec la pose de carrelage.

— Ce que je veux dire, c'est qu'avant, tu m'admirais comme si j'étais ton grand frère. Pourquoi est-ce que tu ne m'accordes plus la même confiance, aujourd'hui ?

Disant cela, il ne put s'empêcher de penser à Lucy, qui lui manquait tant. Sa petite sœur l'adorait, mais elle était parfaitement consciente de ses défauts et ne manquait jamais une occasion de lui faire remarquer. Si Callie était aussi douée pour lui faire des remarques sur ses défauts, elle était en revanche cruellement dépourvue d'indulgence et d'admiration pour lui.

— Je ne suis plus une enfant, et je n'ai jamais été ta sœur, se contenta-t-elle de répondre sur un ton neutre.

Comme s'il ne s'en doutait pas déjà ! Il s'obligea à détourner le regard de sa bouche.

— Je refuse. Je ne veux pas que tu travailles chez moi alors que tu peux passer du temps avec tes parents, expliqua-t-elle.

— Je n'ai pas non plus envie de faire ces travaux, mais

comme tu refuses d'entendre raison au sujet de cette masure, je n'ai pas beaucoup le choix.

— Je peux m'en charger moi-même, dit-elle avec un air obstiné. Nous trouverons une autre solution.

Jack, qui avait besoin d'une nouvelle dose de caféine, reprit du café, avant de resservir Callie.

— Ne t'inquiète pas au sujet de mes parents. Si je ne fais pas les travaux chez toi, je passerai la semaine à Memphis et ils ne me verront pas plus.

Il lui parla alors de son projet à l'hôpital.

— Tu quitterais Parkvale alors que tu es de retour pour voir tes parents ?

— Je ne cherche pas à quitter Parkvale, mais je vais aider d'autres médecins à soigner leurs patients.

Pourquoi perdait-il du temps à vouloir lui expliquer ? Si elle avait décidé de ne pas comprendre, il n'y avait rien à faire.

— Je ne veux pas faire des travaux ici, mais je vais m'y astreindre malgré tout et tu n'arriveras pas à me faire changer d'avis. Je ne te gênerai pas : je viendrai ici quand tu seras à ta boutique. Il n'y aura que moi, et les rats.

Il l'observa pendant qu'elle réfléchissait, tapotant nerveusement du pied sur le linoléum.

— Soit, concéda-t-elle enfin sur un ton résigné. Tu peux m'aider.

Le sort en était jeté.

— Ta gratitude me va droit au cœur, répondit-il.

*
* *

Dan gara son véhicule à l'ombre d'un sycomore. Il n'y avait pas d'autres voitures à proximité, mais il savait que Brenda était là, elle aussi.

Non pas à cause d'un quelconque sixième sens romantique. La première fois qu'il était rentré du magasin à 18 heures et qu'il n'avait trouvé ni épouse, ni dîner en train de mijoter, ni chauffage allumé, il avait appelé Callie et ensuite le shérif.

Brenda avait paru mortifiée quand elle était rentrée à la maison deux heures plus tard environ, mais pas au point de ne pas avoir récidivé. Au moins, la fois suivante, il avait su qu'il la retrouverait au bord de la rivière.

Ces derniers temps, les escapades de Brenda s'étaient rapprochées, au point de devenir hebdomadaires.

Le chemin descendant à la rivière était clairement marqué dans l'herbe haute, écrasée par des milliers de pieds. En été, il devenait encore plus visible, et l'herbe devenait sèche et marron.

Dan fit machinalement sauter quelques pièces dans ses poches tout en marchant. Qu'allait-il bien pouvoir lui dire ? Il lui aurait bien dit de se secouer et de réagir, mais Callie lui avait recommandé de faire preuve de patience et de compréhension.

Il suivit le dernier virage du chemin, passa entre deux énormes chênes, et il se retrouva dans la clairière près de l'endroit que tout le monde appelait Les Rochers. Les pierres, qui étaient d'une forme inhabituelle, ralentissaient le débit de la rivière à cet endroit et formaient une sorte de bassin qui était idéal pour nager.

Comme il s'y attendait, Brenda était là, assise dans l'herbe, au bord de l'eau. Elle l'entendit approcher et leva les yeux. Il se rendit alors compte qu'il faisait toujours sauter les pièces dans sa poche.

— Dan !

Immédiatement, le visage de Brenda s'illumina et il se sentit alors submergé par cet amour qui le liait à elle pour le meilleur et pour le pire, depuis le premier jour où il l'avait vue au lycée. Ensuite, il vit le mouchoir de papier dans sa main, ses yeux bouffis et rouges, et son amour se transforma en cette colère qui couvait depuis l'année précédente à la même époque. Il semblait incapable d'étouffer cette colère, peu importaient les efforts qu'il déployait.

— Je me disais bien que je te trouverais ici, dit-il.

— La rivière est si jolie au printemps.

Ils savaient toutefois tous les deux qu'elle n'était pas venue admirer le paysage.

— Je n'ai pas vu ta voiture.

Brenda regarda autour d'elle, et il devina qu'elle essayait de trouver une explication qui ne le mettrait pas en colère. Elle rougit, et Dan se rappela alors la jeune fille qui rougissait au moindre compliment.

— Eh bien, euh… Je suis venue à pied.

— Cela fait près de huit kilomètres, répondit-il comme si c'était la première fois qu'ils avaient cet échange.

— C'est une belle journée, et j'ai perdu la notion du temps.

— Il fait presque nuit, dit-il. Comment envisageais-tu de retrouver ton chemin ? As-tu une torche, ou ton téléphone portable ?

Elle secoua la tête.

Dan passa alors une main sur son visage en s'intimant

de garder son calme. Il s'assit à côté de Brenda et essaya de trouver les mots justes.

— Brenda, il faut que tu… cesses ces promenades. Je m'inquiète pour toi.

— C'est une période difficile pour moi, Dan, et tu le sais. J'essaie de prendre sur moi la plupart du temps, mais tu devrais te montrer un peu plus indulgent.

Elle avait raison. La plupart du temps, elle se comportait de manière tout à fait normale, mais ses moments d'égarement devenaient de plus en plus fréquents.

— Est-ce que t'en prendre à Alvin Briggs t'a aidée à te sentir mieux ? demanda-t-il alors.

Les yeux de Brenda se mirent à lancer des éclairs.

— Il a mis fin aux cours de secourisme créés à la mémoire de Lucy.

— Est-ce que pleurer toutes les larmes de ton corps quand Sarah a essayé sa robe de mariée t'a aidée ?

Il n'en avait pas encore parlé avec elle, préférant croire qu'elle était dans un mauvais jour.

Brenda prit une profonde inspiration.

— Sarah a fixé la date de son mariage sans doute trop tôt après l'anniversaire de la mort de notre Lucy. Comment veux-tu que je ne puisse pas penser que je ne verrai jamais notre fille chérie se marier ni avoir des enfants ? N'importe qui serait bouleversé.

— Brenda, les gens ne peuvent pas organiser leurs vies en fonction de ton chagrin.

Quand elle comprit ce qu'il venait de lui dire, elle poussa un petit cri et porta une main à son cœur, comme s'il venait de la poignarder.

Avant qu'elle ne puisse lui demander de se taire, il poursuivit :

— Ma chérie, crois-tu que tu aurais besoin de… voir quelqu'un ?

— Est-ce que je… Mais non, enfin !

Elle arracha quelques brins d'herbe et reprit :

— J'ai vu quelqu'un à l'époque où c'est arrivé.

— Il n'était peut-être pas compétent. Je ne l'ai jamais aimé.

— Marvin était compétent. Ce n'est pas *lui* le problème.

Les paroles de Brenda étaient lourdes de sens, mais Dan préféra l'ignorer. Après tout, ce n'était pas lui qui se comportait bizarrement à longueur de journée. Il prit alors les mains de Brenda dans les siennes et les tourna, paume en l'air. Ces mains l'avaient aimé, l'avaient caressé, avaient pris soin de leurs enfants, avaient fait de leur maison un foyer.

— Je t'aime, Brenda.

Elle ravala un sanglot et, pendant un moment, il crut qu'elle allait une nouvelle fois se mettre à pleurer de manière incontrôlée.

A la place, elle prit une profonde inspiration.

— Moi aussi, je t'aime, dit-elle en serrant la main de Dan, mais, pour l'instant, je porte une telle douleur en moi. Je ne sais pas d'où elle vient. Tout semble aller de travers. C'est quelque chose que toi et moi devons régler ensemble.

Elle ferma les yeux.

Une fois de plus, Dan ne sut pas comment réagir. Comment un homme était-il censé répondre à cela ?

Comment pouvait-elle dire qu'elle l'aimait mais que tout allait de travers?

Dan regarda autour de lui, cherchant désespérément des réponses à toutes ses questions, mais il n'en trouva pas. La seule chose qui lui vint à l'esprit fut que le fond de son pantalon commençait à être mouillé et que l'eau était froide.

Mais oui, c'était ça!

— Je vais fabriquer un banc, annonça-t-il.

Brenda écarquilla les yeux.

— Je te demande pardon?

— Oui, un banc à la mémoire de Lucy, comme celui du lycée.

Lâchant les mains de Brenda, il se releva un peu trop rapidement pour son dos raide, et il entendit le craquement de vertèbres qui se remettaient en place. Il fit quelques pas, jusqu'à ce qu'il trouve un endroit qui offrait une bonne vue du chemin et de la rivière.

— Nous l'installerons juste ici, dit-il en dessinant la forme du banc avec ses mains. Quand les jeunes viendront, ils auront un endroit pour s'asseoir au sec. Nous mettrons une plaque sur le banc, comme sur l'autre. Tu pourras y écrire ce que tu voudras.

Il la regarda avec un large sourire, soulagé au-delà de ce qu'il aurait pu imaginer d'avoir trouvé une idée qui rende Brenda heureuse. Et qui rende hommage à Lucy.

— Un banc, dit Brenda.

Il hocha la tête.

Brenda se leva, avec nettement plus de grâce que lui alors qu'elle était pourtant plus forte que lui. Ensuite, elle partit en direction du chemin.

— Qu'en penses-tu ? demanda Dan, qui commençait à douter.

— Je pense, dit-elle par-dessus son épaule, que je vais rentrer à pied. Ne m'attends pas.

Callie trouvait franchement troublant de rentrer chez elle après sa journée de travail à la boutique et de trouver Jack en train de bricoler.

La jeune femme entendit un outil électrique quelconque en train de fonctionner dans le salon. Elle posa les provisions sur le plan de travail de la cuisine, ainsi qu'un pot d'hortensias roses qui n'étaient plus de premier choix et qui étaient invendables. Ensuite, elle quitta ses chaussures et alla voir ce que faisait son ouvrier.

Elle s'arrêta sur le seuil du salon pour l'observer. Jack avait dû travailler toute la journée sans s'arrêter parce qu'il avait déjà remplacé les lattes abîmées et qu'il ponçait le plancher avant de le teinter. Il lui tournait le dos et il travaillait torse nu. La poussière volait dans l'air et scintillait dans la lumière de début de soirée, si bien que Jack semblait nimbé d'une sorte de brume dorée, telle une apparition incarnant la masculinité dans le désert de la vie amoureuse de Callie.

— Salut, dit-elle.

Comme le bruit de la ponceuse avait couvert la voix de la jeune femme, elle s'avança et tapota Jack sur l'épaule.

Il sursauta et se retourna en jurant.

— Désolée, cria-t-elle pour se faire entendre.

Il éteignit alors la ponceuse, en marmonnant quelque chose au sujet des crises cardiaques.

— Je n'arrive pas à croire que tu aies fait tout ça en une seule journée, dit Callie.

— Je t'avais dit que je me débrouillais.

Il croisa les bras, regarda autour de lui et hocha la tête avec un air satisfait.

— Veux-tu une bière ? Tu dois avoir chaud.

« Et toi aussi, tu me donnes chaud », pensa-t-elle si fort qu'elle craignit l'espace d'une seconde que Jack ait pu l'entendre.

Celui-ci laissa son regard glisser lentement sur la jeune femme, commençant par ses épaules dénudées, et descendant jusqu'à sa taille, ses hanches puis ses jambes.

— Cela ne me fera pas de mal de boire quelque chose de frais, reconnut-il.

Callie ne se fit pas prier pour sortir du salon. Une fois dans la cuisine, elle décapsula deux bouteilles de Coors et posa l'une des bouteilles glacées sur son front. Ensuite, elle commença à couper des tomates en tranches pour le dîner.

Quelques minutes plus tard, Jack la rejoignit. Au plus grand soulagement de Callie, il avait enfilé son T-shirt. Toutefois, la manière dont le vêtement épousait ses épaules et son torse n'aidait pas la jeune femme à oublier son trouble.

— Je ne m'attendais pas à ce que tu travailles aussi tard, dit-elle.

— Plus je reste tard, et plus tôt le travail sera terminé.

Il s'assit sur un des tabourets de bar, devant l'îlot, et avala la moitié de sa bière d'un trait. A ce rythme, il serait parti d'ici à deux minutes pensa Callie, qui se décontracta quelque peu en sortant une laitue du réfrigérateur.

— Il y a des tomates et de la laitue au menu ?

— Tu n'es pas invité.

— Bien, dit-il en levant sa bière en guise de salut avant d'en boire une nouvelle gorgée.

Callie observa le mouvement de sa pomme d'Adam, qui montait et descendait le long de sa gorge, forte et bronzée.

Il surprit son regard et demanda, amusé :

— Un problème ?

Elle ne releva pas et se mit à nettoyer la laitue.

— Alors, dit-elle sur un ton dégagé, tu n'as de toute évidence pas oublié ce que t'avait appris ton père. Si jamais tu te fais licencier de l'hôpital, tu pourras toujours revenir et reprendre le magasin.

— Ils ne me licencieront jamais, tu peux en être sûre.

Elle s'assit sur un tabouret, ce qui la grandissait un peu.

— Si tu le dis… Si jamais ta tête enfle au point de ne plus pouvoir passer les portes, n'hésite pas à revenir me voir que je te ramène à la réalité.

Il rit.

— Merci, mais non. Je n'ai jamais souhaité reprendre le magasin, même avant de savoir que je voulais être médecin.

— Que voulais-tu faire ? demanda Callie, qui avait du mal à l'imaginer autrement qu'en chirurgien.

— Ingénieur ferroviaire. Jusqu'à l'âge de onze ans environ, j'étais convaincu que c'était ma vocation.

— Ça se comprend. Tout le monde sait que les ingénieurs ont plus de succès que les médecins auprès des filles.

Il rit et prit une nouvelle gorgée de bière. Ensuite, il essuya sa bouche d'un revers de la main, ce qui attira irrémédiablement le regard de Callie vers ses lèvres.

« Tourne les yeux, tourne les yeux », s'intima-t-elle.

— D'un autre côté, reprit-elle, c'est beaucoup plus difficile de devenir mondialement connu comme ingénieur ferroviaire. Ou comme patron d'un magasin de bricolage.

— Je ne suis pas devenu neurochirurgien par envie de devenir célèbre, répondit-il en posant sa bière sur le plan de travail.

— Mouais…

— Il m'a fallu faire preuve de persévérance et d'ambition, expliqua-t-il. Le fait que je devienne médecin ne cadrait pas avec les projets de mes parents. J'ai décidé d'aller à Harvard dès l'âge de douze ans, mais je savais que je n'y rentrerais pas tant que je n'aurais pas élargi mon horizon bien au-delà de Parkvale. Et maintenant, après tous ces efforts et ces sacrifices, tu voudrais me convaincre de revenir et de m'installer ici ?

— Je n'ai pas dit que tu devais vivre ici.

— Pour arriver là où je suis aujourd'hui, il a fallu que je me consacre complètement à mon travail, et je reconnais que cela s'est fait au détriment de ma famille.

Voilà qui constituait un aveu de taille, songea Callie. Avait-elle réussi à se faire entendre ?

— Je suis encore loin d'avoir atteint le sommet de ma carrière, reprit-il. Je veux être présent quand mes parents vieilliront, mais, pour l'instant, ma carrière passe avant tout.

Le raisonnement de Jack était sensé, pensa Callie en buvant sa bière.

— Les gens meurent, dit-elle alors calmement.

— Pardon ?

— Tu ne peux mettre ta famille de côté sous prétexte que tu as d'autres priorités pour le moment. Que feras-tu si jamais tu reviens trop tard et que l'un des deux, voire les deux, meurent avant ?

Il hocha la tête.

— Si tu veux parler de la tension de papa…

— Tu es sans doute très intelligent, mais tu n'es pas Dieu, répliqua-t-elle d'une voix tendue. Tu ne peux pas savoir de quoi demain sera fait.

Les traits de Jack s'adoucirent alors, et il dit :

— Tu penses à ta mère, n'est-ce pas ?

— Tu ne peux pas savoir, répéta-t-elle la voix brisée.

Il tendit alors la main pour caresser la joue rosie de la jeune femme et celle-ci ne tenta pas de se dérober.

Jack commença par promener son pouce sur sa pommette puis ses lèvres.

— C'est très gentil à toi de te préoccuper ainsi de ma famille.

Elle tourna la tête d'un geste brusque.

— Ne te fiche pas de moi.

Il rit doucement.

— Je n'oserais jamais.

Il avait maintenant le regard fixé sur la bouche de

la jeune femme, de la même manière que le jour où il l'avait embrassée.

— N'espère même pas essayer de… me distraire, dit-elle.

— Crois-tu que je pourrais te distraire, alors que tu parles de mes parents ?

— Peu de chances ?

Il prit alors sa main et noua ses doigts à ceux de Callie.

— Voyons cela.

Callie aurait eu une dizaine d'arguments pour lui expliquer pourquoi il devait passer plus de temps avec ses parents, mais elle se trouvait dans l'incapacité de parler, toute son attention étant focalisée sur les doigts puissants de Jack, enlacés aux siens.

Jack se pencha et inclina sa tête vers elle. Cette fois, il était tendre et hésitant. Il goûta ses lèvres, sa langue, la douce tiédeur de sa bouche. Callie répondit avec une ardeur croissante tandis qu'au creux de son ventre grandissait le désir de le connaître mieux encore.

Elle plongea ses doigts dans les cheveux bruns de Jack et il laissa échapper un grognement de plaisir. Il se leva de son tabouret, de manière à pouvoir se rapprocher d'elle. Il posa ses mains autour de sa taille et ses pouces se glissèrent sous l'ourlet du T-shirt de la jeune femme. En réaction, le corps de Callie fut pris de légers frissons. Elle frémit et se serra contre lui. Une main puissante explora ses courbes, tâta, modela. En représailles, elle glissa ses mains sous le T-shirt de Jack et trouva sa peau, tiède et ferme.

Il grogna contre son cou, taquinant sa peau déjà

hypersensible. Si Callie ne mettait pas un terme à cela tout de suite, elle n'en serait plus jamais capable. Résolue, elle posa alors ses mains sur celles de Jack, ce qui ne fit qu'amplifier le délicieux contact. Elle s'autorisa à y goûter pendant encore deux secondes… Non, cinq. Quand elle eut compté jusqu'à dix, elle exhala un profond soupir et retira ses mains.

— Ça suffit, dit-elle d'une voix haletante. Restons-en là.

— Tu n'as de toute évidence aucune idée du sens de l'expression « ça suffit », répondit Jack.

Il tenta de l'enlacer de nouveau, mais elle fit un pas de côté.

— Je suis sérieuse, Jack.

— Mais si tous les deux nous voulons…

— Je ne veux pas, insista-t-elle.

Comme il ricana, elle ajouta :

— D'accord, je voulais aussi, mais uniquement parce que tu as reconnu que j'avais raison et que tu négligeais ta famille.

— J'ai dit ça ? demanda-t-il, surpris.

— Implicitement, oui, et un homme qui reconnaît ses erreurs est très attirant… Du moins momentanément.

— J'ai fait de nombreuses erreurs que je suis prêt à avouer, et nous pourrions avoir de nombreux autres bons moments.

Avant qu'elle n'ait pu lui dire de ne pas être grotesque — ou, pire, qu'elle n'ait pu lui demander de tout lui avouer — le téléphone portable de Jack sonna.

Il fouilla dans sa poche, regarda l'écran et prit immédiatement l'appel.

— Jeremy, que se passe-t-il ? demanda-t-il sur un ton redevenu professionnel.

Callie se rappela alors que Jeremy était le collègue d'Oxford dont il lui avait déjà parlé.

Jack écouta l'autre médecin parler pendant une minute puis il posa quelques questions.

— J'apprécie énormément que tu m'aies sollicité, dit-il enfin, mais je suis persuadé que Daniel Lee est tout aussi capable de réaliser cette intervention.

Jack Mitchell reconnaissait à haute voix qu'un autre médecin était aussi bon que lui ?

Il se lança ensuite dans une discussion très technique que Callie n'essaya même pas de suivre et elle préféra s'affairer dans la cuisine.

— Je serais ravi de lui parler, dit alors Jack sur un ton un peu plus enjoué qui attira l'attention de Callie. Hannah, comment vas-tu ?

Hannah, la femme dont il avait demandé des nouvelles la dernière fois.

Callie écouta ouvertement la conversation. Après tout, elle s'en sentait le droit après ce nouveau baiser. Jack parlait à Hannah de ses « vacances » aux Etats-Unis et elle comprit alors qu'il parlait avec une enfant. Sans en avoir l'air, il posa à la petite fille des questions sur son état de santé et, quand elle sembla s'inquiéter, il s'employa à la rassurer sur un ton calme et confiant.

Callie pensa alors que Hannah avait de la chance d'être soignée par Jack.

— Ça m'a fait très plaisir de te parler, dit enfin Jack. Compte sur moi. Et maintenant, ma belle, il va falloir que tu raccroches. Dis au revoir pour moi au Dr Jeremy.

Il coupa son téléphone mais ne le posa pas immédiatement.

— Hannah est l'une de tes patientes ? demanda Callie.

Il hocha la tête.

— Elle souffre de malformations artérioveineuses. Une malformation vasculaire dans le cerveau.

— J'ignore de quoi il s'agit, mais ça a l'air grave. Est-ce qu'elle va guérir ?

— Oui, si nous réussissons à réduire la lésion afin de pouvoir l'enlever ensuite.

Jack vida sa bière.

— Je vais encore travailler une heure ou deux dans le salon, annonça-t-il. Fais comme si je n'étais pas là.

« Ah, très drôle ! » songea Callie, qui savait qu'elle aurait les nerfs à fleur de peau à la seconde où il retirerait son T-shirt, et peut-être même avant.

Sur le seuil de la cuisine, il se retourna.

— Callie, j'ai de nombreux patients comme Hannah. Je reste ici un mois, mais ensuite je repars en Angleterre sans attendre.

Chapitre 9

En ce mardi matin, le centre-ville de Parkvale bruissait littéralement d'agitation — toutes proportions gardées, bien entendu.

Jack fut obligé de se garer à deux cents mètres de la boutique de Callie et de se frayer un chemin au milieu de la foule — deux mamans occupaient toute la largeur du trottoir avec leurs poussettes — pour parvenir jusqu'à Fleurs et Couleurs.

Le propriétaire de Brunello, le nouveau restaurant italien dans lequel Jack avait réservé une table pour l'anniversaire de sa mère, balayait sa terrasse et il salua Jack. A côté se trouvait un magasin de meubles, R.H. Designs. La pancarte au-dessus de la vitrine indiquait seulement « Meubles faits à la main », mais le magasin n'avait rien de comparable avec les autres de la ville, et certainement pas dans un rayon de plus de cent kilomètres. Il s'arrêta un moment pour admirer les tables, chaises et buffets apparemment simples mais dénotant une grande maîtrise du métier. Les meubles semblaient confortables, fonctionnels, et les détails indiquaient qu'ils étaient l'œuvre d'un artisan qui aimait son travail.

L'impression positive que donnaient le restaurant et le magasin de meubles était réduite à néant par les deux magasins suivants : un bazar vendant des articles de pacotille à un dollar pièce, et une boutique de souvenirs spécialisée dans les torchons sur le thème de Parkvale.

Il réussit sans mal à passer devant la boutique de souvenirs sans céder à la tentation et s'arrêta devant la vitrine de Fleurs et Couleurs. Contrairement au bazar voisin, la vitrine de Callie était élégante et attirante. Son logo ainsi que la décoration verte et grise étaient d'aussi bon goût que le mobilier de la boutique. Si ses affaires avaient du mal à décoller, ce n'était certainement pas à cause de l'impression visuelle que dégageait la boutique.

Comme Jack poussait la porte, il se rappela la première fois qu'il était venu ici. Il n'avait alors aucune idée qu'il se retrouverait face à Callie, et il n'avait pas compris pourquoi la fleuriste semblait aussi hostile.

Aujourd'hui, elle paraissait nettement plus heureuse de le voir. Dès qu'il lui aurait expliqué la raison de sa venue, non seulement elle signerait sans hésiter ces maudits papiers de divorce, mais elle insisterait certainement pour l'embrasser… et il se pourrait bien qu'il la laisse faire !

Depuis le comptoir, où elle parlait avec une cliente, Callie lui adressa un salut de la main. Aujourd'hui, elle portait une robe-chemisier courte de couleur beige, boutonnée à la taille et agrémentée d'une ceinture au niveau des hanches.

Impatient de lui parler, Jack s'obligea à se promener dans la boutique. La première fois qu'il y était entré, il avait trouvé que l'endroit dégageait une impression de fraîcheur, de douceur et de sérénité — ce dernier point contrastant radicalement avec la personnalité de la propriétaire.

L'ambiance était la même aujourd'hui. Les fleurs étaient

disposées dans des vases et des soliflores et même si elles semblaient arrangées sans ordre apparent, Jack devina que leur disposition était destinée à apporter des contrastes de couleurs et des touches de vert de ci, de là.

Maintenant, il était presque arrivé à la hauteur de Callie.

Jack attendit son tour. La cliente lui lança quelques œillades appuyées, jusqu'à ce que Callie n'ait plus d'autre choix que de faire les présentations.

— Rachel, voici Jack Mitchell, le fils de Brenda Mitchell. Il est à Parkvale pour quelques semaines.

Ravie, Rachel serra longuement la main de Jack.

— Vous êtes le médecin, n'est-ce pas ?

— En effet, répondit-il avec un sourire.

— Chirurgien cardiaque, c'est bien cela ?

— A vrai dire, non. Je suis neurochirurgien.

Rachel porta une main à sa poitrine.

— Je savais bien que c'était quelque chose de vraiment impressionnant.

Callie ne put s'empêcher de rire doucement.

— Ce n'est pas si impressionnant que cela, répondit modestement Jack.

Rachel posa alors une main sur son bras et l'y laissa.

— Vous êtes probablement le citoyen le plus célèbre de cette ville, vous savez.

Jack en doutait sérieusement, puisqu'elle avait été incapable de se souvenir de sa spécialité. Néanmoins, une chose était certaine : cette femme avait nettement plus de considération pour lui que n'importe qui d'autre dans cette boutique…

— Je suis ravi d'être à Parkvale, dit-il, estimant que

c'était le genre de déclaration que l'on attendait certainement du « citoyen le plus célèbre » de la ville.

— Si vous avez besoin d'aide pour retrouver votre chemin, appelez-moi, proposa Rachel en battant des cils et en gloussant de sa propre audace.

— Merci.

Rachel le jaugea une nouvelle fois du regard, jusqu'à ce que Jack ait le sentiment d'être la prise du jour.

— Un neurochirurgien… Est-ce que ce n'est pas formidable ? demanda-t-elle en gloussant.

— Oui, sans aucun doute, répondit Jack.

Encore une nouvelle preuve, si besoin était, que Parkvale vivait toujours à une époque révolue.

— Tenez, prenez donc ça, dit Rachel en sortant une carte de visite de son sac. Si jamais vous avez besoin de compagnie…

— Si l'occasion se présente, je ne manquerai pas de vous appeler, répondit poliment Jack.

Il vit les traits de Callie se figer et il eut l'impression que la température venait de chuter d'une vingtaine de degrés. Il se demanda alors si le fait de l'avoir embrassée deux fois en l'espace de deux jours lui interdisait désormais de s'intéresser à une autre femme.

Non, il préféra écarter cette pensée. Ces deux baisers avaient été un moment d'égarement, et il était plus qu'évident que Callie et lui ne sortaient pas ensemble. Du reste, si jamais la jeune femme avait envie de se montrer devant lui en compagnie d'un autre homme, il n'y voyait absolument aucun inconvénient. Au contraire, il serait ravi pour elle.

Il prit donc le temps de discuter un moment avec

Rachel, tandis que Callie s'occupait d'arranger un bouquet de fleurs roses et blanches agrémenté de longues feuilles vertes. Elle semblait maîtriser parfaitement ses gestes, observant son travail sous tous les angles et ajustant le bouquet pour que l'ensemble soit harmonieux.

Le téléphone sonna et elle décrocha. Jack écouta d'une oreille distraite et crut comprendre qu'elle s'entretenait avec un fournisseur, au sujet de fleurs livrées qui n'étaient pas de qualité satisfaisante.

Comme il aurait pu s'en douter, elle n'était pas disposée à laisser le fournisseur avoir le dernier mot. Elle se montrait plus polie avec le fournisseur qu'avec lui, mais elle témoignait de la même détermination.

S'il avait entendu cette conversation avant qu'ils ne commencent à parler de leur divorce et de ses parents, il aurait certainement fait preuve d'un peu plus de prudence.

Contrairement à Jack, le fournisseur devait avoir quelque chose à se reprocher parce qu'il ne protesta pas longtemps. Callie lui dit poliment au revoir, mais Jack ne manqua pas de remarquer la satisfaction qui se devinait dans sa voix. Ensuite, la jeune femme lança à Jack un regard qui sembla l'avertir : tu es le prochain.

— Rachel, vous voulez bien m'excuser ? dit-il. J'ai besoin de l'aide de Callie pour choisir quelques fleurs.

La jeune femme comprit le message et partit. Les mains vides.

— Est-ce que papoter avec mes clients et les faire partir avant qu'ils n'aient acheté quelque chose fait partie de ton plan pour m'aider ? demanda alors Callie.

— Je vais dépenser nettement plus qu'elle ne l'aurait fait, promit Jack.

— Une nouvelle petite amie ? demanda alors la jeune femme avec un air taquin.

— Je ne peux pas en avoir tant que je n'ai pas obtenu le divorce de mon épouse, qui est du genre tenace. Les fleurs sont pour maman. Comme d'habitude, merci.

Devant le regard interrogateur de Callie — pourquoi lui faciliterait-elle les choses ? —, il précisa :

— Des iris. Et les autres fleurs, dont le nom commence par un D.

— Pas mal, reconnut-elle à contrecœur. Des delphiniums.

Elle se dirigea vers un seau de fleurs violettes et en sortit plusieurs tiges.

— Ces iris ne tiendront que quelques jours, c'est pourquoi je te fais une remise. Et si je les remplaçais par des gardénias ?

— Non, mets les iris. Je rachèterai des fleurs à maman dans quelques jours.

Bien entendu, il en fallait beaucoup plus pour impressionner Callie et son expression resta de marbre.

— Quelles sont tes fleurs préférées ? demanda-t-il.

— Pourquoi ?

— Pour rien, histoire de faire la conversation. Comme entre un mari et sa femme.

— Un mari digne de ce nom connaît les fleurs préférées de sa femme.

— Vas-y, moque-toi de moi.

— Les gerberas. Et les zantedeschias.

Evidemment, elle avait fait exprès de choisir deux

espèces de fleurs dont il n'avait jamais entendu parler ! Il la fixa donc du regard jusqu'à ce que, dans un soupir, elle lui montre tout d'abord des fleurs rose fuchsia avec un cœur noir.

— Gerberas, se contenta-t-elle de dire.

Ensuite, elle lui montra des fleurs blanches, enroulées en spirale autour d'un cœur jaune.

— Zantedeschias.

— Tu aurais pu dire « arum », comme tout le monde.

Elle lui adressa alors un regard qui semblait dénoter tout son mépris pour le néophyte qu'il était. Sa bouche s'incurva légèrement et il eut envie de l'embrasser une nouvelle fois.

Non, mauvaise idée. Cela ne faisait pas partie de son plan.

Jack prit alors la main de la jeune femme. Cela ne faisait pas plus partie de son plan, mais il aima ce contact.

— Callie, j'ai repensé à ce que tu m'as dit, au sujet de mes parents qui ont besoin de ma présence. Au sujet des personnes qui meurent. Tu as raison, je ne peux ignorer ces éventualités. Alors, j'ai trouvé une solution qui devrait nous convenir, à l'un comme à l'autre.

Elle redressa les feuilles de papier d'emballage sur le comptoir.

— Est-ce que ta solution convient à tes parents ?

— Bien entendu, répondit-il, agacé. Elle fonctionnera sur le long terme et devrait même sortir maman de son abattement passager.

— On dirait une solution miracle !

— Seulement un peu de bon sens.

Il marqua une pause, pour ménager son effet.

— Papa et maman peuvent venir avec moi. Enfin, près de moi, corrigea-t-il.

Callie en resta un moment bouche bée.

— En Angleterre ?

— Je ne veux pas dire tout de suite. J'ai seulement besoin de passer encore deux ou trois ans à l'étranger, que ce soit à Oxford ou Paris. Ensuite, j'aurai toutes les chances de décrocher un poste prestigieux ici. Peut-être à Los Angeles ou New York, peut-être même à Toronto.

— Que feront tes parents à New York ou ailleurs ?

— Ils seront à la retraite et pourront faire tout ce que bon leur semblera.

— Et tu daigneras leur accorder quelques minutes de temps en temps ?

Il leva les yeux au ciel.

— Evidemment. Si jamais je me marie un jour, ce que j'espère, ma femme pourra aussi passer du temps avec eux.

— J'ai toujours pensé que tu épouserais un médecin. Ou un top model parisien, dit-elle lentement.

Jack aussi — du moins, il avait failli épouser un médecin.

— Quel que soit son métier, elle prendra certainement un peu de recul une fois que nous aurons des enfants, et je ne doute pas que mes parents seront ravis de vivre auprès de leurs petits-enfants, répondit Jack avec son air supérieur.

La jeune femme froissa dans son poing un morceau de papier et le jeta dans la poubelle.

— Tu as mis ton super-cerveau à contribution pour savoir comment tu allais aider tes parents, et c'est tout ce que tu as trouvé ?

La réaction de Callie ne faisait aucun doute : elle débordait d'enthousiasme...

Jack l'attrapa alors par le bras et demanda :

— C'est quoi, ton problème, à la fin ? J'ai trouvé une solution qui me permette de m'impliquer dans la vie de mes parents. Est-ce que ce n'est pas ce que tu voulais ?

— Cette « solution » n'a rien à voir avec tes parents. Elle ne parle que de toi, et encore de toi, accusa la jeune femme en se dégageant d'un geste sec.

Il serra les poings, éprouvant une nouvelle fois l'envie de l'étrangler.

— Comment ça ?

— Brenda et Dan font complètement partie de Parkvale. Toute leur vie se trouve ici, expliqua-t-elle. Tu ne peux pas leur demander de partir et de se déraciner complètement à leur âge. Tu n'as pas le droit de faire des projets pour eux uniquement parce que tu viens de décider que tu étais de nouveau leur fils.

Elle inspira profondément et reprit :

— Tes parents traversent une crise *maintenant.* Pas dans deux ans. Ouvre les yeux, Jack, et agis.

— Décidément, je n'aurai jamais le dernier mot avec toi, dit Jack en soupirant. Quoi que je propose, tu me taxeras immanquablement d'égoïsme.

Il tourna les talons.

— Qu'as-tu donc fait qui te donne une telle autorité ? reprit-il. Evidemment, tu es ici, à Parkvale, avec mes parents, et c'est parce que tu le veux bien. Moi, je rêvais de devenir médecin, alors que toi, ton projet se limitait à rester à la maison avec mes parents. Eh bien tu sais quoi ? Nous avons tous les deux réalisé notre rêve.

— Au moins, je sais que la famille compte plus que tout.

— Comme tes grands-parents ? demanda-t-il. Eux qui avaient tellement envie de t'avoir avec eux. Une fois mariée, alors qu'ils ne pouvaient plus rien contre toi, tu aurais pu reprendre contact avec eux, mais tu n'as rien fait.

Il avait évoqué ses grands-parents pour changer de sujet et il ne s'attendait à ce que Callie affiche une telle culpabilité.

— Je leur ai écrit il y a quelques années, avoua-t-elle d'une voix hésitante.

Jack était trop surpris pour profiter de sa position de force. Il fit alors un pas vers elle.

— Pourquoi ? Qu'ont-ils répondu ?

— Je venais de rompre avec Rob, et je… j'avais besoin de ma famille. Mon grand-père m'a répondu.

Elle déglutit difficilement et reprit :

— Il m'a dit qu'ils ne voulaient plus jamais entendre parler de moi.

— Je suis désolé, Callie.

Sur le moment, la jeune femme avait été anéantie car, malgré les mises en garde de sa mère, elle s'était laissée aller à espérer de joyeuses retrouvailles.

— Maman me disait toujours qu'ils n'avaient aucun cœur. Ils avaient mis mon père à la porte quand il était encore adolescent parce qu'il avait fait quelques bêtises.

Pour ma mère, le mal-être de mon père s'expliquait par l'attitude de ses parents, qui avaient refusé de l'aider.

— On aurait pu penser que le temps et la distance les auraient radoucis…

— C'était il y a longtemps, précisa Callie. Je ne pense plus à eux, maintenant.

— J'ai du mal à te croire.

— Pardon ?

— Comme je l'ai dit, ton rêve à toi était d'avoir une famille. Ta mère est décédée, tu as rompu avec ton fiancé, tes grands-parents t'ont rejetée. Tu es amère et jalouse, accusa-t-il. Moi, j'ai ce que tu souhaites, et cela te rend folle de jalousie et de colère.

Les paroles de Jack traversèrent l'espace entre eux, aussi cinglantes que des gifles.

Le visage de Callie rougit.

— Ce que tu viens de dire est horrible.

Un sentiment qui aurait pu être du remords passa dans le regard de Jack, mais il ne chercha pas à s'excuser.

— Je… Je reconnais que je t'envie d'avoir deux parents merveilleux qui s'aiment et un foyer qui a toujours été là pour toi, dit-elle d'une voix tremblante.

Etait-ce la raison pour laquelle elle lui en voulait tellement de ne pas accorder plus d'intérêt à sa propre famille ? Parce qu'elle était jalouse ?

Non !

— N'essaie pas de me faire porter le chapeau, dit-elle. Si tu aimes vraiment Brenda et Dan…

Il leva une main en l'air pour la faire taire.

— Ma chère, cette discussion n'a pas lieu d'être.

Maintenant que j'ai compris qu'il s'agit avant tout de toi…

Elle se demanda alors s'il faisait en toute conscience référence aux accusations qu'elle lui avait lancées au visage.

— Je refuse de t'écouter une seconde de plus.

Par politesse, Callie essaya de ne pas couler de regards mauvais à Jack, à côté de qui elle s'était retrouvée assise pour le dîner d'anniversaire de Brenda. Toutefois, elle lui en voulait tellement à cause de ce qu'il lui avait dit dans sa boutique qu'elle ne pouvait s'en empêcher.

Un moment, elle avait été tentée de ne pas venir à la soirée, mais elle ne voulait pas décevoir Brenda. Finalement, elle se félicita d'être venue quand, au moment où le serveur leur apportait les entrées, Brenda lança joyeusement :

— Cette soirée est merveilleuse, avec toute ma famille autour de moi.

Avec un sourire, elle inclut Callie.

Callie promena son regard autour de la table, éclairée par des bougies. Brenda semblait heureuse, presque elle-même, mais Jack bouillait de rage. Depuis deux jours, il ne lui avait pas adressé la parole, même pendant qu'il faisait les travaux chez elle.

Oncle Frank et tante Nancy essayaient de faire comme s'ils n'avaient pas une fille sur le point de se marier, pour ne pas perturber Brenda. Dan était de mauvaise humeur, de toute évidence parce que Jack n'arrêtait pas de lui demander les coordonnées de son médecin pour lui parler de sa tension artérielle. En réalité, Callie soupçonnait Dan de perdre patience parce que, désormais, la tension entre Brenda et lui était telle que personne ne pouvait plus l'ignorer.

Même pour quelqu'un d'enthousiaste comme Brenda, qui se contentait souvent de peu, qualifier cette soirée de « merveilleuse » semblait exagéré.

Callie goûta son vin, un sauvignon blanc de la Napa Valley que Jack avait commandé, et qui devait donc coûter une fortune. Elle trouva le breuvage amer. Ou alors, comme Jack le lui avait dit, c'était elle qui était amère…

Elle lui lança un coup d'œil oblique, et il répondit par un petit sourire narquois.

— Tu n'aurais pas pu commander quelque chose d'un peu plus original ? lui lança-t-il en regardant l'assiette de la jeune femme.

— J'aime la salade, répondit-elle entre ses dents. Et je n'ai pas envie que mes artères soient bouchées par le cholestérol, ajouta-t-elle en regardant la *bruschetta* au fromage et au bacon de Jack.

La jeune femme leva ensuite son verre pour proposer un toast.

— Brenda, à votre santé. En espérant que vous vivrez encore de nombreux moments de joie comme celui-ci.

Les verres tintèrent autour de la table.

— Moi, je serai heureux le jour où tu divorceras de moi, marmonna Jack.

— Si tu peux être heureux alors que tu rends tes parents malheureux, félicitations, rétorqua Callie.

— C'est encore la jalousie qui te fait parler ?

Elle serra ses doigts autour de son couteau à steak.

— Jack, Callie, intervint Brenda. De quoi parlez-vous donc ?

Callie se redressa.

— Eh bien, euh, je racontais une blague à Jack, répondit-elle en s'obligeant à sourire.

— J'adore les bonnes blagues, dit Brenda, qui riait d'avance. Raconte-la-nous, que nous en profitions tous.

— Bien sûr, dit Callie, en faisait l'inventaire de son maigre répertoire de blagues. C'était une blague sur les médecins.

Brenda leva alors ses mains en l'air pour la stopper.

— Pitié, pas une blague sur les médecins, ma chérie, répondit Brenda en riant. S'il y a bien une chose pour laquelle Jack n'a aucun humour, ce sont bien les blagues sur les médecins.

S'il n'y avait que pour les blagues sur les médecins qu'il manquait d'humour, songea Callie.

— Il ne les déteste pas, dit Callie en se tournant vers Jack. Tu les détestes vraiment ?

Il semblait s'amuser autant qu'un patient prêt à se faire arracher une dent.

— J'en ai entendu des centaines, et aucune ne m'a encore fait rire.

Pourtant, il y a plusieurs années, le jour de leur mariage, elle avait raconté certainement la blague sur les médecins la moins drôle qui devait exister, et Jack avait éclaté de rire. Que fallait-il en déduire ? Qu'il les détestait déjà, huit ans plus tôt ? S'était-il moqué d'elle ?

Ou bien s'était-il comporté comme l'être supérieur et condescendant qu'il était réellement et qu'elle n'avait pas entrevu à l'époque ?

Callie sentit ses joues s'enflammer. Brenda semblait attendre.

— Je... Je n'arrive pas à en trouver une autre, bafouilla Callie.

Jack l'observa avec curiosité — ce qui n'avait rien d'étonnant puisqu'elle se comportait comme la jeune fille maladroite de dix-sept ans qu'il avait épousée. Elle vit le moment où il se souvint lui aussi du jour de leur mariage, et fit le rapprochement avec ce qu'il venait juste de dire. L'expression de culpabilité qu'il afficha ensuite ne fit que renforcer le sentiment de stupidité de Callie.

— J'ai trouvé quelques blagues pour le mariage, annonça alors oncle Frank. Aïe !

Callie devina que Nancy venait de lui donner un coup de pied pour avoir prononcé le mot « mariage ».

— Papa, maman, intervint rapidement Jack pour faire diversion, il est temps que nous parlions de l'avenir. Du vôtre et du mien. De celui de notre famille.

N'en croyant pas ses oreilles, Callie resta bouche bée. Pouvait-il encore croire que son plan était une bonne idée ?

La jeune femme tenta de le faire taire par un coup de pied, mais, comme il avait finalement compris qu'elle agissait avant tout par jalousie, il n'y prêta aucune attention. Elle cherchait à avoir raison dès qu'il s'agissait de Brenda et Dan. Jusqu'à cet instant, il n'avait pas du tout prévu de dire quoi que ce soit à ses parents ce soir, mais cela détournerait l'esprit de Brenda du mariage de Sarah et lui donnerait aussi un but.

— De quoi veux-tu parler, mon garçon ? demanda Dan.

— Je ne souhaite pas que nous restions séparés ces prochaines années. Vous me manquez.

Brenda poussa un petit cri de surprise et porta une main devant sa bouche.

Callie donna un nouveau coup dans la cheville de Jack, qui se contenta d'éloigner son pied.

— Je sais bien que je n'ai pas donné beaucoup de nouvelles…

Il s'attendait plus ou moins à ce que sa mère proteste mais elle se tut, ce qui le déconcerta quelque peu et il eut un peu de mal à trouver ses mots.

— Je… Euh… Mon travail a occupé une grande partie de ma vie. Or, les années passent et, même si cela ne va pas manquer de poser quelques problèmes, j'aimerais que nous passions plus de temps ensemble.

— Jack, le pressa Callie. Tu dois…

Il lui lança un regard noir.

— Une minute, Callie, je te prie. C'est important.

Brenda affichait un large sourire, et l'on devinait au regard de Dan qu'il était lui aussi ravi de la nouvelle.

— Je le savais ! s'exclama alors Brenda. Tu reviens à la maison !

Quoi ? se demanda Jack, en repensant à ce qu'il venait de dire.

— Pas à la *maison*, bien entendu, reprit Brenda, au plus grand soulagement de Jack.

Pendant un moment, celui-ci avait en effet paniqué.

— Mais, mon chéri, dit Brenda tout en reniflant, c'est merveilleux. Où vas-tu habiter ? Memphis ? Ou pourquoi pas Nashville ? Ce n'est qu'à quelques heures d'ici.

Elle tendit alors le bras et prit la main de Jack dans la sienne.

— Jack, mon chéri, est-ce que je n'ai pas dit que cette soirée était merveilleuse ? Tu viens de m'offrir le plus beau de tous les cadeaux d'anniversaire, ajouta-t-elle en regardant les convives.

Jack serra les mains de sa mère, l'obligeant à lui accorder de nouveau toute son attention.

— Maman ?

Comment le lui dire ?

— Je me suis mal exprimé. Je ne voulais pas parler de mon retour dans le Tennessee.

Brenda cligna des yeux.

— De quoi parles-tu ? demanda alors Dan d'une voix tendue.

— D'ici à deux ans tout au plus, j'aurais terminé à Oxford.

Il savait pertinemment qu'il ne devait pas précipiter les choses, mais il devait maintenant tenter de redresser la situation.

— Je me disais que quand je reviendrais aux Etats-Unis, vous pourriez me rejoindre et vivre près de moi, reprit Jack.

Ses paroles furent accueillies par un grand silence.

— Tu veux dire, quitter Parkvale ? demanda enfin Brenda, incrédule.

— Quelque part dans le Tennessee ? demanda à son tour Dan.

— Non, papa. Plutôt New York ou L.A., répondit Jack avec un enthousiasme forcé.

Ces deux noms semblèrent ne trouver aucun écho chez ses parents.

— Ou Seattle, tenta-t-il en désespoir de cause.

Il savait en effet que ses parents avaient envie de visiter Seattle depuis la diffusion de la série télévisée *Frasier.*

— Mon chéri, dit Brenda, notre maison est ici. Notre histoire aussi.

Il devina immédiatement qu'elle pensait à Lucy.

— Nous ne pouvons quitter Parkvale, reprit-elle tandis que Dan hochait la tête.

Jack se dit qu'il était allé trop loin pour abandonner maintenant.

— Bien sûr, et je ne vous demande pas de partir ce soir.

Cette dernière remarque se voulait être une plaisanterie, mais personne ne rit.

— Prenez le temps d'y réfléchir. Mon travail m'oblige à rester éloigné de vous, mais vous me manquez.

En prononçant ces paroles, il se rendit alors compte que c'était la vérité, ce qui provoqua un réel choc chez lui.

— Nous pouvons sans aucun doute y réfléchir, lui répondit sa mère sur un ton peu convaincu.

De nouveau, un silence gêné s'installa. Dan posa sa main sur celle de son épouse — ses parents n'avaient pas paru aussi proches depuis longtemps — et dit :

— Merci de penser à nous, mon fils.

Jack se souvint alors des paroles de Callie : « Tu ne penses pas à tes parents. Tu penses à toi. »

Il tourna son regard vers son épouse, qui croyait

toujours avoir raison. Elle faisait rouler un bout de cire froide entre ses doigts. Comme elle avait le regard baissé, il ne pouvait voir ses yeux ni voir si elle jubilait, mais il était prêt à parier que c'était bien le cas, car elle avait eu raison sur toute la ligne.

Quant à lui, il ne se souvenait pas d'avoir jamais essuyé un échec aussi cuisant…

Chapitre 10

Le lendemain matin, le réveil de Callie sonna à 4 heures.

Elle adorait se lever au petit matin pour se rendre à la vente de fleurs, mais elle se sentait encore abattue suite au dîner raté de la veille et elle resta allongée dans son lit, sans aucune envie de bouger.

C'est alors qu'un grattement vint la réveiller au moment où elle glissait de nouveau vers le sommeil et elle sursauta. Qui aurait pu croire qu'elle serait reconnaissante à ces sales rats ?

Elle enfila ses chaussons à tête de lapin puis partit en direction de la salle de bains.

Et elle se retrouva nez à nez avec un homme.

Callie se mit à crier, puis elle vit qu'il s'agissait de Jack et elle se calma quelque peu. Elle chercha les mots pour bien lui faire comprendre qu'elle n'appréciait pas du tout de le trouver chez elle à cette heure plutôt matinale, mais elle se contenta de :

— Que fais-tu ici ?

— Je pense que tu viens de me déchirer les tympans, répondit Jack, dont le regard se promena sur le visage puis sur le corps de la jeune femme.

Celle-ci se rendit alors compte qu'elle ne portait qu'une

chemise de nuit de coton très courte, dont les bretelles avaient glissé de ses épaules.

— Jolis chaussons, dit Jack dont le regard était fixé sur la naissance de sa poitrine.

Elle croisa alors ses bras devant elle.

— Tu ne m'as toujours pas dit ce que tu faisais ici.

— Comme je n'ai quasiment pas fermé l'œil de la nuit, je me suis dit que je ferais tout aussi bien de commencer tôt ici.

Il avait en effet la mine défaite, et cela lui allait plutôt bien — comme toujours —, mais elle lui en voulait et refusait de succomber une nouvelle fois à son charme.

— Je suis tellement désolée à propos d'hier soir, dit-elle.

Il fit alors mine de se frotter les oreilles.

— J'ai dû mal entendre. Je m'attendais plutôt à quelque chose comme « Je te l'avais bien dit ».

Elle sourit.

— J'allais y venir, mais je sais que tu essayais d'aider tes parents de ton mieux.

— Merci.

— Tu n'avais pas prévu que la situation allait se retourner contre toi.

— Pourtant, tu m'avais mis en garde, reconnut-il. Tu avais deviné que maman et papa ne comprendraient pas mon projet, et c'est pourquoi tu m'as donné des coups de pied sous la table.

— En effet, ce n'était pas pour le plaisir de te draguer.

« Mince, mauvais choix de mots », se dit Callie, qui

remarqua que le regard de Jack revint immédiatement sur ses courbes.

— Brenda et Dan s'en remettront, assura-t-elle d'une voix tendue. Allez, souris, Jack.

La jeune femme préférait presque quand il affichait son air arrogant de monsieur-je-sais-tout.

— J'imagine que tu as raison, concéda Jack en soupirant. C'est juste que… Un petit câlin ne me ferait pas de mal en ce moment.

Callie n'hésita pas une seconde. Elle passa ses bras autour de lui et l'attira vers elle. Il posa son menton sur le sommet de sa tête et ils restèrent un moment enlacés, sans rien dire. Callie sentit le souffle de Jack sur ses cheveux, la tiédeur de son corps masculin à travers le coton fin de sa chemise de nuit.

Les mains de Jack qui descendaient vers le bas de son dos.

Elle fit un bond arrière et s'exclama :

— Ça ne va pas ? Que fais-tu ?

— Je te fais un câlin, répondit-il avec un regard rempli d'innocence.

Il ne réussit toutefois pas à garder son sérieux, et il éclata de rire.

— Je n'arrive pas à croire que j'éprouvais réellement de la compassion pour toi, rétorqua Callie.

Il rit encore plus fort.

— Si cela peut te consoler, je me sens nettement mieux.

Elle haussa les épaules, encore bien trop consciente de la sensation des mains de Jack dans le bas de son dos.

— Tu n'es qu'un obsédé ! Je vais prendre une douche, mais je ferme la porte à double tour.

— Très sage initiative, répondit-il, avant d'ajouter : si tu t'es levée aussi tôt pour me préparer un petit déjeuner, je peux attendre.

— Tu rêves ! Je vais à une vente de fleurs à Memphis, répondit-elle par-dessus son épaule.

Consciente du regard de Jack sur son postérieur, elle partit sans attendre se réfugier dans la salle de bains nouvellement carrelée — merci Jack ! — et elle ferma la porte à clé. Ensuite, elle s'y adossa, prise de la soudaine impression de suffoquer.

Jack frappa alors à la porte et dit :

— Je t'accompagne.

Le trajet jusqu'à Memphis ne fut pas aussi stressant que le soir où ils étaient allés rencontrer l'avocat, parce que, au moment où Callie s'engagea sur l'autoroute, Jack s'était endormi.

Elle préféra se dire qu'il devait trouver sa compagnie apaisante plutôt qu'ennuyeuse. Au moins, tant qu'il dormait, il ne pouvait se rendre compte qu'elle tournait régulièrement son regard vers lui et, à la lueur intermittente des lampadaires de l'autoroute, son visage sombre paraissait encore plus intrigant et mystérieux.

Ils arrivèrent à la criée, dans la banlieue de Memphis, aux environs de 7 heures. La vente commençait à 6 heures, mais Callie se contentait généralement d'acheter dans les derniers lots.

Jack se frotta les yeux et s'étira, jusqu'à ce que sa main ne frôle le bras de la jeune femme.

Il laissa sa paume posée sur Callie pendant quelques secondes. Il se faisait l'impression de se comporter comme un mufle, mais elle était douce et fraîche, et il y avait des moments où un homme avait besoin de ce genre de contact réconfortant.

Il la suivit à l'intérieur de la criée. L'immense bâtiment était fait de tôles et de béton, ce qui lui donnait un aspect complètement fonctionnel et froid, mais il était rempli de milliers de fleurs de toutes les couleurs.

Rangée après rangée, des chariots portaient des cartons et des seaux de fleurs. Jack aurait été incapable de nommer les différentes variétés présentées, et il y en avait même qu'il n'avait jamais vues. Le mélange entêtant des parfums imprégnait chaque atome d'air, et les couleurs semblaient comme un arc-en-ciel.

Callie l'entraîna directement vers une salle aménagée de tables et de chaises. Environ la moitié de celles-ci étaient occupées par des acheteurs à différents stades d'éveil. Jack en remarqua deux qui dormaient profondément, alors que d'autres tenaient un gobelet de café dans leurs mains.

Callie choisit une table tout en haut. Comme ils montaient l'escaliers Jack vit que chaque table était équipée d'un écran et d'un clavier intégrés.

Le commissaire-priseur se trouvait dans un coin, sur une petite estrade. Une voiturette électrique, semblable à celles que l'on voit sur les parcours de golf, arriva en traînant derrière elle trois plates-formes chargées de fleurs. Avant qu'elle ne s'arrête, le commissaire-priseur se lança dans une description des divers lots. Son assistant, qui se trouvait devant, montrait chaque lot.

— Est-ce que nous enchérissons ? chuchota Jack.

Callie hocha la tête, le regard rivé sur l'écran, sur lequel étaient listés tous les détails concernant chaque lot.

Il s'agissait d'enchères au rabais, commençant par un prix maximum plutôt qu'un prix minimum, et il diminuait régulièrement. Le premier enchérisseur à appuyer sur la touche « Acheter » remportait le lot. Si vous attendiez trop, comprit Jack, vous risquiez perdre le lot qui vous intéressait.

Callie ne lança aucune enchère jusqu'à la troisième série de lots. Jack l'observa enchérir pour un lot de « Feuillage, Général » et ensuite pour des fleurs bleues appelées gentianes. Elle enchérit aussi pour des tulipes, mais fut battue par un enchérisseur plus rapide.

L'excitation étant retombée, au moins temporairement, Jack en profita pour observer autour de lui.

Il tira alors le poignet de la chemise de Callie.

— Lui, je l'ai déjà vu quelque part, dit-il en montrant un homme de type asiatique assis au premier rang.

— C'est possible, répondit-elle. Il est grossiste et a quelques clients à Parkvale, dont Le Jardin fleuri.

— La talentueuse Alice, se rappela Jack, à la plus grande surprise de Callie.

— Elle est ma principale concurrente, reconnut Callie, mais, comme je viens ici plutôt que de faire confiance à un grossiste, j'ai l'avantage de pouvoir acheter les fleurs qui m'inspirent le plus.

Il hocha la tête.

— Et tes bouquets sont plus originaux que ceux du Jardin fleuri.

Callie apprécia le compliment, car elle se faisait une fierté de proposer à ses clients des associations de fleurs et de couleurs sortant de l'ordinaire.

Toutefois, le compliment de Jack ne signifiait rien. Il ne suffisait pas de quelques gentils mots pour qu'elle lui mange dans la main, comme Brenda.

Le commissaire-priseur passa alors aux lys.

— Il va y en avoir pour quelques minutes, dit-elle calmement à Jack. Si tu as envie d'aller acheter un café, c'est le moment.

— Il est bon ?

— Meilleur que celui de Brenda, mais moins bon que le mien.

— Dans ce cas, je passe mon tour.

— Tu n'es qu'un snob, chuchota-t-elle.

— Je ne te vois pas non plus te précipiter pour en acheter un, rétorqua-t-il en haussant un sourcil.

Elle sourit.

— Au fait, reprit-il, tu ne m'en veux pas pour hier soir ? Tu avais raison.

— Non, je ne t'en veux pas. Comment le pourrais-je, alors que je me suis tellement amusée à cause de toi ?

Elle s'attendait au moins à ce qu'il sourie, car le Jack Mitchell, qui se prenait bien trop au sérieux au moment de son arrivée, avait fait preuve d'un sens de l'humour pince-sans-rire qu'elle trouvait absolument séduisant. Mais l'expression de Jack se fit au contraire sérieuse.

— Nous y voilà, dit-il. Tu ne t'es pas moquée de moi quand j'ai présenté mes projets pour l'avenir de mes parents, et tu ne m'as jamais dit : « Pourtant, je t'avais prévenu. » Je commençais à trouver cela suspect.

Elle réprima un rire.

— Crois-moi, je pensais que j'adorerais te voir te tromper, mais non, et je me demande pourquoi. Quoi que, il est évident que je n'ai aucune envie de voir tes parents en colère.

— C'est à eux de choisir.

Elle hocha la tête.

A 7 h 30, Callie avait acheté toutes les fleurs dont elle avait besoin. Elle paya ses achats, puis Jack l'aida à porter les fleurs jusqu'à la voiture. L'arrière de son break était aménagé pour pouvoir installer les seaux droits et les bloquer, de manière à ce que les fleurs ne s'abîment pas pendant le trajet.

Alors que la circulation devenait plus dense à l'entrée de la ville, ils repartaient. Jack était maintenant d'humeur plus bavarde et le trajet sembla durer moins longtemps que d'habitude.

— Tu ne seras pas à la boutique avant 10 heures, fit-il remarquer à mi-parcours. Qui s'en occupe quand tu vas à Memphis ?

— J'ai une employée qui a besoin de travailler quelques heures par semaine. Elle n'est pas fleuriste, mais elle est capable de tenir la boutique pendant environ une heure, le temps que j'arrive. Si jamais elle n'est pas disponible, je peux demander à Karen, qui a des horaires flexibles dans le cabinet d'avocats qui l'emploie.

— Karen la casse-pieds.

Callie émit un petit son désapprobateur.

— Au fait, elle nous a invités à déjeuner dimanche, et je te prierai de bien te tenir.

— Pourquoi *nous* a-t-elle invités ?

— Ce sont nos devoirs, tu t'en souviens ? Marvin a dit que nous devions participer à un moment entre amis en tant que couple. Comme il n'y a pas grand monde qui soit au courant de notre mariage, Karen a proposé de nous recevoir.

— Cool, dit-il dans un soupir.

La jeune femme ralentit en passant à côté d'un groupe d'ouvriers puis, après les avoir dépassés, demanda :

— Comment envisages-tu la suite avec tes parents, après le fiasco d'hier soir ?

— J'y ai réfléchi pendant tout le trajet aller.

Elle qui pensait qu'il dormait…

— Je m'y suis mal pris, reconnut-il, mais, maintenant que j'ai exposé mon idée, mes parents vont y réfléchir et en parler. Je suis persuadé qu'ils vont se faire à l'idée. Peut-être pas dans l'immédiat, mais je ne serais pas étonné si, d'ici un an, ils commençaient à parler de déménager.

Callie n'en crut pas ses oreilles.

— Tu n'as donc tiré aucune leçon d'hier soir ? demanda-t-elle.

Il se hérissa.

— J'ai appris qu'il me fallait faire preuve de plus de tact quand je voulais faire des suggestions à des personnes qui sont habituées à leur petite routine.

Callie tapa son front contre le volant.

— Regarde la route, ordonna-t-il.

— Tu as raison, répondit-elle en crispant ses mains sur le volant. Inutile d'avoir un accident alors que c'est déjà la catastrophe à la maison. Espérons que tes parents seront toujours mariés quand ils commenceront à parler de déménager.

— Ils seront *toujours* mariés. Je pense avoir compris le problème de maman. Si je réussis à parler à son médecin…

Callie tourna alors la tête vers Jack.

— Ah oui. Et quel est son problème, selon toi ?

— Regarde la route, répéta-t-il. C'est tout à fait naturel, et il n'y a aucun lieu de s'inquiéter. Je pense que ses sautes d'humeur peuvent s'expliquer par des fluctuations hormonales dues à l'approche de la ménopause, et que les symptômes sont proches d'une dépression nerveuse.

Callie éclata de rire.

— Je ne plaisante pas, dit-il.

— Et si je te disais que tu souffres d'une aversion liée à tes émotions, se manifestant par un aveuglement sélectif ?

Il ricana.

— Je te demanderais ce que tu entends par là.

— Ce que je veux dire c'est que, comme toujours, tu ignores les émotions. Ta mère est ménopausée depuis plusieurs années. Il s'agit de relations, pas d'hormones. Il faut que tu réfléchisses à la manière dont tu dois modifier *ton* comportement pour lui venir en aide.

— Comme toujours, tu t'empresses de tirer des conclusions.

Callie le regarda, perplexe. Quelque part, sous les vêtements griffés et l'air supérieur, devait se cacher le Jack que Lucy menait par le bout du nez. Le Jack qui était suffisamment attentif aux autres pour rire à la blague stupide de Callie le jour de leur mariage alors qu'elle n'avait rien de drôle.

Il faudrait qu'elle oblige ce Jack à se montrer.

— Nous devrions aller au bord de la rivière, un de ces jours, suggéra-t-elle. C'est l'endroit idéal pour se souvenir de Lucy.

Même si la jeune fille s'était noyée à cet endroit, elle avait aussi l'habitude de s'y baigner et d'y nager pendant l'été.

— Hors de question, répondit Jack.

Callie tenta alors une autre approche en lui racontant une blague, mais il ne répondit pas.

Pour le déjeuner du dimanche suivant, Karen Greene avait aussi invité sa sœur Casey et Adam Carmichael, le mari de celle-ci.

Callie se souvint combien Casey veillait sur ses jeunes frères et sœurs à l'époque du lycée. Elle semblait alors toujours stressée, ployant sous le poids de responsabilités qu'elle ne pouvait refuser. Aujourd'hui, elle offrait l'image parfaite du bonheur et de la décontraction.

Cela n'avait rien d'étonnant, car elle était mariée à un homme très séduisant qui était en adoration devant elle.

Casey et Adam étaient venus en compagnie de leur fille, Lily, et d'un bébé, Trent. Les deux enfants étaient tout simplement adorables, et ils avaient certainement hérité des gènes de leur père. Jack aurait très probablement de très beaux enfants, lui aussi, songea Callie. Avec son épouse médecin comme lui. Ou son top model parisien.

Elle le regarda avec une petite grimace, et il lui répondit par une grimace.

— Allez, tous les deux, faites un effort, leur demanda Karen. Ou je raconte tout à Marvin.

Il en fallait plus pour leur faire peur. Néanmoins, la tension qui régnait entre eux s'estompa quelque peu quand chacun prit place autour de la table, dressée dans le jardin, pour déguster la paella de Karen. Rosie, la fille de Karen âgée de six ans, distrayait Trent en lui faisant des grimaces, et les adultes ne tardèrent pas à rire à leur tour. Casey et Adam Carmichael étaient des gens charmants et il était impossible de ne pas se sentir bien en leur compagnie.

— Est-ce que Parkvale te manque ? demanda Callie à Casey.

La jeune femme écrivait des romans pour la jeunesse et elle venait d'expliquer combien elle appréciait de pouvoir travailler depuis son domicile de Memphis.

— Un peu, reconnut Casey. Quand je suis partie, je ne pensais qu'à m'éloigner…

— De moi, intervint Karen.

— Ma chérie, ne dis pas cela, protesta Casey, qui pourtant avait légèrement rougi.

— Mais si, je le sais bien, et tu avais tout à fait raison, répondit Karen. J'étais une véritable casse-pieds. Enfin, peu importe, j'adore revenir te rendre visite, désormais, ajouta Karen en serrant la main de sa sœur.

Jack et Adam étaient de vieux amis. Ils s'étaient rencontrés à Harvard, où leurs origines du Tennessee les avaient naturellement rapprochés. Même s'ils n'étaient pas vraiment restés en contact depuis la fin de leurs études, ils n'eurent pas de mal à discuter ensemble.

Adam parla à Jack et aux autres de la station de télévision que sa famille possédait : Memphis Channel Eight. Alors que de nombreuses autres stations perdaient de l'audience au profit des médias en ligne, les recettes publicitaires de Channel Eight ne cessaient d'augmenter.

— Tu n'as pas pensé à passer à la vitesse supérieure et à mettre tes compétences au service des grandes chaînes nationales ? Tu serais accueilli les bras ouverts à New York ou L.A.

— Bien évidemment, j'y ai réfléchi, répondit Adam en caressant le bras de Casey. D'un autre côté, Channel Eight est importante pour moi et pour le reste de la famille, et la vendre provoquerait un drame.

— Donc, tu restes à Memphis pour ta famille, souligna Callie sans grande subtilité.

Jack la gratifia d'un regard méchant.

Adam sourit.

— Ce n'est aussi difficile que je l'aurais cru.

Il déposa ensuite un baiser sur les lèvres de sa femme, et celle-ci lui adressa un sourire rayonnant d'amour.

— Chéri, tu détesterais t'éloigner de Sam et Eloise, précisa-t-elle en lui caressant la joue.

— Et toi ? demanda Adam à Jack. Pourrais-tu t'installer à Memphis ?

L'intéressé hocha la tête.

— Bien sûr, il y a quelques solides équipes de neurochirurgie, mais elles ne font pas le genre d'opérations pionnières que je fais.

— Tu sais, plus ça va et plus je me dis que ce qui compte avant tout, ce n'est pas *où* tu es, mais *avec qui.*

Il embrassa une nouvelle fois sa femme. Même si le baiser était furtif, la tendresse qui existait entre eux était presque palpable et Callie détourna le regard, mal à l'aise devant un amour d'une telle intensité.

C'était ainsi qu'un véritable mariage devait être, et la comparaison avec le couple qu'elle et Jack formaient était plus qu'embarrassante. Ils s'étaient mariés pour des raisons égoïstes alors qu'ils se connaissaient à peine. Et aujourd'hui, alors qu'ils étaient obligés de faire mieux connaissance, leurs relations se limitaient à des disputes au sujet des parents de Jack, sans parler de leur attirance purement physique de plus en plus évidente. Le fait que Callie apprécie Jack semblait presque sans importance.

Elle l'appréciait ?

Bon, d'accord, elle aimait bien le savoir chez elle, le trouver en train de bricoler quand elle rentrait du travail, et elle avait apprécié sa compagnie lors du trajet à Memphis pour acheter les fleurs. Sans compter que parler avec lui pouvait s'avérer presque aussi amusant que l'embrasser.

Des détails sans importance, se dit-elle, qui n'avaient aucune commune mesure avec la véritable union des Carmichael.

Son regard croisa celui de Jack, et elle baissa les yeux. Elle refusait de l'apprécier, alors qu'il n'y avait pas la moindre chance qu'ils connaissent un véritable mariage.

Elle, elle voulait être amoureuse, être follement aimée en retour, et construire une famille solide, aimante et unie.

*
* *

Quand ils partirent de chez Karen, Jack avait la sensation d'avoir passé l'après-midi à regarder Adam tripoter sa femme.

Bon sang, sa femme à lui était bien plus sexy que celle d'Adam, et lui aussi avait envie de promener ses mains partout sur elle. Du reste, c'était amusant que la colère qu'il éprouvait contre elle n'affecte en rien son désir de la toucher.

Or, toucher Callie en public aurait soulevé de nombreuses interrogations, puisque tout le monde les pensait en plein milieu d'un divorce.

Pourtant… Comment nier qu'il existait une réelle attirance physique entre eux ?

Comme ils étaient arrêtés à un feu rouge, il jeta un regard oblique à Callie. La jeune femme paraissait pensive plutôt que dévorée par le feu du désir. Comment réagirait-elle s'il lui proposait de mettre à profit le peu de temps qu'il leur restait en tant que mari et femme pour devenir un peu plus intimes ?

Quelques minutes plus tard, il gara sa voiture dans l'allée de chez Callie et coupa le moteur.

La jeune femme se tourna pour lui faire face. Comme elle était jolie, avec ses cheveux bouclés qui caressaient ses épaules. Sa robe d'été avec un décolleté en V mettait sa minceur en valeur sans occulter aucune de ses courbes. Il l'avait déjà trouvée sexy avec son T-shirt près du corps et son short en jean, mais là, elle était simplement irrésistible. Du reste, il n'était pas sûr de lui résister…

Il déboucla sa ceinture de sécurité, glissa une main

sous les cheveux de la jeune femme et la posa à l'arrière de sa nuque.

— Jack…

Il se pencha vers elle et posa ses lèvres sur les siennes. Comme elle était douce et sucrée… Il insista pour qu'elle ouvre sa bouche mais elle se recula.

— Jack.

— Oui, quoi ?

Ils devraient sans doute poursuivre à l'intérieur, pour avoir un peu plus d'intimité.

— Je vais signer les papiers du divorce.

Chapitre 11

Il fallut un certain temps pour que les paroles de Callie n'atteignent le cerveau de Jack. Que lui arrivait-il ? Avec n'importe qui d'autre, il comprenait sans détour le sens d'une conversation, mais, avec elle, son esprit semblait toujours avoir un temps de retard.

Soudain, il comprit, et il fit un bond sur son siège.

— Quoi ?

Pour une fois, elle ne le regarda pas dans les yeux.

— Je vais signer les papiers. Maintenant. Tu pourras les déposer demain. Divorce à l'amiable.

— Pourquoi ?

Jack eut alors l'impression qu'un poids énorme venait de s'écraser sur sa poitrine.

— Pourquoi maintenant ? insista-t-il.

Visiblement mal à l'aise, elle tordit ses mains sur ses genoux.

— Après avoir rencontré Casey et Adam et vu combien ils sont heureux, je me sens honteuse que nous nous soyons mariés comme nous l'avons fait.

— Nous avions de bonnes raisons à l'époque, répondit-il. Par ailleurs, les Carmichael ne se sont pas mariés parce qu'ils étaient amoureux.

Pourquoi essayait-il de discuter ? Il voulait ce divorce, oui ou non ?

— La situation était différente. Leur mariage était un accident, mais, aujourd'hui, ils sont fous l'un de l'autre. Il est temps que nous en finissions.

Elle avait raison, et Jack le savait. Par ailleurs, elle venait juste d'accepter de faire ce qu'il lui demandait depuis son arrivée à Parkvale. C'était la raison même de sa venue et il aurait dû sauter de joie.

Il le ferait certainement plus tard, une fois qu'il aurait intégré l'idée. C'est juste que la nouvelle arrivait de manière aussi soudaine qu'inattendue.

— Merci, dit-il enfin. Enfin, je crois.

— Je t'en prie, répondit-elle, le regard toujours baissé.

Jack aurait aimé qu'elle sorte de la voiture sans attendre, pour lui laisser le temps de s'habituer à la nouvelle tournure des événements, mais elle ne bougea pas.

— As-tu les papiers avec toi ? demanda-t-elle alors.

Elle n'était tout de même pas pressée à ce point ?

— Ils sont chez mes parents. Je les apporterai demain.

Il posa les mains sur le volant et garda le regard fixé sur le pare-brise pendant que Callie jouait avec la bride de son sac.

— J'imagine que cela signifie que tu vas sauter dans le premier avion…

Elle marqua une pause, mais il ne répondit pas.

— Il fallait que je prenne ce risque. Au moins, tu as amorcé le dialogue avec tes parents.

On aurait dit qu'elle essayait de se trouver une excuse pour avoir finalement accepté le divorce. Il aurait dû l'aider, mais il ne trouva pas quoi dire.

— Peu importe, murmura-t-elle. Ce que nous avons fait n'est pas bien, et je vais signer.

Ensuite, elle sortit et Jack fut incapable de se rappeler pourquoi il voulait qu'elle sorte de sa voiture.

Il démarra et partit lentement, toujours sous le choc de la nouvelle.

Callie se rendit directement de sa boutique au Coin gourmand, pour la petite fête donnée en l'honneur du mariage de Sarah. Elle ne s'attendait pas à trouver Jack Mitchell au milieu de la foule bruyante et rieuse, mais il était bien là, accoudé au bar, tenant un verre de jus d'orange à la main.

— C'est moi le capitaine de soirée, expliqua-t-il. La future mariée compte fêter dignement son mariage.

— Tu es ici pour Brenda, dit Callie.

— Veux-tu insinuer que ma mère est une ivrogne ?

Callie prit le cocktail que le barman lui tendit.

— Tu crains que le mariage de Sarah ne la perturbe une nouvelle fois.

— Papa est inquiet, admit-il. Il a proposé à maman de l'accompagner, mais elle l'a renvoyé sur les roses.

— Alors tu as proposé de servir de chauffeur. C'est très gentil de ta part, Jack.

— N'aie pas l'air aussi surpris, glissa-t-il en s'approchant. Elle nous regarde, alors fais comme si tu ne parlais pas d'elle.

Avec Jack si près d'elle, Callie avait plutôt envie de se comporter comme une imbécile ayant un peu trop bu. Elle avait en effet l'impression que son corps était parcouru par des milliers de petites étincelles, et l'impression s'intensifiait dès qu'elle se rapprochait de Jack. S'efforçant d'oublier cette sensation étrange, elle afficha un large sourire et demanda :

— A quoi ressemble ma maison, après une nouvelle journée de travaux ?

— J'ai peint le salon. Je repasserai une couche demain. Ça rend vraiment mieux que je ne l'aurais cru.

Elle lui donna une petite tape sur l'épaule.

— J'aime beaucoup ta tenue, dit Jack.

Il frôla une des hanches de la jeune femme et la chaleur de sa main traversa le tissu turquoise soyeux de sa robe.

— Attention, le mit-elle en garde. Ces soirées sont de véritables nids à potins. Il n'en faudrait pas beaucoup pour que les gens commencent à croire que tu t'intéresses à moi.

— Ou que toi, tu t'intéresses à moi.

Il avait de toute évidence remarqué qu'elle avait le regard rivé sur sa bouche.

— Détrompe-toi. Ils savent comment je me comporte quand un homme m'attire, et ce n'est pas le cas.

Il ricana.

— Ce n'est pas le cas ! insista-t-elle.

— Dans ce cas, montre-moi comment tu te comportes. Uniquement pour que je ne tire pas de conclusions trop hâtives.

— Je…

« Je saisis la moindre chance de le toucher, y compris de lui donner des petites tapes quand il dit des choses qui m'énervent. J'ai les jambes en coton chaque fois qu'il me sourit. Je trouve des raisons de rire même quand tout va mal. Je passe outre ses défauts et je ne vois que l'homme formidable qu'il est à l'intérieur. »

— Je… Euh…, bafouilla Callie. Je te le ferai savoir.

Elle s'éloigna ensuite du bar, suivie par le rire de Jack.

Elle réussit à rester loin de lui pendant le reste de la soirée. La petite fête se termina vers 22 heures — on était à Parkvale, pas à New York — et Jack emmena Brenda et Sarah jusqu'à sa voiture.

— Je te ramène aussi, proposa-t-il à Callie.

— Non merci, j'ai ma propre voiture.

— Tu as bu au moins trois cocktails, répondit-il. Et ils étaient bien tassés en rhum. Hors de question que tu prennes le volant.

Callie essaya alors de se rappeler le nombre de cocktails qu'elle avait bus et se rendit compte qu'il avait raison.

— Soit, concéda-t-elle alors. Tu peux me raccompagner.

— Tu as vraiment des problèmes avec la gratitude, lui glissa-t-il à l'oreille tout en lui ouvrant la portière du côté passager.

Callie frissonna en sentant le souffle chaud de Jack frôler son oreille.

— Tu me remercieras plus tard, ajouta-t-il.

Il commença par déposer Sarah, puis Brenda. Sa mère ne parut pas s'étonner qu'il dépose Callie en dernier avant de revenir chez ses parents.

— Je te retrouve à l'intérieur, dit-il à Callie tout en se garant devant sa maison. Avec ce que tu as bu, fais attention à ne pas trébucher sur l'une des planches pourries du porche.

La jeune femme ne se sentait absolument pas soûle et elle préféra ignorer cette remarque.

— Le porche est dangereux, reconnut-elle. L'ouvrier qui travaille chez moi prend son temps pour terminer.

Il éclata de rire et la prit par le bras pour monter les marches.

— Je crois que je vais te préparer un peu de café, toute sobre que tu sois, dit-il.

— Oh oui, du café.

Elle ouvrit la porte.

— As-tu ces papiers de divorce avec toi, que je les signe tout de suite ?

— Oui, je les ai, répondit-il sur un ton sec et froid.

Jack posa les papiers sur l'îlot de la cuisine le temps d'aller se laver les mains. Callie signa rapidement, les paupières à moitié fermées pour ne pas lire ce qui était écrit. Une fois qu'elle eut terminé, elle retourna les papiers et alla préparer le café.

— Allons dans le salon, proposa-t-elle à Jack quand il revint. Je veux voir ce que tu as fait.

Elle avait aussi envie de savoir s'il comptait prendre le prochain avion pour Londres, mais elle craignait de ne pas aimer sa réponse.

Quand Callie passa dans le couloir, elle vit la porte de la cave… ouverte.

— Les rats ! hurla-t-elle. Ils se sont échappés !

Au bord de la crise de panique, elle regarda tout autour d'elle, comme si elle s'attendait à voir des rats grimper le long des murs.

Jack éclata de rire.

— Tu crois vraiment que les rats ont réussi à ouvrir la porte et pousser la chaise ?

— Je te l'ai déjà dit : ces sales bestioles sont très intelligentes. Et fortes, répondit-elle d'une voix mal assurée. Où sont-ils, maintenant ?

— Je m'en suis débarrassé.

— De tous ?

— Je te garantis qu'il n'y a plus un seul rat dans cette maison, annonça-t-il avec un air solennel.

— A part toi, murmura-t-elle.

Pour toute réponse, il la gratifia d'une petite tape sur les fesses et elle manqua renverser son café.

— Comment t'y es-tu pris ? demanda-t-elle.

— Tu es sûre de vouloir savoir ?

Après quelques instants de réflexion, elle dit :

— Peu importe. Je te remercie.

— Enfin un peu de gratitude, railla-t-il.

Elle lui fit une grimace.

— Je n'ai pas encore vu le salon, et je pourrais retirer mes remerciements.

Elle n'en eut pas l'occasion. Le parquet poncé et vernis du salon brillait, formant un contraste avec la peinture mate des murs. La couleur — cappuccino, comme dans le couloir — rendait encore mieux dans un espace plus grand.

Pendant qu'elle complimentait Jack, Callie n'avait que trop conscience de sa présence à côté d'elle. Elle aurait aimé croire que c'était l'alcool qui lui faisait tourner la tête, mais elle éprouvait la même sensation chaque fois qu'il se trouvait à proximité.

Pendant qu'elle inspectait les plinthes, elle s'éventa de la main.

— Alors, satisfaite ? s'enquit Jack.

La sensation entêtante et ardente qui consumait Callie était tout sauf satisfaisante.

— Donne-moi ça, dit-il en prenant sa tasse de café.

Les doigts de Callie frôlèrent ceux de Jack et la jeune femme eut la nette sensation qu'il prenait délibérément tout son temps pour récupérer la tasse.

Il tendit ensuite le bras derrière elle pour déposer leurs deux tasses sur le dessus de la cheminée. Sa main effleura l'épaule de la jeune femme, dont la peau fut parcourue de frissons et elle baissa les yeux.

— Brenda s'est bien comportée, ce soir. Elle n'a eu aucun trouble.

Il la regardait avec insistance.

— Non, aucun trouble.

— Je déteste la voir malheureuse.

— Je n'ai pas envie de parler de ma mère, dit-il calmement.

— Tu n'as jamais envie de parler de ta mère.

A cet instant, elle non plus n'avait aucune envie d'en parler.

— J'ai des choses bien plus intéressantes en tête, reprit-il.

La manière dont il prononça le mot « intéressantes », avec un soupçon d'accent britannique, était incroyablement sexy.

Avant qu'elle ne comprenne ce qu'elle était en train de faire, Callie posa un doigt sur le cou de Jack, qui laissa échapper un petit grognement.

De son pouce, Jack traça un chemin partant sous l'oreille gauche de la jeune femme et descendant jusqu'à son épaule. Puis vers le renflement de sa poitrine.

Callie se pencha légèrement en arrière puis elle s'arrêta. Non, elle n'avait pas envie de s'écarter. Les doigts de Jack continuèrent de se promener sur sa peau et sa respiration s'accéléra.

Il arborait une expression sérieuse, mais ses yeux exprimaient la même ardeur que celle qui devait se lire dans ceux de la jeune femme.

— J'ignorais, quand je t'ai épousée, que tu allais devenir si…

— Grande ? suggéra-t-elle.

Il rit doucement.

— Je crois que tu es à peu près de la même taille, répondit-il. Bien que certaines parties de ton corps aient en effet grandi.

Elle retint sa respiration.

— Aussi sexy, reprit-il d'une voix rauque.

Callie passa sa langue sur ses lèvres.

— Je ne suis qu'une fille de la campagne, lui rappela-t-elle.

— Qui n'a pas sa langue dans sa poche.

— Alors que toi, continua-t-elle sans remarquer le regard insistant de Jack sur ses lèvres, tu es non seulement indécemment sexy, mais tu es riche, tu as fait des études prestigieuses et tu es un chirurgien réputé dans le monde entier. Tu as tout pour toi.

— Avec toutes ces qualités, je me demande comment tu ne m'as pas encore sauté dessus, dit-il l'air pensif.

Elle aurait dû se douter qu'il ne se contenterait pas de la remercier humblement pour le compliment.

— J'ai le pressentiment que tu n'es pas un bon amant.

Dans un mouvement un peu brusque, il lâcha le bras de la jeune femme et haussa les sourcils dans une expression révélant toute son incrédulité.

— Si tu veux parler de cette histoire d'impuissance...

— Ce n'est pas cela.

Il croisa alors ses bras sur son torse et la fixa d'un regard qui la mettait au défi de lui expliquer pourquoi, selon elle, il ne serait pas un bon amant.

— Tu n'as pas besoin d'essayer d'impressionner les femmes, répondit-elle simplement. Elles doivent se jeter à tes pieds.

— Pas au point que je ne puisse pas gérer la situation.

— Tu séduis les femmes sans aucun effort, reprit-elle. Qu'est-ce qui pourrait t'inciter à vouloir faire mieux ?

— Si je n'ai pas besoin de vouloir faire mieux, c'est que je suis au top.

— Je n'en doute pas, répondit-elle avec le ton du médecin parlant à un patient qu'il employait parfois avec elle.

A la grande surprise de la jeune femme, il sourit.

— Donc, tu penses que je ne pourrais pas, disons, te faire vivre la meilleure nuit de ta vie ? demanda-t-il en fourrant ses mains dans ses poches.

— Peut-être, si je pense à tes revenus et à ta Jaguar.

Mais ces choses ne comptent pas beaucoup pour nous, les filles de la campagne.

Avant qu'elle ne se soit rendu compte de quoi que ce soit, il l'avait enlacée. Est-ce que les chirurgiens n'étaient pas censés faire des mouvements plus mesurés ?

— Tu n'as rien à me prouver, dit-elle. Nous serons bientôt divorcés et je ne raconterai jamais à personne que tu es impuiss…

Il ne lui laissa pas le loisir de terminer sa phrase et il plaqua sur sa bouche un baiser gourmand et impatient.

Callie tenta de se dégager de son étreinte, mais Jack avait de la force dans ses doigts longs et fins. En fait, plus elle se débattait et plus elle se retrouvait plaquée contre lui. Elle réussit toutefois à incliner sa tête vers l'arrière pour lever le regard vers lui.

— Jack, dit-elle sur un ton qui se voulait raisonnable.

— Callie, répondit-il d'une voix dans laquelle se devinait tout son désir.

Ensuite, il posa ses lèvres sur celles de la jeune femme et celle-ci perdit alors tout sens des réalités. Elle ne pensa plus à protester et céda à ses baisers tentateurs qui l'incitèrent à s'ouvrir à lui alors qu'elle s'était juré de ne jamais céder.

Quand la langue de Jack rencontra la sienne, il émit un son guttural et elle s'appuya contre lui tandis qu'instinctivement, les mains de Jack descendaient vers le creux de ses reins.

Callie réussit à dégager ses bras de manière à pouvoir les passer autour du cou de son compagnon, amenant son torse musclé, dur comme la pierre, contre sa poitrine tendre. Il explorait sa bouche avec une avidité qui la laissa flageolante, et elle ne devait qu'à la force de Jack de tenir debout.

— Tu es si belle, dit-il tout en embrassant son cou. Si délicieuse.

Quand les mains de Jack remontèrent pour caresser son ventre, Callie se mit à frissonner d'anticipation.

Surprise par l'intensité du désir qu'elle éprouvait pour lui, elle se recula.

— Jack, protesta-t-elle d'une voix haletante, nous ne devrions pas…

— Nous sommes mariés, lui rappela-t-il. Nous en avons absolument le droit, et même le devoir.

— Nous sommes en instance de divorce. Je ne couche pas avec les hommes avec qui je n'ai pas de relation.

Il prit le visage de Callie entre ses deux mains, posa ses lèvres sur les siennes, puis se recula.

— Faisons comme si…

Il lui donna un nouveau baiser.

— Comme si nous essayions d'arranger les choses entre nous.

Un autre baiser, plus long et plus profond.

— Et de rattraper le temps perdu. Marvin serait si fier de nous. Il trouverait ça cool.

Une nouvelle fois, il prit la bouche de la jeune femme et elle cessa d'argumenter ou de se débattre. Les baisers de Jack se faisaient toujours plus insistants, plus intenses.

— Nous n'avons jamais eu de nuit de noces, murmura-t-il contre son oreille. Et si nous faisions le nécessaire ?

Oh non, pourquoi avait-il besoin de dire une chose pareille ?

Il l'entraîna vers sa chambre et Callie tenta de recouvrer ses esprits, se demandant si elle devait lui avouer la vérité.

Elle craignait de gâcher ce moment, mais trop de pans de leur histoire étaient marqués par les secrets et les mensonges. Elle ne pouvait pas laisser Jack dans l'erreur après toutes ces années.

— Si, Jack, parvint-elle à dire.

— Si, quoi ?

Ses mains caressaient les cuisses de la jeune femme pendant qu'il la faisait passer devant la porte de la cave, désormais débarrassée de ses rats.

— Je… J'ai eu une nuit de noces, avoua-t-elle.

Il s'arrêta net sur le seuil de sa chambre couleur ocre, au décor si romantique.

— Que veux-tu dire ?

— La nuit… après notre mariage, eh bien… Rob et moi…

Jack accusa le coup et elle expliqua :

— Rob et moi avons fait l'amour. Pour la première fois.

La fixant du regard, il demanda d'une voix tendue qui trahissait son trouble :

— Tu as couché avec ton *petit ami* pour *notre* nuit de noces ?

Elle devint rouge comme une pivoine.

— Je n'allais tout de même pas coucher avec un inconnu, se défendit-elle. Je te demande pardon, je ne voulais pas te mettre en colère.

— Je ne suis pas en colère ! rétorqua-t-il sur un ton qui indiquait tout le contraire. Comment suis-je censé réagir ? Je te sauve des griffes de tes grands-parents, et toi tu couches avec le premier type qui passe ?

— Il était mon petit ami, siffla-t-elle. C'est maman et toi qui avez eu cette idée de mariage et je vous ai suivis, mais en réalité j'étais terrifiée. Je n'arrivais pas à assumer ce que j'avais fait et… je n'avais aucune envie de me sentir mariée à toi.

— Le fait de me tromper t'a aidée à te sentir mieux ? demanda-t-il sur un ton narquois.

A cet instant, il aurait donné n'importe quoi pour réaliser une lobotomie sans anesthésie sur ce crétin de Rob.

— Tu sais bien que nous n'étions pas mariés dans ce sens-là et que tu ne peux pas m'accuser de t'avoir trompé.

Elle fit délibérément un pas en arrière, vers le couloir, et repartit vers le salon. Il la suivit.

— Je n'arrive pas à croire qu'à peine la cérémonie terminée, tu te sois précipitée dans les bras de… Rob.

Jack n'arrivait pas non plus à croire qu'il était à ce point en colère.

— Tu n'étais qu'une enfant, ajouta-t-il.

— J'avais dix-sept ans. Eh oui, j'étais trop jeune, mais la journée avait été une catastrophe et je n'en étais plus à une erreur près.

Elle hésita, puis dit, mal à l'aise :

— J'étais folle de Rob. Je l'aimais.

Il ricana.

Pour se donner une contenance, elle prit la tasse de café qu'elle avait abandonnée quand il avait commencé à l'embrasser.

— Tu n'essaies pas de me dire que tu m'es resté fidèle depuis huit ans, n'est-ce pas ?

— J'avais vingt-six ans, répondit-il, et je n'ai couché avec personne le jour où nous nous sommes mariés.

Il savait qu'il était parfaitement illusoire de suggérer que le fait d'avoir attendu quelques semaines ou quelques mois avant de coucher avec quelqu'un faisait de lui un saint. Certes, il était macho et stupide, mais…

— Je suis parti à ta recherche, dit-il abruptement.

— Pardon ?

— Le dîner chez maman était presque prêt et tu n'étais pas à la maison. Elle se demandait où tu étais.

Il marcha jusqu'à la fenêtre et regarda en direction du porche, qu'il devait encore réparer.

— Je pensais que tu devais être… effrayée, ou en colère, alors je suis parti à ta recherche.

Callie posa alors une main sur sa bouche, les yeux écarquillés.

— Je suis retourné à l'hôpital, raconta-t-il, mais ta mère ne t'avait pas revue depuis que nous étions partis un peu plus tôt.

— Tu as revu maman ?

Il hocha la tête.

— Je ne lui ai pas dit que tu avais disparu, seulement que je voulais savoir comment elle allait. Elle était tellement heureuse que nous soyons mariés qu'elle… pleurait de joie.

Callie semblait elle aussi au bord des larmes, mais Jack n'en éprouva aucun remords. Il s'appuya contre le rebord de la fenêtre.

— Ensuite, je suis allé au lycée, et chez deux ou trois de tes amis. Je suis même descendu à la rivière.

A l'endroit où Lucy s'était noyée. Il lui avait fallu rassembler tout son courage pour emprunter ce chemin.

— Contrairement à toi, j'avais un téléphone portable. Alors que je commençais à m'inquiéter, maman m'a appelé pour m'annoncer que tu avais appelé et que tu dînais chez un ami. J'imagine que tu ne lui as pas précisé que tu allais coucher avec lui.

Callie avait les joues en feu, mais elle n'éprouvait plus aucune culpabilité.

— Laisse tomber, Jack, dit-elle sèchement. Je couche avec qui je veux et cela ne te regarde pas. Comme je me moque de tes petites amies. Ce n'était pas l'affaire d'une nuit. Rob et moi sommes restés ensemble pendant trois ans.

Elle lui avait déjà dit, bon sang. Jack sentit une migraine monter, et il l'attribua au choc d'avoir découvert que son épouse avait couché avec un autre homme le soir de leur mariage.

Un silence chargé de colère s'installa entre eux puis Callie dit enfin :

— Merci.

— Pourquoi ? demanda Jack en massant ses tempes.

— Pour être parti à ma recherche ce jour-là. A l'époque, tu étais quelqu'un de vraiment gentil.

Ensuite, elle comprit ce qu'elle venait de dire et éclata de rire. Jack avait dû être offensé, mais le regard de Callie pétilla et, après sa réaction exagérée face à l'aveu de la jeune femme, il finit par rire malgré lui avec elle. A rire de lui.

Toutefois, ce rire dissimulait mal sa colère et sa frustration. Il avait déjà connu ce sentiment, depuis la première fois qu'il l'avait embrassée. Et maintenant qu'il savait que c'était le mystérieux Rob Hanson qui avait tous les souvenirs de sa nuit de noces, Jack désirait Callie encore plus que tout.

Chapitre 12

Brenda entra sur la pointe des pieds dans sa chambre, plongée dans le noir. Elle se déshabilla aussi discrètement que possible, chercha en tâtonnant sa chemise de nuit sous son oreiller, et l'enfila. Ensuite, elle retint sa respiration le temps de se glisser entre les draps.

— Comment était la petite fête ? demanda la voix de Dan.

Surprise, elle sursauta légèrement, et répondit :

— Bien.

— Il y avait beaucoup de monde ?

— Une douzaine de personnes.

Tout en parlant, elle s'appliqua à compter les syllabes. Le fait de considérer les mots comme un ensemble de syllabes l'aidait en effet à détourner son attention de ses émotions.

— Des problèmes ?

Elle perçut une certaine tension dans la voix de Dan.

— Non.

Ils s'étaient à peine adressé la parole depuis qu'il l'avait retrouvée au bord de la rivière, l'autre jour. Brenda avait peur que, s'ils commençaient à parler, elle se mette à dire des choses qu'il valait mieux garder tues. Pour dissuader toute tentative de conversation, elle se mit alors à bâiller de manière exagérée.

— Bonne nuit, Dan.

Ensuite, elle s'allongea sur le dos et resta parfaitement immobile jusqu'à ce qu'elle ait la certitude qu'il s'était rendormi. Puis, silencieusement, elle se mit à pleurer et libéra toutes ses émotions.

Soudain, la lampe de chevet du côté de Dan s'alluma et il se pencha sur elle. Brenda essaya de cacher son visage dans ses mains, mais c'était un effort inutile tellement il y avait de larmes.

Il tâta l'oreiller, et elle se douta qu'il devait être trempé.

— Bon sang, Brenda, il faut que cela s'arrête !

Elle s'écarta de lui et bafouilla :

— C'est juste que je… Peu importe. Je vais bien.

— Non, tu ne vas pas bien, gronda Dan en passant une main dans ses cheveux. Je n'en peux plus. Il faut que tu te fasses aider.

— Tu n'en peux plus de quoi ? demanda-t-elle en s'asseyant. Que je sois incapable d'oublier que notre fille ait existé ? Que je pense toujours à elle, et que je prononce son nom ?

— Nom d'un chien, évidemment que je pense à elle, moi aussi.

— Je ne peux pas porter le deuil de notre fille seule, Dan. La douleur est trop forte pour une seule personne.

Dan crispa sa mâchoire et dit d'une voix tendue :

— Contrairement à ce que tu sembles croire, tu n'es pas la seule à souffrir.

— Tu n'as jamais pleuré, l'accusa-t-elle alors. Pas une seule fois. Tu as juste accepté sa mort.

— Je ne veux pas pleurer! gronda-t-il. Je veux aller mieux.

— Tu ne pourras pas aller mieux tant que tu n'auras pas éprouvé de douleur ni libéré tes émotions.

— Tu crois que, parce que je ne pleure pas en public, je ne souffre pas?

Elle tâtonna sur la table de nuit à la recherche de ses lunettes et les mit.

— Je ne te parle pas de pleurer en public, Dan, mais je ne peux pas faire le deuil de Lucy si personne ne fait aucun effort pour se souvenir d'elle.

— Et moi je ne peux plus continuer à vivre comme ça. Je suis ton mari, je t'aime, et je veux que notre mariage redevienne ce qu'il était. Je veux une femme à mes côtés qui ne se complaise pas dans une situation à laquelle nous ne pouvons rien.

De rage, il donna un coup de poing dans son oreiller.

— J'en ai assez de me lever chaque matin et de me demander si tu vas être déprimée ou non. Il est temps d'aller de l'avant, Brenda.

— Comme tu l'as fait? Tu as fabriqué ce banc, inscrit le nom de Lucy dessus, et tu t'es senti libéré. Ensuite, tu n'as plus *jamais* prononcé son nom.

Frissonnant malgré le chauffage de la chambre, Brenda remonta le drap jusqu'à son menton.

— Après toute la joie que nous avons éprouvée à voir grandir notre fille, après tout ce chagrin, la vie de Lucy se résume maintenant pour toi à un banc dans un jardin.

Il la regarda, et elle avait du mal à respirer.

— Tu racontes n'importe quoi.

— Je suis désolée, Dan, mais j'en ai assez d'essayer de faire comme *toi* tu veux. Nous avons passé des années sans parler de Lucy et je n'en peux plus. Surtout aujourd'hui, alors que Sarah est sur le point de se marier et que Callie fait sa vie. Chaque matin, je me réveille et je ne peux m'empêcher d'imaginer ce que Lucy ferait, à quoi Lucy ressemblerait, si elle était toujours parmi nous. Chaque soir, je me couche en sachant que je ne la reverrai jamais, et que je ne partagerai plus jamais aucun moment avec elle.

Elle tira alors la couverture par-dessus sa tête de manière à ne plus entendre que sa propre respiration. Comme si Dan n'était plus là du tout.

C'était le jour de la vente aux enchères de fleurs à Memphis. Callie n'était pas chez elle quand Jack arriva au pavillon le lendemain de leur nuit d'amour manquée, mais elle ne rentra pas non plus de la boutique à l'heure habituelle.

De toute évidence, elle l'évitait.

Pas étonnant, compte tenu de la réaction immature et imbécile qu'il avait eue, hier soir…

Il passa deux autres jours à faire des travaux chez Callie sans la voir ni même la croiser. Ce qui l'embêtait bien. Jack fut même à deux doigts d'arrêter, mais il ne voulait pas qu'elle attrape une maladie quelconque à vivre dans cette masure.

Comment pensait-elle que les travaux avançaient ? Grâce

à des lutins magiques ? Elle ne manquait pas de toupet, à supposer qu'il allait revenir chaque matin. Elle comptait tellement sur sa présence qu'elle lui laissait tous les jours des torchons propres, ainsi qu'une Thermos pleine de son délicieux café. Pourtant, rien ne pouvait l'empêcher de sauter dans le premier avion en partance pour Londres et la laisser rénover seule sa maudite maison.

La seule raison pour laquelle il n'était pas encore parti, se dit-il, c'était que le temps était enfin plus sec et qu'il avait pu commencer les peintures extérieures. C'était un travail fastidieux, surtout la préparation, mais il fallait bien que quelqu'un le fasse.

Finalement, il ne s'en plaignait pas. Il appréciait de ne pas vivre constamment sous la pression des parents de ses petits patients, de ne pas se réveiller en se demandant s'il n'aurait pas dû procéder autrement quand le résultat obtenu n'était pas celui qu'il attendait.

Tout en peignant une planche, Jack se rendit compte qu'il ne s'était pas senti aussi détendu depuis des mois, voire des années. Quand il serait à Paris, il faudrait qu'il se réserve plus de temps pour lui.

Bien entendu, il n'envisageait pas de faire des travaux de peinture, mais il prendrait le temps de lire ce livre sur le bricolage qu'il avait acheté il y a des années et n'avait jamais ouvert.

Il se rendit alors compte de l'absurdité de son idée et éclata de rire tout seul.

Surtout, il regretta que Callie ne soit pas là pour rire avec lui. Elle ne manquait en effet jamais une occasion de se moquer de lui.

Pourquoi n'irait-il pas la voir, pour lui donner des

nouvelles de l'avancement des travaux ? Il jeta un coup d'œil à sa montre : bientôt midi. Il pourrait lui apporter à déjeuner. Pas des chips ou de la nourriture de fast-food, mais quelque chose qu'elle aime. Il était même prêt à apporter de la laitue si cela pouvait lui faire plaisir. Il aurait ainsi l'occasion de présenter des excuses pour son comportement imbécile.

Une pancarte accrochée à la porte de Fleurs et Couleurs indiquait « De retour dans 15 minutes », mais cela faisait déjà vingt minutes que Jack patientait dans sa voiture.

Comment Callie pouvait-elle espérer que son affaire se développe si elle fermait aux horaires d'ouverture ? Marmonnant un juron entre ses dents, il sortit de la Jaguar. Il allait faire le tour de la place à pied et, s'il ne la trouvait pas, il repartirait.

Il passa tout d'abord devant la boutique de souvenirs puis, arrivé devant le magasin de meubles, il jeta automatiquement un regard à l'intérieur.

Et là, il vit Callie, vêtue d'une robe à fleurs, en train de parler avec quelqu'un. Il ne la voyait que de profil, mais il pouvait distinguer son large sourire — le genre de sourire qu'elle ne lui adressait jamais.

Jack décida d'entrer dans le magasin.

La jeune femme était en grande conversation avec un homme, certainement le propriétaire du magasin, et celui-ci était de toute évidence en train de flirter avec Callie avec sa tête légèrement inclinée sur le côté et son regard enjôleur. Quand le type remarqua la présence de Jack, il posa une main possessive sur l'avant-bras de Callie.

— Pardonne-moi, dit-il tandis que son pouce caressait la peau de Callie, que Jack savait douce mais ferme, et qui appelait les baisers. J'ai un client.

A contrecœur, il la lâcha… et l'envie que Jack avait de lui coller son poing dans la figure s'estompa quelque peu.

— Je peux vous aider ? s'enquit l'homme.

« Oui, vous pouvez laisser ma femme tranquille », pensa Jack.

— Jack ! s'écria Callie en s'approchant. Rob, je te présente Jack Mitchell.

Rob ? Comme le type avec qui Callie avait couché le jour de son mariage ? Jack serra son poing droit.

Etait-ce donc ici, avec lui, que Callie avait passé ces derniers jours à roucouler, alors que lui rénovait sa maison du sol au plafond ?

— Jack, je te présente un vieil ami, Rob Hanson.

De toute évidence, elle se rappelait de leur dernière conversation au sujet de son « vieil ami » parce qu'elle rougit légèrement.

Poliment, Jack serra la main de Rob. Celui-ci devait plaire aux femmes, avec sa silhouette d'athlète et son teint bronzé. En revanche, ses cheveux étaient trop longs au goût de Jack, mais les femmes devaient aimer cela.

— Ravi de vous rencontrer, Jack.

La poignée de main de Rob était ferme, mais ne donnait en rien l'impression d'un défi viril.

— Callie m'a beaucoup parlé de vous pendant toutes ces années, ajouta-t-il en passant un bas autour des épaules de la jeune femme. Tu te souviens combien tu le vénérais à l'époque où nous sortions ensemble, chérie ? En ce temps-là, Jack Mitchell ne pouvait rien faire de mal.

— Les temps changent, dit Callie en souriant.

Jack aurait dû être agacé après la manière dont elle l'avait ignoré ces derniers jours, surtout maintenant qu'il avait découvert où elle avait passé son temps. Pourtant, bizarrement, il commença à sourire.

— Alors, Jack, reprit Rob, vous cherchez quelque chose en particulier ?

« Oui, crétin : ma femme », manqua-t-il répondre. Il s'efforça d'oublier que Rob avait toujours son bras autour des épaules de Callie et il regarda autour de lui.

— J'admire votre travail chaque fois que je passe, dit-il en choisissant de prendre immédiatement le dessus.

Il observa de près une table basse aux bords biseautés. Elle était parfaite, sans le moindre défaut.

— Vous êtes vraiment très doué.

— Merci.

— Je suis étonné que vous réussissiez à vivre en vendant ce genre de meubles à Parkvale.

« En effet, mon pote, pourquoi est-ce que tu ne quittes pas cette ville ? Pour t'installer à un million d'années-lumière de Callie ? »

Jack fut surpris par la violence de sa jalousie et il fourra ses mains dans ses poches.

— C'est vrai, je devrais m'installer dans une plus grande ville, reconnut Rob, mais tout ce que j'aime le plus se trouve ici.

Comme par hasard, le regard de Rob se dirigea vers Callie.

— Je travaille avec un magasin de Memphis, qui vend certains meubles, expliqua Rob. Cela me procure un revenu suffisant. Mon atelier se trouve derrière, et le loyer est vraiment bon marché.

Jack observa un pied de lampe travaillé.

— Je suis persuadé que vous pourriez vous faire un nom à New York ou Chicago.

Rob rit et soupira à la fois.

— Ce serait mon rêve, mais avant d'y arriver…

— Tu n'essaies même pas, intervint alors Callie. Quand on veut vraiment quelque chose, il faut tout faire pour l'obtenir. Regarde Jack.

Celui-ci se tourna vers la jeune femme : on aurait bien dit qu'elle l'admirait.

— Bien entendu, cela ne signifie pas que tu doives abandonner tes racines, reprit-elle. Rien ne t'empêche de garder un point d'attache à Parkvale tout en vendant dans des magasins new-yorkais.

— Je ne sais même pas par où commencer, murmura Rob.

Jack réprima un sourire : il comprenait maintenant pourquoi Callie avait refusé la demande de mariage de Rob. Ces deux-là avaient en effet des personnalités complètement opposées. La jeune femme avait pris des cours du soir, suivi une formation de fleuriste, ouvert sa propre boutique et acheté plusieurs maisons qu'elle avait rénovées et revendues pour gagner de l'argent. Et elle trouvait toujours du temps pour s'occuper de Brenda et Dan… et empoisonner l'existence de Jack. Rob, pour sa part, semblait s'effrayer d'un rien.

L'air absent, elle caressa du bout des doigts un saladier

en noyer, d'un geste tendre et sensuel. Jack voulait sentir ses mains sur lui. Pour résister à la tentation de la prendre dans ses bras, il s'éloigna de quelques pas pour observer une tête de lit sculptée, Rob sur ses talons.

Callie aurait aimé que Jack s'en aille. Elle était venue rendre visite à Rob pour se rappeler qu'il existait d'autres hommes qu'elle appréciait, et qui l'appréciaient. Pour se prouver que la sensation d'abandon qu'elle avait éprouvée dans les bras de Jack n'avait rien de particulier.

Rob était attirant, cela ne faisait aucun doute. Intelligent, et gentil, comme elle l'avait dit à Jack. Il l'avait embrassée quand elle était arrivée et il saisissait la moindre occasion de la toucher.

Pour sa part, elle n'éprouvait rien du tout à son contact. Pour un peu, elle se serait crue de pierre. Pourtant, Rob ne cessait de lui répéter qu'ils étaient faits l'un pour l'autre. Après tout, n'avait-elle pas été amoureuse de lui ?

Oui, quand elle était lycéenne, ou quand elle était une jeune femme solitaire.

Il avait fallu que Jack entre dans la boutique pour que son pouls s'accélère enfin, que son sang se mette à bouillonner dans ses veines. A côté de Jack, le gentil Rob ressemblait à un chaton — mignon, gentil, et tout à fait inoffensif.

Même maintenant, les paroles de Rob glissaient sur elle alors que chaque mot prononcé par Jack s'imprimait dans son cerveau, qui semblait n'avoir qu'une utilité ces derniers jours : se souvenir des paroles de Jack, des caresses de Jack, des baisers de Jack.

Jack revint vers elle et elle tenta d'afficher une expression neutre.

— Tu te rends compte que tu as quitté ta boutique depuis plus de quinze minutes ? demanda-t-il, sur un ton agacé.

— Tu as raison. Je ferais mieux d'y retourner.

— Cela fait un moment que je ne t'ai pas vue, ajouta-t-il, hésitant.

L'autre raison pour laquelle elle l'évitait, outre sa folle attirance pour lui et à laquelle elle refusait de céder, c'était l'espoir qu'il ne pourrait pas partir en Angleterre s'il ne la voyait pas pour lui dire au revoir. Elle prit alors une profonde inspiration et demanda :

— Tu pars ?

Il fronça les sourcils.

— Quoi ? Pourquoi est-ce que je…

Puis il comprit et répondit :

— J'ai décidé de rester jusqu'à la fin du mois.

— Vraiment ?

Elle s'attendait plutôt à ce qu'il réponde qu'il avait essayé de partir mais que tous les vols étaient complets.

Il haussa les épaules.

— On dirait que tu as fini par me convaincre et, si je pars maintenant, j'aurai trop mauvaise conscience.

Callie lui adressa alors un large sourire et le cœur de Jack se mit à battre deux fois plus vite. Impossible, se rappela-t-il.

— Jack, c'est formidable, dit-elle en lui prenant les mains.

— Alors…, intervint Rob. Il paraît que vous allez enfin divorcer ?

— Quoi ? s'exclama Jack, en lançant un regard furieux à Callie et en lâchant immédiatement ses mains.

— Eh bien… Je ne t'ai pas dit que j'avais parlé du mariage à Rob ?

— Non, tu ne m'as rien dit.

— C'est que nous sommes sortis ensemble pendant trois ans, s'excusa la jeune femme.

Si elle lui répétait encore une fois, Jack se sentait capable de frapper quelqu'un. Et notamment Rob.

— Et alors ? rétorqua-t-elle. Tu en as bien parlé à Diana.

Il fallut une minute à Jack pour se souvenir qui était Diana. Elle était si loin qu'elle aurait très bien pu se trouver sur une autre planète. Ainsi qu'Oxford et tout le reste de sa vie en Angleterre.

Désormais, une seule femme occupait ses pensées : Callie.

— Je ne lui en ai parlé que récemment, et uniquement parce que je ne pouvais faire autrement. La prochaine fois que je me marierai, je choisirai une femme qui sache se taire.

— La prochaine fois que je me marierai, répliqua-t-elle, je choisirai quelqu'un de moins coincé que toi.

— Je retourne au pavillon, se contenta-t-il de répondre avec un regard glacial.

— Dînons ensemble demain soir.

La proposition spontanée de Callie fut suivie par un silence de plomb, et Jack aurait parié qu'elle était la plus surprise de tous.

Demain ? Savait-elle quel jour on était, demain ?

Elle tenta de sourire et Jack s'imagina avec Callie dans un restaurant à la lumière tamisée, se tenant la main et se regardant dans les yeux. Ensuite, ils s'embrasseraient pour se souhaiter bonne nuit…

La perspective de dîner avec elle représentait une tentation à laquelle il n'avait jamais été soumis avant, et quel mal pouvait-il y avoir à manger ensemble ? Par ailleurs, la mine déconfite de Rob était un véritable bonheur et Jack répondit :

— Je m'occupe de la réservation.

Brenda s'affairait à ses fourneaux quand Callie entra dans la cuisine.

— Ma chérie, quel plaisir de te voir !

Elle abandonna la sauce qu'elle était en train de tourner et alla remplir la bouilloire.

— Je prépare le café, s'empressa de dire Callie. Et je vous promets d'allonger le vôtre.

Brenda retourna à sa cuisine. Des pommes de terre étaient en train de bouillir dans une marmite et Callie devina qu'elle préparait le plat préféré de Dan : un hachis parmentier.

Tout en cuisinant, Brenda chantonnait.

— Vous semblez heureuse, remarqua Callie.

— Je m'y emploie, répondit Brenda, qui se surprit elle-même.

— C'est très bien, l'encouragea Callie en la serrant dans ses bras. C'est la première fois que je vous entends reconnaître que les choses ne vont pas comme vous le souhaiteriez.

— Tu veux dire que je me suis comportée comme une idiote, répondit Brenda avant de goûter la viande et d'ajouter une pincée de sel. Je continue de penser que si je souris, tout ira bien. Ce qui fonctionne jusqu'à un certain point, mais j'ouvre alors les yeux et je ne peux plus m'arrêter de pleurer. Ou de hurler sur Alvin Briggs.

— Alvin l'avait mérité, lui assura Callie.

Quelle adorable jeune femme, songea Brenda. Un véritable cadeau du ciel pour elle et Dan.

— Qu'est-ce qui vous a fait exactement ouvrir les yeux ? demanda Callie. Je sais que vous pensez à Lucy, mais pourquoi est-ce que cela semble plus douloureux maintenant ?

Brenda posa un couvercle sur la casserole de sauce et la laissa mijoter.

— Asseyons-nous, ma chérie.

Callie posa deux mugs de café — un café allongé pour Brenda et un plus serré pour elle-même — sur la table de pin et les deux femmes s'assirent.

— Tu te souviens que j'ai vu un psychologue pour ma dépression, suite au décès de Lucy, commença Brenda.

Callie hocha la tête.

— Vous suiviez aussi un traitement, n'est-ce pas ?

— Oui, du Prozac. J'ai réussi à tenir le coup pendant la première année, et je ne sais pas comment j'aurais fait autrement. Mais ensuite…

Elle prit sa mug de café et souffla dessus.

— Ensuite ? demanda Callie.

— Les gens semblent considérer qu'une année de deuil est une durée acceptable après la mort d'un être aimé. Ensuite, ils attendent de toi que tu tournes la page et que tu avances. En aucun cas ils ne s'attendent à ce que tu te « complaises » dans ton chagrin, comme le dit Dan.

— Lucy me manque toujours, intervint Callie. Je ne me souviens pas quand j'ai cessé d'avoir les larmes aux yeux en pensant à elle, mais je n'étais pas sa mère.

Brenda lui tapota gentiment la main.

— Tu ne vivais chez nous que depuis deux ans quand elle est décédée, mais vous étiez comme deux sœurs. Encore plus proches que certaines sœurs que je connais.

Callie sourit, clignant des yeux pour retenir ses larmes, et Brenda apprécia qu'elle pense toujours à Lucy.

— La plupart du temps, j'allais bien, expliqua Brenda, mais il y avait aussi d'autres jours où j'avais envie de rester au lit pour pleurer. Je n'en faisais rien, bien sûr. J'aurais peut-être dû.

— Et Dan, comment vivait-il tout ça ? demanda Callie.

— Pour autant que je sache, ce chapitre de notre vie était clos. Il ne voulait pas passer son temps à penser à Lucy. Il a à peine prononcé son nom en cinq ans.

— Qu'est-ce qui a changé pour vous ?

Brenda soupira.

— Je pense que c'est de voir toutes ces jeunes filles qui sont de l'âge de Lucy avancer dans la vie et passer des caps qu'elle ne franchira jamais. Cette dernière année a été particulièrement éprouvante. J'ai essayé d'en parler avec Dan, mais il n'a pas voulu m'entendre. Alors je me suis sentie de plus en plus mal et j'ai craqué plusieurs fois, toujours au plus mauvais moment possible.

— Vous avez peut-être besoin de revoir un psychologue, suggéra Callie.

— Dan et moi nous sommes disputés à mon retour de

la fête de Sarah, hier soir, dit Brenda. Il était tellement en colère qu'il a dormi sur le canapé du salon.

Callie plissa le front.

— A vous entendre, on dirait que c'est une bonne chose.

— En effet, du moins pour moi. Jusqu'à présent, il s'était montré inquiet, tolérant, peut-être un peu anxieux. Hier soir, c'était la première fois qu'il parlait enfin un peu de ses sentiments. C'est un début.

— Maintenant, que va-t-il se passer ?

— Nous devons parler, répondit simplement Brenda. Ce n'est que la première étape, mais elle est incontournable.

A ce moment, elle entendit le véhicule de Dan se garer dans l'allée et elle dit avec un grand sourire :

— Le voilà !

Une minute plus tard, Dan pénétrait dans la cuisine.

— Bonsoir, chéri, dit Brenda.

Dan avait le regard vide, absent. Il lui adressa un signe de tête, adressa un sourire crispé à Callie puis partit dans le salon où il alluma la télévision.

Brenda regarda Callie, qui se mordait la lèvre inférieure.

— Il est toujours en colère à cause d'hier soir, expliqua Brenda. Ça va lui passer.

— Si vous veniez prendre le petit déjeuner à la maison, samedi ? proposa Callie. Il sera obligé de vous parler si vous êtes chez moi.

— Il ira mieux d'ici là, espéra Brenda.

— Je vais l'inviter.

Callie revint du salon quelques instants plus tard.

— Il m'a répondu qu'il devait commencer tôt samedi, pour faire l'inventaire du magasin.

— Peut-être une autre fois, ma chérie, dit Brenda en s'efforçant de sourire.

Mais son sourire s'évanouit rapidement et elle ne se sentait plus d'humeur de prétendre que tout allait bien.

Quand Callie rentra chez elle, elle se rendit compte qu'elle devait se presser si elle voulait être prête à l'heure pour dîner avec Jack. Elle espéra que Brenda et Dan passeraient un bon dîner de leur côté quoi que, compte tenu du mutisme de Dan, cela semblait très improbable. Quand il s'agissait de parler de Lucy, songea-t-elle en se séchant les cheveux, père et fils ne faisaient plus qu'un. Pourtant, il devait bien y avoir un moyen d'inciter Jack à parler de sa sœur.

Elle trouva la solution au moment où elle finissait de s'habiller, juste comme Jack sonnait à sa porte.

Ces derniers temps, Callie avait vu Jack si souvent en tenue de bricolage qu'elle eut presque l'impression de se trouver face à un inconnu — un inconnu intimidant — avec sa chemise blanche immaculée, sa veste gris clair et son pantalon plissé.

Que lui était-il passé par la tête, quand elle avait suggéré qu'ils dînent ensemble ? Elle avait été si heureuse d'apprendre qu'il restait à Parkvale qu'elle avait voulu… le récompenser. Comme si un dîner avec elle était une si grande récompense !

Toutefois, à en juger par le regard de Jack pendant qu'il observait sa robe dos nu verte, c'était peut-être le cas.

— Tu es superbe, dit-il, avant de l'embrasser rapidement sur les lèvres.

Comme d'habitude, elle voulait plus.

Une petite voix lui souffla alors que ce dîner allait se révéler plus une torture pour elle qu'une récompense pour lui…

Chapitre 13

— Que répondrais-tu si je suggérais que nous allions au fast-food, ce soir ? demanda-t-elle.

— Je te répondrais que plus rien ne m'étonne venant de toi.

Puis, comprenant que ce n'était pas la réponse qu'elle attendait, il ajouta :

— Mais encore ?

— Je veux manger au bord de la rivière.

Il se raidit.

— Hors de question. J'ai fait les réservations, et nous serons bien mieux installés chez Brunello. Et puis, tu n'aimes pas les fast-foods, fit-il remarquer en croisant ses bras.

— Jack, s'il te plaît, implora-t-elle en le regardant et en battant des cils.

Il resta plusieurs instants le regard baissé, hocha la tête et dit enfin :

— D'accord.

Callie se douta qu'il savait quel jour on était, et que c'était pour cela qu'il avait accepté. Toutefois, dans le cas contraire, elle n'allait pas compliquer les choses.

— Peux-tu prendre la couverture, qui se trouve dans le placard de l'entrée ? demanda-t-elle. J'ai une bouteille de vin blanc au frais, et je vais prendre les verres.

En chemin, ils s'arrêtèrent chez Burger King, puis

portèrent leurs repas au bord de la rivière. Callie étala la couverture.

Il attendit qu'elle soit assise pour s'asseoir à son tour, et elle remarqua qu'il tournait le dos à la rivière.

— Merci d'avoir accepté de venir, dit-elle.

Il ne répondit pas et servit le vin. Elle prit le verre qu'il lui tendait et trinqua avec lui.

— C'est notre anniversaire de mariage, dit-il.

— Tu t'en souviens ?

Tout d'un coup, elle sentit une boule se former au fond de sa gorge, ce qui était une réaction plus que stupide : ils n'avaient jamais formé un véritable couple, alors pourquoi est-ce que leur anniversaire de mariage comptait autant pour elle ?

— Ne me fais pas croire que tu ne comptais pas user de cet argument pour me persuader de venir ici, dit-il sur un ton calme.

— Je pensais que tu trouverais cela déplacé, avoua-t-elle.

Il lança alors un regard par-dessus son épaule, vers l'eau claire, puis il la regarda de nouveau.

— Si Lucy n'était pas morte, nous n'aurions jamais eu d'anniversaire de mariage.

Callie devint alors pensive.

— Et tu ne serais pas non plus revenu à Parkvale. Si nous ne nous étions pas mariés, tu n'aurais pas eu besoin de revenir pour divorcer.

— Je n'aurais même pas eu besoin de revenir du tout, fit-il remarquer.

— Tu avais déjà décidé de revenir pour voir comment j'allais.

Il hocha la tête.

— Regarde la rivière, Jack. Regarde-la bien.

— Je l'ai déjà vue.

— Ce n'est que de l'eau. Ce n'est même pas l'eau qui a tué Lucy.

Il fit un geste impatient de la main.

— Elle adorait cet endroit, reprit Callie. Pendant l'été, nous venions ici presque chaque jour. Quand je regarde cette rivière, je me rappelle ses éclats de rire. Et son goût pour la compétition. Elle voulait toujours savoir qui pouvait nager le plus rapidement, retenir sa respiration le plus longtemps.

— Oui, c'était tout Lucy, dit-il en souriant.

A la plus grande surprise de Callie, il se retourna pour regarder la rivière. Elle vint alors s'asseoir à côté de lui et il passa un bras autour des épaules de la jeune femme. Ainsi enlacés, ils regardèrent l'eau s'écouler sans un mot, avec pour seul bruit le grondement étouffé du courant.

— Finalement, ce n'était pas si effrayant, avoua Jack en serrant l'épaule de la jeune femme. Je n'avais simplement pas envie de me rappeler… Dans mon métier, je vois tellement d'enfants malades, et certains ne s'en sortent pas. J'essaie de ne pas penser à eux.

— J'imagine que ce n'est pas toujours facile, dit Callie, en se rappelant l'affection évidente qu'il portait à Hannah.

— Il y a des jours où j'aimerais pouvoir appuyer sur un bouton et ne plus y penser.

Callie se rapprocha un peu et se blottit contre lui.

— Heureusement que tu ne le peux pas. Tu aimais

Lucy et c'est normal que ce soit difficile pour toi. Et tu aimes tes parents, et c'est normal que tu t'inquiètes à leur sujet.

Pour la première fois, elle comprenait pour quelle raison il évitait de s'inquiéter pour ses parents, pourquoi il refusait de voir qu'ils avaient besoin de lui.

— Tu devrais peut-être trouver quelqu'un qui t'aiderait à porter ce fardeau, suggéra-t-elle. Une épouse.

Elle se dégagea de son étreinte pour attraper leur dîner et lui tendit son hamburger.

— Les épouses sont trop exigeantes, répondit-il. La mienne attend de moi que je sois un saint.

— Je pensais que tu étais déjà un saint selon tes critères.

Le sourire empreint d'ironie de Jack lui indiqua qu'elle avait marqué un point.

— Si j'avais envie de me remarier, combien de temps faudrait-il que j'attende après le divorce ?

— Compte tenu de la nature de notre mariage, je ne pense pas que tu sois obligé d'attendre, dit-elle calmement.

— Je te rappelle que de nombreux mariages ne durent pas aussi longtemps que le nôtre, et je ne veux pas manquer de respect à cet égard.

— En effet, nous avons un mariage exemplaire, répondit-elle la mine pensive. Le fait que nous ne nous soyons pas vus ni adressé la parole pendant huit ans y est sans doute pour beaucoup.

— Oui, dit-il en mordant dans son hamburger. Je me demande où je trouverais une autre femme qui n'exige pas que je lui parle.

— Au secours, docteur, mon mari est un imbécile, murmura Callie.

Jack éclata de rire.

— Si au moins tous mes patients pouvaient ne souffrir que d'imbécillité.

— C'est peut-être une maladie incurable.

— En tous les cas, elle n'est mentionnée dans aucun livre de médecine.

Il marqua une pause et prit le temps de l'observer.

— Toi, bien entendu, tu n'es pas une imbécile du tout. Et tu es même très jolie.

« Si tu crois que je vais succomber à tes compliments ! » songea-t-elle.

— Garde tes belles paroles pour ta prochaine épouse.

— Jalouse ? demanda-t-il en plissant les yeux.

— N'est-ce pas un sentiment parfaitement humain d'envier ceux qui réussissent ? Qui qu'elle soit, elle sera certainement avant tout intéressée par ton compte en banque, mentit Callie avant d'avaler une grande gorgée de vin. Du reste, si tu as un ami médecin, riche et séduisant, à qui tu pourrais me présenter une fois notre divorce prononcé, cela pourrait m'aider…

Il lui lança un regard aigu. Ensuite, il arracha un brin d'herbe, prit appui sur un coude et répondit simplement :

— Je pense que tu es bel et bien jalouse, et pas de ma situation financière.

Elle rit et récupéra avec le bout du doigt les derniers grains de sel de son sac de frites, désormais vide.

— En vérité, continua lentement Jack, tu ne devrais

pas être jalouse de ma future femme, mais moi, je suis fou de jalousie quand je pense à Rob.

Callie écarquilla les yeux.

— En effet, Rob a une supercoiffure.

Il lui lança une serviette à la figure.

Ils restèrent un moment silencieux avant qu'elle ne dise finalement :

— Tu n'as aucune raison d'être jaloux de Rob.

— Tu veux dire que ma coupe de cheveux vaut la sienne ?

— Je pense que ta coupe de cheveux est nettement mieux que la sienne.

Soudain, la jeune femme eut l'impression de suffoquer et elle se sentit au bord l'hyperventilation. Heureusement qu'elle se trouvait en compagnie d'un médecin !

Un médecin qui avait envie d'elle. Elle avait, elle aussi, envie de lui, et elle en avait assez de nier l'évidence. « Après tout, il est mon mari ! » se dit-elle en écartant de son esprit l'image de Casey et Adam Carmichael, car tout le monde ne pouvait pas connaître un mariage aussi harmonieux.

Jack posa alors son pouce à l'intérieur du poignet de la jeune femme, à la peau si sensible, et il se mit à dessiner de petits cercles.

— C'est notre anniversaire de mariage. Si nous le célébrions comme il se doit ?

Il porta la main de Callie à sa bouche et embrassa le bout de ses doigts. La jeune femme gémit.

Jack jeta alors sa serviette et suggéra :

— Partons d'ici.

Elle le laissa l'aider à se relever car ses jambes ne la portaient plus.

Ni l'un ni l'autre ne parla sur le trajet menant chez Callie, par crainte de briser la magie du moment. Ou, dans le cas de Callie, par crainte de se mettre à hurler de désir et de montrer à Jack à quel point elle était désespérée.

Comment en était-elle arrivée là ? se demanda-t-elle alors qu'elle sortait de la Jaguar sans même attendre que Jack ne vienne lui ouvrir la portière. Ensuite, il la prit par la main pour monter les marches du porche, et ce seul contact la rendit complètement folle.

« Eh oui, il ne m'en faut pas plus », songea-t-elle avec désespoir.

Elle fouilla fébrilement dans son sac, à la recherche de ses clés. Il finit par lui arracher le sac des mains et renverser son contenu sur le sol afin de pouvoir mettre plus rapidement la main sur la clé. Une fois la porte ouverte, il poussa doucement Callie à l'intérieur puis il se pencha pour ramasser le contenu du sac, y compris les papiers du divorce.

« Ne pense pas à ça maintenant », s'intima-t-il.

Jack posa toutes les affaires de Callie sur l'îlot de la cuisine et dit d'une voix voilée par le désir :

— Tu me rends complètement fou depuis deux semaines.

Son regard était animé d'une lueur qui aurait pu passer pour de la folie à moins qu'il ne s'agisse d'un désir bestial et puissant — le type de désir auquel aucune femme ne pouvait résister.

« Mais ce n'est pas de l'amour, songea Callie. Mon Dieu, pourquoi est-ce que je pense à ça ? » Non, elle ne demandait pas à Jack de l'aimer, mais si elle ne faisait pas l'amour avec lui ici, et maintenant, elle pourrait très bien en mourir de frustration.

Il effleura les bras de la jeune femme du bout des doigts et elle frémit. Ensuite, il perdit toute patience et l'attira brusquement contre lui. La bouche de Jack se posa sur celle de Callie et elle s'abandonna complètement à lui.

L'arrière de sa tête cogna le réfrigérateur et le murmure d'excuse de Jack se perdit dans la folie de leur baiser. Avec des mains impatientes, il remonta sa robe de manière à pouvoir prendre ses fesses dans ses mains et elle se pressa contre lui, lui arrachant un gémissement.

— Ta chambre, dit-il sur un ton ferme en l'entraînant dans le couloir.

Ils parvinrent dans son boudoir romantique, qui semblait n'avoir été créé que pour ce moment précis. Dans un coin de son esprit, Callie entendit la fermeture Eclair de sa robe qui descendait, le froissement de sa robe qui glissait à terre, les mains incroyables de Jack qui la débarrassaient de son soutien-gorge puis de sa culotte.

Ensuite, il la lâcha le temps de se reculer et de la regarder. Il laissa échapper un grognement admiratif.

Prise de panique, Callie baissa alors les yeux et bafouilla :

— Je suis nue.

— En effet, répondit Jack.

La gêne de Callie s'évanouit face à l'ardeur brûlante du regard de Jack et elle rit.

— Moi aussi je veux voir, dit-elle avec une audace qu'elle ne se connaissait pas.

Il ne fallut pas plus de dix secondes à Jack pour enlever ses vêtements.

A son tour, elle laissa échapper un soupir admiratif et ajouta :

— Tu es si… si peu impuissant.

— Tu étais bien la seule à en douter, dit-il en la prenant dans ses bras.

Callie ne le quitta pas des yeux pendant qu'il la conduisait jusqu'au lit. Il la coucha à côté de lui et prit sa bouche dans l'un de ces baisers enivrants pendant que ses mains exploraient le corps de la jeune femme, attisant le brasier qui la consumait. Jamais elle ne pourrait se rassasier de ses lèvres, de ses mains, de la sensation de ses doigts experts.

Dans un grognement, il se plaça au-dessus d'elle.

Elle lui tira les cheveux.

— Ralentis. Tu vas trop vite.

Il promena une nouvelle fois ses mains sur le corps de la jeune femme et la sentit frissonner sous sa caresse.

— Je suis prêt, tu es prête, alors quel est le problème ?

— Je veux profiter de ce moment, dit-elle avant qu'il ne l'oblige à se taire avec un baiser.

— Je te garantis que tu vas pleinement en profiter.

Ensuite, sans lui laisser le temps de protester — et de toutes les manières, comment aurait-elle pu protester contre l'incroyable sensation du corps de Jack s'unissant au sien ? — il la fit sienne.

— C'était incroyable, murmura Jack dans le cou de Callie.

— Incroyable, dit-elle en écho. Mais rapide.

Elle n'arrivait pas à le croire. C'était certainement la première et dernière fois de sa vie qu'elle couchait avec Jack Mitchell, et cela n'avait pas duré plus de quinze minutes. Quinze splendides minutes.

— Hé ! dit-il en prenant appui sur un coude et en dévorant du regard le corps de la jeune femme. Tu as apprécié autant que moi, je me trompe ?

Elle soupira.

— J'aurais dû me douter que tu faisais l'amour avec autant d'efficacité que tout le reste.

Il cessa de caresser le ventre de Callie et elle frémit quand il retira sa main.

— Veux-tu dire que tu n'as pas aimé ? demanda-t-il l'air ennuyé, ce qui était surprenant de sa part.

— C'était formidable, dit-elle doucement.

Doux euphémisme, pensa-t-elle, mais elle n'avait pas voulu que ce moment se termine aussi rapidement et elle n'avait pas apprécié qu'il insiste pour décider du rythme et de tout le reste — comme d'habitude.

— Mais trop rapide, reprit-elle. Disons qu'il s'agit de… D'un problème de tempo.

Les pommettes de Jack se colorèrent légèrement.

— Ce n'était pas trop rapide. Et, crois-moi, le sexe ne peut être meilleur, lent ou rapide.

Callie mit un peu d'espace entre eux.

— Pourquoi refuses-tu d'admettre que tu ne sais peut-être pas tout sur tout ?

Elle aurait cru qu'il commençait à apprendre à considérer le point de vue des autres, mais elle avait dû se tromper.

— Est-ce que tu ne pourrais pas éviter de discuter, pour une fois ? demanda-t-il en rejetant les couvertures pour se lever.

Callie tourna le regard quand il ramassa son pantalon et l'enfila.

— Je sais très bien que tu as aimé, reprit-il. Toutefois, je parie qu'en ce moment même, ton cerveau est en train d'interpréter le fait que nous ayons peut-être été un peu vite — ce qui, entre parenthèses, n'est pas inhabituel quand un homme fait pour la première fois l'amour avec une femme qu'il désire depuis longtemps — comme une nouvelle preuve de mon manque d'intérêt pour les autres.

— Si je pense ça, c'est peut-être parce que c'est la vérité.

Elle sortit rapidement du lit pour attraper son peignoir, mais Jack ne la regardait même pas.

— Je n'ai pas à te prouver que j'aime mes parents, dit-il.

Callie noua la ceinture de son peignoir.

— Evidemment, tu les aimes dans l'absolu. Moi, je te parle de faire partie de leurs vies. Pas chaque jour, mais tu dois savoir que, si tu appelles tes parents, ils seront heureux de t'entendre. Je te parle de partager des petits moments de la vie. De pouvoir rire du jour où oncle Frank est tombé du toit pendant qu'il aidait Dan à peindre la maison et qu'il a atterri les fesses sur le trampoline.

— Tu n'étais pas là, répondit-il, perplexe.

— Exactement. Il s'agit de tes souvenirs, pas des miens. Tes parents me l'ont raconté, mais tu es le seul avec qui ils ne peuvent pas en parler parce que tu n'es jamais là. Je ne me souviens pas comment ta mère a inventé la salade de poulet au curry de Parkvale pour battre la femme du pasteur au concours de cuisine du monde. On m'a raconté l'histoire, mais je ne me rappelle même pas ce que la femme du pasteur avait préparé.

— Du gaspacho, dit Jack. Elle aurait dû savoir qu'une soupe froide n'aurait aucun succès à Parkvale.

— Tu vois ? reprit Callie en faisant le lit pour tenter d'effacer toute trace de leurs ébats. C'est exactement ce que je voulais dire.

— Non, je ne vois pas.

Jack attrapa le drap de l'autre côté du lit et tira dessus d'un coup sec.

— Je ne peux pas rire en repensant que Lucy t'appelait « Yack » avant de pouvoir prononcer ton nom correctement. Ou qu'elle t'avait espionné pendant que tu étais avec une petite amie et qu'elle a répété tous tes faits et gestes à tes parents. Ou bien…

— Assez ! ordonna Jack. Ce n'est pas parce que je t'ai accompagnée au bord de la rivière que tu dois mêler Lucy à nos disputes. Rien de ce que tu racontes ne compte encore aujourd'hui.

Il traversa ensuite la pièce pour ramasser sa chemise qui, dans le feu de l'action, était tombée à côté de la commode.

Pendant qu'il la boutonnait, il jeta un coup d'œil aux photos posées sur la commode — des photos de Callie avec sa mère, avec Lucy, avec Rob, avec Brenda et Dan. Et, dans le premier tiroir, il imaginait qu'il trouverait la photo prise le jour de leur mariage.

Quand il se retourna, il avait une expression accusatrice dans le regard.

— Tu n'arrêtes pas de me dire que j'ai besoin de me rapprocher de ma famille, mais que fais-tu de *ta* famille ?

— Je n'en ai pas, répondit-elle.

— Je sais que tu en veux une. Tu veux te marier, avoir des enfants, un foyer à toi, mais tu ne fais rien pour y arriver.

Les paroles de Jack étaient aussi blessantes que des coups de couteau.

— Je ne peux me fabriquer une famille dans un claquement de doigts, se défendit-elle.

— Tu as repoussé Rob quand il t'a demandée en mariage et, maintenant que je l'ai vu, je comprends. D'après ce que je sais, tu ne sors avec personne en ce moment, et ne me raconte pas que tu es mariée avec moi parce que nous savons l'un comme l'autre que cela ne t'arrêterait pas si tu avais rencontré l'homme de ta vie. Pour autant que je sache, tu n'as pas réellement eu d'amie proche depuis la mort de Lucy. Tu n'as jamais cherché à savoir ce qu'était devenu ton père, et tu n'as pas essayé de rencontrer tes grands-parents.

— Ils m'ont rejetée !

— Mais qu'est-ce qui t'empêche de prendre l'avion pour la Californie et leur parler face à face ? demanda-t-il en faisant les cent pas dans la chambre. Pourquoi n'as-tu pas de petit ami ? Tu sais exactement à quoi ressemble une famille, mais tu consacres tous tes efforts à ma famille plutôt qu'à essayer de fonder la tienne.

Elle serra les poings de colère.

— J'aime tes parents. Je veux qu'ils soient heureux.

— Tu les aimes et ils t'aiment, mais ma famille ne te concerne pas. Tu es celle qui aide, celle qui reste sur la touche et vit par procuration.

— Arrête ! cria Callie.

— Même ton métier consiste à vivre par procuration la vie des autres, à l'occasion de leurs anniversaires, de leurs mariages, ou de leurs baptêmes.

— Tais-toi !

— Qui t'envoie des fleurs ? demanda-t-il. Qui envoie des fleurs à la fleuriste ?

Elle pâlit, mordit sa lèvre inférieure.

— Je… Personne, murmura-t-elle.

Le silence de Jack lui dit : Tu vois bien…

— Ce serait idiot d'envoyer des fleurs à une fleuriste, répliqua-t-elle dans un effort désespéré pour se défendre.

Il resta silencieux.

— Ce n'est pas parce que tu découpes le cerveau des autres que tu sais forcément ce qui se passe dans ma tête.

Avec un regard froid, il dit alors :

— Les Mitchell sont *ma* famille. Trouve la tienne.

*
* *

Une fois Jack parti, Callie erra en peignoir dans sa maison, regardant les travaux qui avaient été faits soit par elle, soit par Jack, et se rendant compte que, pour autant qu'elle aime sa maison, elle ne constituait pas réellement un foyer. Elle avait consacré les huit années écoulées depuis le décès de sa mère à essayer de se créer un refuge, un endroit où elle se sente en sécurité, mais elle avait accordé tellement d'importance au côté physique — matériel — des choses, qu'elle avait fini par oublier ce qu'elle voulait le plus.

Jack se trompait quand il affirmait que Brenda et Dan n'étaient pas sa famille. Ils aimaient Callie et ne la considéraient pas comme un membre de deuxième classe de la famille. Toutefois, elle conservait une certaine retenue, comme si elle réservait une partie d'elle-même à une relation plus intime que ce qu'elle avait connu jusqu'à présent.

En ce moment, elle n'essayait même pas d'avoir une relation amoureuse. Au moins, Jack avait raison sur ce point. Depuis quand était-il devenu aussi perspicace ?

Depuis qu'elle lui avait ouvert son cœur.

Depuis qu'elle était tombée amoureuse de lui.

« Hors de question ! » pensa-t-elle. Elle essaya de balayer cette pensée de son esprit, mais, malgré ses efforts, elle ne fit que prendre de l'ampleur pour envahir complètement son esprit et son cœur.

« J'aime Jack. »

Abattue, Callie se laissa tomber sur le canapé du salon, une pièce que Jack avait réussi à transformer en une pièce accueillante et chaleureuse. Ne sachant plus où elle en était, elle prit sa tête entre ses mains.

Jack était un idiot prétentieux et suffisant qui n'avait aucun respect pour ses racines. Il lui avait laissé le soin de s'occuper de ses parents pendant qu'il se construisait une brillante carrière, mais il savait aussi se montrer attentif avec ses patients et il voulait faire ce qu'il fallait même si parfois il s'y prenait mal.

Il avait été furieux contre Callie quand elle avait refusé de signer les papiers du divorce, mais il ne lui avait jamais manqué de respect.

Elle était peut-être tombée amoureuse de Jack parce que, comme il le lui avait dit, elle était trop effrayée pour fonder la famille qu'elle souhaitait — ce qui semblait logique : il ne l'aimait pas et il ne tarderait pas à repartir. Aucun risque qu'en tombant amoureuse de lui, elle arrive enfin à construire une famille rien qu'à elle.

« Non, ce n'est pas pour cela que je l'aime », se dit-elle. Elle l'aimait pour sa persévérance et sa détermination. Pour sa réserve. Pour son côté protecteur qu'il essayait de cacher mais qui resurgissait à la moindre occasion. Pour la manière dont il écoutait son point de vue et parfois, même à contrecœur, parce qu'il faisait ce qu'il fallait. Pour son sens de l'humour, pour son corps superbe. Et parce qu'il était Jack, tout simplement.

Le lendemain matin, en s'asseyant à la table du petit déjeuner chez ses parents, Jack avait l'impression d'être le pire des goujats.

Callie et lui avaient fait l'amour de manière incroyable — et peu importe qu'elle ait trouvé cela un peu rapide —, et lui, il l'avait remerciée en la renvoyant promener et en l'accusant d'être incapable de vivre sa vie.

Pourtant, il avait pensé chacun de ses mots.

Callie était faite pour avoir sa propre famille, et il ne comprenait pas que ce ne soit pas déjà le cas.

Il appela ses collègues à Oxford pendant que sa mère lui préparait le petit déjeuner dont, selon elle, il avait besoin.

Une fois ses appels terminés, Jack posa son téléphone portable sur la table et repensa à l'expression perdue et abattue de la jeune femme quand il était parti de chez elle. Pour la première fois, il se demanda si Jenny et lui avaient eu raison d'écarter ses grands-parents de la vie de Callie.

Etaient-ils réellement les manipulateurs que la mère de Callie avait décrits ? Le cas échéant, s'étaient-ils adoucis avec l'âge ? Callie avait dit que son grand-père avait refusé tout contact avec elle, mais…

Jack avait le devoir donner à Callie une famille qui soit la sienne. Surtout maintenant qu'il avait fait l'amour avec elle. Il ne serait bientôt plus son mari et ce ne serait pas avec lui qu'elle formerait une famille, mais il pouvait toujours essayer de l'aider.

— Jack, peux-tu demander à ton père s'il veut des toasts ou des céréales ? dit Brenda.

Jack regarda alors son père, qui était assis à l'autre bout de la table en train de lire son journal.

— Maman, il est juste là.

— Je sais, mais il refuse de me parler tant que je ne serai pas prête à me montrer « raisonnable », répondit Brenda.

Elle parlait sur un ton léger, mais même quelqu'un qui connaissait si peu ses parents comme lui — selon Callie — pouvait sentir la douleur de Brenda sous ses paroles.

Dan releva le journal devant son visage.

Jack soupira.

— Papa, veux-tu des toasts ou des céréales ?

— Toasts, répondit-il.

— Maman, tu as entendu.

Brenda se contenta de répondre par un son indéfinissable.

Voilà qui promettait de bons moments…

Une fois son père parti pour le magasin et sa mère pour son club de lecture, Jack passa encore quelques appels en Angleterre. Malgré tout, il ne pouvait s'empêcher de penser aux grands-parents de Callie.

Jack appela alors Sam Magill et lui demanda les coordonnées d'un détective privé. Sam lui conseilla Mark Haines, dont la manière de parler, posée et professionnelle, inspira confiance à Jack.

— J'aimerais que vous retrouviez la trace de William et Mona Summers, lui dit-il après lui avoir exposé la situation. Trouvez quel genre de personnes ils sont, et voyez s'ils seraient prêts à renouer le contact avec leur petite-fille. Je ne veux pas qu'elle souffre une nouvelle fois.

Cela pouvait sembler un peu idiot, mais Haines ne sembla pas le remarquer.

— Avez-vous une adresse, des photos ? demanda-t-il.

— Non, je n'ai pas de photos. Je sais seulement qu'à l'époque, ils habitaient Monterey.

L'une des régions les plus chères de Californie. La mère de Callie avait dit que ses beaux-parents étaient des gens riches.

— Cela ne devrait pas être trop difficile, dit enfin le détective. Je devrais avoir terminé d'ici à une semaine.

Quand Jack raccrocha, il était toujours insatisfait. Pourtant, il ne pouvait rien faire d'autre pour Callie. Rien qui n'exige de lui plus qu'il n'était prêt à donner.

Chapitre 14

A 2 heures du matin, le mardi, soit deux jours après que Jack et elle eurent fait l'amour avant de se disputer, le téléphone de Callie sonna.

A cette heure-ci, ce ne pouvait être qu'une mauvaise nouvelle, se dit la jeune femme.

Elle se redressa et tâtonna pour décrocher le téléphone, qui se trouvait sur la table de nuit.

— Allô ? dit-elle d'une voix endormie.

— Maman est sortie il y a une quinzaine de minutes, répondit la voix inquiète de Jack. Nous ne savons pas où elle est partie.

— Vous avez regardé dans la salle de bains ? demanda Callie.

Seul le silence lui répondit. Son esprit commença à s'éclaircir et son cerveau se mit à fonctionner normalement.

— Désolée, je suis réveillée maintenant.

— Papa et moi avons pensé que tu saurais peut-être où la trouver, expliqua Jack. Elle a pris sa voiture.

Callie coinça le téléphone entre son oreille et son épaule et elle se leva pour s'habiller.

— A-t-elle emporté quelque chose ? Un sac, par exemple.

— Je ne pense pas.

Tout en s'habillant, Callie réfléchissait.

— Elle est peut-être au bord de la rivière.

— C'est ce que nous pensons, dit Jack. Nous y allons. Nous passerons te prendre.

— Je suis prête.

Il y eut un cri étouffé derrière Jack.

— Ne quitte pas, dit-il.

Elle l'entendit parler avec son père, puis il reprit le téléphone.

— Papa vient de voir que la remise à outils est ouverte. Il est parti vérifier s'il manque quelque chose. A tout de suite.

Il s'écoula une dizaine de minutes avant que le pick-up de Dan ne s'arrête devant chez Callie, conduit par Jack. Callie grimpa à l'arrière avant qu'il n'ait complètement freiné, ce qui lui valut un regard désapprobateur de Jack.

C'était la première fois qu'ils se revoyaient depuis qu'il lui avait fait comprendre la piètre opinion qu'il avait d'elle. Elle ignora le sentiment d'hostilité qui commençait à l'envahir, car ils devaient en priorité retrouver Brenda. Le reste n'avait aucune sorte d'importance pour l'instant.

Il ne redémarra pas immédiatement.

— Nous devons d'abord savoir où nous allons, expliqua-t-il.

— Et si nous essayions la rivière ?

Dan s'éclaircit la gorge et dit :

— En fait, Brenda a emporté quelque chose avec elle. Ma tronçonneuse. Je ne vois pas ce qu'elle pourrait découper là-bas.

Callie prit alors sa tête entre ses mains pour réfléchir.

Même si Brenda ne faisait rien de bizarre avec la tronçonneuse — quoi que, que pourrait-elle faire qui ne semble pas bizarre à cette heure de la nuit ? — Callie n'était pas sûre qu'elle sache s'en servir correctement.

Elle se rendit compte que les deux hommes l'observaient, attendant un ordre de sa part. Elle ferma les yeux pour se concentrer. « Brenda, où êtes-vous ? »

Ouvrant les yeux, elle dit alors :

— Le lycée !

Quand ils arrivèrent, ils trouvèrent en effet la voiture de Brenda dans l'enceinte du lycée. Jack se gara à côté. Quand ils sortirent, Dan reconnut immédiatement le vrombissement furieux d'une tronçonneuse en train de couper du bois.

Il partit alors en direction de la cour carrée en jurant. Jack et Callie le suivirent et ils contournèrent le bâtiment de l'administration… avant de s'arrêter net.

Les projecteurs, allumés par les détecteurs de présence, éclairaient la cour et Brenda.

Le banc construit par Dan en souvenir de Lucy gisait, débité en tranches. Brenda, en équilibre instable sur un gros morceau de bois, s'attaquait au dossier sculpté. La sciure volait tout autour d'elle et, dans la lumière, on aurait dit une légère bruine.

Dan courut vers elle, mais il trébucha et glissa sur l'herbe humide. Il parlait mais il ne s'entendait pas, sa voix étant couverte par le grondement de la tronçonneuse.

Brenda ne portait pas de lunettes de protection, ni

même de gants. Si jamais elle glissait, ou bien si la tronçonneuse lui échappait des mains, elle pourrait...

Ensuite, il prit conscience de ce qu'elle était en train de faire : elle avait détruit le banc de Lucy! Le cœur de Dan cognait à tout rompre. Quand la tronçonneuse s'arrêta enfin, il se rendit compte qu'il hurlait, un son incohérent mêlant rage, chagrin et désespoir.

Brenda se tourna et lâcha la tronçonneuse, qui tomba lourdement sur la pile de bois.

— Dan...

Il l'ignora, comme il l'avait fait ces derniers jours — ce qui devait expliquer le geste de Brenda. Elle avait insisté pour qu'ils aient une discussion, mais il avait refusé de lui adresser la parole tant qu'elle n'aurait pas cessé de pleurer en pensant à Lucy. Ce soir, elle lui avait crié dessus et il avait pour toute réponse augmenté le volume de la télévision. Avec un peu de recul, il se rendait compte que ce n'était pas la chose la plus intelligente qu'il ait faite...

Il arriva enfin devant le gâchis et il se laissa tomber sur les genoux, inspirant l'odeur du bois fraîchement coupé qu'il avait toujours aimée.

— Lucy..., gémit-il en ramassant une latte de bois.

Certains bancs étaient fabriqués avec des chutes de bois ou avec du bois pris dans le pourtour des troncs. Pour celui-ci, Dan avait découpé chacune de ces lattes au cœur des troncs, en prenant soin de trouver des grains semblables de sorte que le banc semblait fait d'un bloc.

Il écarta plusieurs lattes et trouva un accoudoir sculpté. Du bout du doigt, il suivit le motif de feuille. Au premier abord, toutes les feuilles paraissaient identiques, mais si on observait plus attentivement, on distinguait les différences : ici une feuille de frêne, là une feuille de peuplier, là encore une feuille de tremble. Quand Dan pensait à Lucy, il imaginait une brise d'été qui faisait doucement bruisser les feuilles. Lucy donnait toujours cette impression de légèreté et de mouvement : à un moment ici, la seconde d'après ailleurs, et puis de nouveau là, riant et adorable.

— Lucy, Lucy, Lucy, Lucy, répéta Dan en fouillant les morceaux de bois comme s'il espérait retrouver sa fille dessous.

Puis il prit progressivement conscience de la présence de Brenda.

— Dan, dit-elle d'une voix effrayée. Je suis désolée. J'étais si en colère que… j'ai perdu la tête.

Il continua de fouiller le tas de bois, mais les larmes brouillaient sa vue.

— Il pleure, dit alors Brenda à quelqu'un que Dan ne voyait pas.

Vraiment ? Il n'en savait rien, et il s'en moquait.

Jack s'agenouilla à côté de son père et commença à ramasser les morceaux de bois sans un mot. Dan se rendit compte qu'il ne prenait pas les morceaux au hasard, mais qu'il les triait méthodiquement. Il n'y avait pas de raison particulière pour le faire, mais cela lui parut une bonne idée.

— Dan, je suis désolée, répéta Brenda.

S'il lui adressait la parole maintenant, il avait peur que sa colère n'explose. La tête penchée, Dan murmura alors à Jack :

— Eloigne-la de moi.

Jack se recula et Dan l'entendit parler à Callie.

— Je l'emmène chez moi, répondit-elle.

Puis les femmes partirent et il ne resta plus que Dan et Jack, qui continuèrent de trier les morceaux de bois.

— Je vais chercher le pick-up, et nous allons les charger à l'arrière, proposa Jack une fois le bois soigneusement empilé en trois tas.

— Inutile. Ce qui reste du banc est tout juste bon à faire un feu de camp, répondit Dan d'une voix tremblante.

— Je vais chercher le pick-up, insista Jack.

Brenda passa toute la journée suivante chez Callie.

Jack ne vint pas travailler au pavillon et il s'efforça de réparer les dégâts que sa mère avait causés. Quand, à 18 heures, il arriva chez Callie, il était exténué.

Il ramena Brenda chez elle.

— Il faudra bien que tu affrontes papa tôt ou tard, dit-il à sa mère alors qu'ils approchaient de la maison. Alors autant que ce soit le plus tôt possible. Tu lui dois bien ça.

Brenda serra ses mains sur ses genoux.

— Il m'en veut toujours ?

— Oui, répondit sans ménagement Jack en se garant derrière le pick-up de Dan. J'ai réussi à calmer les choses avec le lycée, mais je ne peux pas faire la paix à ta place avec papa.

— Comment faire la paix avec lui s'il refuse de me parler ? demanda Brenda, penaude, en sortant de la Jaguar.

— S'il y a une chose que j'ai apprise hier soir, c'est que le refus de dialoguer peut être dangereux, dit Jack.

Brenda prit une profonde inspiration quand la porte d'entrée s'ouvrit et que Dan apparut. Il resta là, les bras le long du corps, la regardant approcher.

— Bonjour, Dan, dit-elle timidement.

— Brenda, répondit-il après un instant.

Elle paraissait soulagée, même si Jack ne voyait pas en quoi un seul mot pouvait représenter un progrès quelconque. Peut-être était-ce que le ton que Dan avait employé.

Dan s'écarta et Brenda entra dans la maison.

— Tu entres ? demanda-t-il à Jack.

— Je ne préfère pas, avoua Jack. Tout ira bien sans moi ?

— Je crois, oui. J'ai enfermé la tronçonneuse dans un placard, répondit Dan avec un soupçon de sourire.

Il n'en fallait pas plus à Jack pour aller retrouver Callie.

— J'ai pensé que tu aimerais que je te fasse un point sur la situation, dit-il en pénétrant dans la cuisine de la jeune femme.

Celle-ci observa son visage. Il savait qu'il avait des cernes sous les yeux, et elle aussi. L'un comme l'autre avaient en effet été incapables de se rendormir après leur expédition nocturne.

— Tu veux dire que tu n'avais pas envie de rester au milieu de la bagarre.

— Aussi, reconnut-il.

Avant qu'il n'ait eu le temps d'ajouter quoi que ce soit d'autre, son téléphone sonna. Il le sortit de sa poche et regarda l'écran.

— Jeremy, dit-il. C'est le milieu de la nuit, là-bas, ajouta-t-il avec un air préoccupé.

Il prit l'appel avec appréhension, mais il ne s'agissait que d'une urgence « mineure » : Hannah n'arrivait pas à dormir, elle était déprimée et elle avait envie que Dr Jack lui remonte le moral.

— Hannah, salut ! dit Jack.

Il s'efforça de paraître enjoué, mais il connaissait les difficultés que Jeremy rencontrait pour soigner l'hémorragie de la fillette. Chaque fois que l'équipe soignante pensait l'avoir guérie, l'hémorragie reprenait ailleurs.

Hannah parla pendant une bonne minute, Jack se contentant de quelques « Oui ». Puis la conversation se fit plus calme et elle commença à parler de sa santé d'une manière négative.

— Je suis persuadé qu'après ta prochaine opération, nous aurons trouvé ce qui cause ces hémorragies, lui assura Jack.

Son visage était peiné pendant qu'il parlait à Hannah, et Callie comprit alors tous les efforts qu'il faisait pour rassurer une enfant qui se battait quotidiennement contre la mort. Elle se demanda si c'était pour cela qu'il était préoccupé.

— Oui, bien sûr, dit-il d'une voix hésitante.

Il posa alors sa main devant son téléphone et se tourna vers Callie :

— Hannah veut que je lui raconte une blague.

Elle hocha la tête pour l'encourager.

— Tu sais bien que je me prends trop au sérieux pour raconter des blagues, dit-il. Il faut que tu m'aides.

— Seulement si tu m'autorises une blague sur les médecins.

Il leva les yeux au ciel et enleva sa main du téléphone.

— Hannah, je suis avec… une amie qui connaît plein de blagues. Elle va m'en raconter une et je te la répéterai ensuite. D'accord ?

Sous la pression, Callie eut du mal à se rappeler la moindre blague. Enfin, elle dit lentement :

— Docteur, docteur, au secours : je crois que je suis un chien.

Jack répéta ce qu'elle venait de dire à Hannah puis se tourna vers la jeune femme en haussant les sourcils.

— Asseyez-vous sur le canapé et racontez-moi tout, reprit Callie en prenant un ton de médecin.

Ensuite, en imitant la voix d'un patient, elle ajouta :

— Impossible, je n'ai pas le droit de monter sur les meubles.

Jack rit puis raconta la fin de la blague à la fillette. A en juger par le sourire de Jack, Hannah avait apprécié.

Etonnant qu'une blague aussi idiote puisse procurer autant de joie. Qui aurait cru que le grand Dr Jack Mitchell se serait abaissé à la raconter ?

Il n'avait jamais paru aussi adorable à Callie qu'en ce moment précis.

Après avoir raccroché, il s'assit sur l'un des tabourets de la cuisine.

— Parle-moi de tes parents. Comment vont-ils ? s'enquit Callie.

Las, il passa ses mains sur son visage.

— J'ai passé ma journée à faire la navette entre le bureau du shérif et l'école, pour essayer de convaincre le principal et Alvin Briggs que cela ne servirait à rien de porter plainte contre maman. Ils en sont convenus à 17 heures.

— C'est une excellente nouvelle. Tu mérites une bière.

Elle sortit une bouteille du réfrigérateur et la déboucha pour lui.

Avec un sourire reconnaissant, il avala une gorgée.

— J'ai dit à maman qu'elle avait besoin d'aide et qu'elle devrait reprendre la psychothérapie.

— As-tu conseillé la même chose à ton père ? demanda Callie en sortant une bouteille de vin blanc du réfrigérateur et en se servant un verre.

— Papa n'en a pas besoin, répondit Jack en fronçant les sourcils.

Puis, après quelques instants de réflexion, il dit :

— Si, peut-être. Bon sang, je me demande comment ils vont s'en sortir.

Il semblait tellement abattu que Callie avait envie de caresser ses traits tirés, de l'embrasser pour lui faire oublier toute la tension qui raidissait chacun de ses muscles.

— Comment était Dan quand tu as ramené Brenda ?

— Toujours silencieux, mais je pense qu'il a compris que maman et lui avaient besoin de se parler.

Jack se mit à rire doucement.

— Qu'y a-t-il de si drôle ?

— Ils ont besoin de se parler.

Il riait ouvertement, maintenant, d'un rire nerveux.

— Ils auraient plutôt besoin d'une lobotomie !

— Jack ! Je te rappelle que tu parles de tes parents, des gens qui t'ont donné la vie et chacun la moitié de ton A.D.N. Tu pourrais très bien te retrouver dans la même situation qu'eux, un jour.

— Là, ça fait peur. Si jamais tu me trouves en pleine nuit avec une tronçonneuse à la main, fais-moi enfermer immédiatement.

— Oui, docteur, dit-elle en imitant le salut militaire.

Jack commençait à se détendre et oublier ses soucis et elle n'aimait pas l'idée qu'il rentre chez ses parents, où Dieu seul savait ce qui pouvait se passer. Il aurait mieux valu qu'il reste ici cette nuit.

« Avec moi. »

La pensée s'imposa immédiatement et irrévocablement à l'esprit de Callie. Peu importe qu'elle soit encore furieuse contre Jack, elle avait toujours envie de lui. Chaque regard de ses yeux gris lui faisait le même effet qu'une caresse et, chaque fois qu'elle voyait sa bouche bouger, elle avait envie de ses baisers.

Elle voulait le réconforter et lui faire oublier ses soucis.

Et, surtout, elle l'aimait et elle brûlait de faire de nouveau l'amour avec lui.

Elle posa alors son verre sur l'îlot de la cuisine.

— Jack, dit-elle d'une voix voilée.

— Oui ?

Il souriait toujours et elle décida d'essayer de rester dans l'humeur légère du moment. De ne pas laisser la situation devenir trop sérieuse. Par ailleurs, il était encore plus beau quand il souriait.

— J'ai besoin d'un médecin.

De toute évidence, elle avait prononcé ces paroles sans aucune trace de sous-entendu parce que Jack posa sa bouteille de bière à côté de son verre et demanda :

— Qu'est-ce qui ne va pas ?

Il avait employé un ton professionnel, et pas du tout celui d'un amant.

Elle fit le tour de l'îlot en balançant exagérément les hanches.

— Tu as mal à la jambe ? demanda-t-il en fronçant les sourcils.

Callie soupira : en était-il toujours au stade où il devait trouver une explication physique à chacun de ses besoins émotionnels ? « Non, ce n'est pas émotionnel, s'objecta-t-elle à elle-même, c'est bel et bien physique. » Jack s'était simplement trompé de diagnostic.

Tout en s'approchant de lui, elle défit le premier bouton de son chemisier et son regard finit certainement de trahir ses intentions.

— Oh, Callie…

Jack avait le regard fixé sur les doigts de la jeune femme qui descendaient vers le deuxième bouton. Il semblait incapable de dire quoi que ce soit.

Maintenant, elle se trouvait devant lui, suffisamment près pour qu'il la touche. S'il en avait envie.

— J'ai vraiment besoin d'un médecin, dit-elle sur un ton désespéré.

Elle s'apprêtait maintenant à défaire le troisième bouton de son chemisier. Elle le fit glisser par la boutonnière, mais maintint les deux pans de son chemisier fermés et reprit d'une voix haletante :

— Tu es bien médecin, non ?

Dans son regard, elle devina le moment où il décida de jouer à son petit jeu. Il glissa alors ses pouces dans les passants de son jean et répondit :

— En effet, et je vais t'ausculter.

Chapitre 15

— Quel soulagement, répondit Callie. Je n'aurais pas aimé me déshabiller pour rien.

— Si tu me laissais t'aider ? proposa-t-il aimablement.

Sans attendre, il termina de déboutonner le chemisier et il le jeta à terre. Ensuite, il l'observa avec un regard gourmand et sourit.

— Oui, en effet, je peux voir que tu as vraiment besoin d'un homme de l'art.

Il fit un pas vers elle et posa ses mains sur les hanches de la jeune femme.

— Docteur, tu as des mains magiques, roucoula-t-elle, déjà au comble de l'excitation.

Les mains magiques de Jack se promenèrent sur le corps de Callie, la faisant frémir.

— Malheureusement, je n'ai pas mon stéthoscope avec moi et je crains de devoir t'ausculter avec mes mains.

— Fais ce que tu dois faire, c'est toi le doc.

Il prit sa bouche pendant que ses mains exploraient les courbes de Callie mais, avant que leur baiser ne se fasse plus profond, il se recula.

— Je n'arrive pas à croire que je dise une chose pareille, expliqua-t-il sur un ton redevenu sérieux, mais l'histoire entre le médecin et sa patiente ne va pas fonctionner.

Mortifiée, Callie croisa ses bras devant sa poitrine.

— Si tu n'avais pas envie de moi, tu aurais dû le dire avant que je…

Il posa une main sur la bouche de la jeune femme.

— Evidemment que j'ai envie de toi. Quelle drôle d'idée ! Tu me fais complètement craquer.

Il la regarda de nouveau et elle lut dans son regard qu'il voulait qu'elle décroise ses bras. Quand Callie obéit, il dit :

— C'est juste qu'à la fac de médecine, on nous répète pendant des années qu'il ne faut jamais, jamais avoir une relation autre que professionnelle avec un patient. Je n'arrive pas à faire taire la petite voix qui me dit que j'ai un comportement contraire à l'éthique.

— Je te rappelle que je suis moi aussi médecin, dit alors Callie.

Il cligna des yeux.

— Je l'ignorais.

— Quand je t'ai dit que j'avais besoin d'un médecin, je voulais parler d'un deuxième avis et d'un examen complet.

— Ah.

Il sourit et l'attira de nouveau vers lui.

— Dans ce cas, cela change tout, docteur. Rien ne m'interdit de venir en aide à un confrère.

De nouveau, il prit sa bouche dans un baiser ardent et le désir monta encore d'un cran. Cette fois, ce fut Callie qui se recula avant qu'ils ne perdent tous deux le contrôle.

— Docteur Mitchell, il va falloir que vous réfléchissiez bien à ce cas. Ne pas précipiter votre diagnostic.

Il lui donna une petite tape sur les fesses et lui adressa un regard faussement furieux, mais il était trop excité pour protester plus.

Callie commença alors à déboutonner la chemise de son compagnon.

— Quelle est ta spécialité, doc ? demanda-t-il pendant qu'il baissait la fermeture de sa jupe.

Callie retira la chemise de Jack et promena ses mains sur son torse.

— Chirurgien thoracique ? suggéra-t-il alors.

— Oui, c'est bien cela.

Elle le laissa la coucher sur le canapé, mais elle poursuivit son exploration de chaque courbe de ses muscles.

— Ton torse est parfait, dit-elle.

Il l'embrassa dans le cou.

— De la part d'une sommité comme toi, c'est un compliment.

Elle gigota en réaction à la délicieuse torture de ses baisers, puis elle gémit quand sa langue se promena dans son cou.

— Je ne suis pas un expert, murmura-t-il, mais ta poitrine me semble frôler la perfection.

— Merci, docteur, répondit-elle d'une voix haletante.

Il continua d'explorer son corps avec sa bouche puis il s'arrêta et demanda :

— Au fait, docteur, où avez-vous étudié ?

— Sur internet.

Elle s'agrippa à ses épaules nues, prête à crier de désir, et répondit entre ses dents :

— Ça compte, n'est-ce pas ?

— Absolument, répondit-il avec un sourire satisfait.

Et il reprit son examen.

— L'avantage de faire l'amour avec un neurochirurgien de réputation mondiale, dit Callie un peu plus tard, alors qu'ils mangeaient une pizza au lit, c'est que vous, les médecins, vous apprenez très vite.

— Quoi ? Tous ?

Jack lécha un morceau de mozzarella qui était collé sur le doigt de la jeune femme puis il laissa son doigt dans sa bouche.

Callie ne répondit pas tout de suite, préférant goûter à la sensation de la langue de Jack qui s'entourait autour de son doigt.

— J'imagine que tu es aussi intelligent que tes collègues.

— Plus intelligent, corrigea-t-il.

— Désolée.

— Qu'ai-je donc appris si rapidement ? demanda-t-il.

Comme s'il ne le savait pas !

— L'art et la manière de prendre le temps, répondit-elle. Je sais que tu as encore plus apprécié que la dernière fois.

— Vraiment ?

— Et moi aussi, continua-t-elle.

Elle tendit alors le bras pour attraper un autre morceau de pizza, et le mouvement fit glisser le drap qui la recouvrait. Jack l'observa avec un intérêt non dissimulé.

— Quoi que tu sois en train de me raconter, dit-il, il est temps d'arrêter.

Il tint le morceau de pizza le temps qu'elle en prenne une bouchée, puis il reposa le reste dans le carton.

— Hé ! protesta-t-elle.

— Tu sais comme moi que tu préfères la nourriture saine.

— Alors que toi, tu aimes trop les pizzas et les hamburgers. Où veux-tu en venir ?

— Je suis prêt pour le dessert, dit-il en glissant une main sous le drap.

Elle attrapa sa main.

— Pas tant que tu ne m'auras pas dit pourquoi tu aimes tant le fast-food.

— Je trouve que c'est bon, voilà tout.

— Je pensais que les médecins privilégiaient la nourriture saine, et qu'ils fuyaient les aliments pleins de cholestérol.

Il soupira.

— Oui, pour la plupart. Mais parfois — souvent — j'aime oublier que je suis médecin, que je suis censé me conduire toujours comme il faut. En m'écartant du droit chemin, j'oublie un peu mes responsabilités professionnelles.

Callie sentit alors les larmes lui monter aux yeux en pensant à la petite Hannah.

— Je te promets que je ne te ferai plus jamais de remarques sur ce que tu manges.

— On en reparlera.

Il la força à se recoucher et demanda :

— Prête pour une nouvelle consultation, docteur ?

Je préfère m'assurer que nous sommes d'accord sur le diagnostic.

Callie poussa un petit cri quand les mains de Jack caressèrent son corps.

— Tu n'essaies pas d'établir un nouveau record de vitesse, n'est-ce pas ?

— Tu le sauras bientôt.

Il lui montra alors qu'il avait en effet appris une ou deux choses avec elle, en lui faisant l'amour lentement, et tendrement.

Plus tard dans la soirée, il lui prouva que les brillants neurochirurgiens pouvaient ajouter la patience et l'endurance à la liste de leurs nombreux talents.

Le lendemain matin, Callie souriait en ressentant les délicieuses courbatures de l'amour. Si ses paupières étaient alourdies par le manque de sommeil, c'était pour toutes les meilleures raisons du monde, et la respiration régulière et profonde de Jack à côté d'elle ne faisait que renforcer son sentiment de plénitude et de bonheur…

C'est alors qu'elle entendit un autre bruit… On aurait dit… Oh non, les rats étaient de retour ! Hors de question qu'elle sorte de cette pièce tant que Jack ne se serait pas assuré que les sales bestioles se trouvaient toutes dans la cave, avec la porte fermée à double tour. Une excellente excuse pour rester au lit… Elle se laissa alors emporter dans une sorte de demi-sommeil et se blottit contre Jack, refusant de le réveiller ou d'entamer une nouvelle journée au cours de laquelle, elle n'en doutait pas, ils devraient parler de ce qu'ils avaient fait.

A l'extérieur, elle entendait le chant des cigales et le croassement d'un corbeau. A côté du lit, le radio-réveil de Callie se déclencha. Elle avait dû laisser l'alarme en marche depuis la veille. Derrière la porte de la chambre, des voix approchaient dans le couloir.

Des voix!

Callie s'assit d'un bond.

— Jack! dit-elle en le secouant. Jack, il y a quelqu'un dans la maison.

— Hein? répondit-il en ouvrant à moitié les yeux.

— Je pensais que c'était des rats, expliqua Callie.

Jack semblait complètement perdu, ce qui lui donnait un air adorable. Callie reconnut alors la voix de Brenda disant : « J'ai dû le laisser ici hier soir. »

— C'est ta mère, souffla la jeune femme.

Brenda avait dû utiliser le double de clé pour entrer. Elle avait certainement frappé et Callie n'avait rien entendu… A qui parlait-elle?

— As-tu vu ce que Callie a fait dans la chambre? reprit Brenda. C'est magnifique.

Callie regarda Jack, et Jack regarda Callie, tous les deux conscients que Brenda ne trouverait pas que tout ce que Callie avait fait dans la chambre était si magnifique que cela…

— Dis-lui que tu es en train de t'habiller, ordonna Jack.

— Brenda, dit alors Callie, je suis…

Au même moment, la poignée de la porte tourna et Callie eut juste le temps de remonter le drap sur elle pour cacher sa poitrine dénudée.

— Callie ! Ma chérie, je pensais que tu étais déjà partie à la boutique.

Puis Brenda poussa un cri quand elle vit Jack.

— Que se passe-t-il ? demanda alors Dan, qui apparut derrière sa femme.

Il devint rouge comme une tomate en voyant Callie et il tourna rapidement les yeux… pour les poser sur son fils.

— Jack ? dit-il, lui aussi sous le choc. Mais que se passe-t-il ?

Jack s'assit, menaçant de tirer le drap, et Callie le serra encore plus fort contre elle.

— Papa, maman, vous voulez bien nous laisser une minute ?

— Je n'en crois pas mes yeux, gémit Brenda, avec un air si désemparé que Callie se sentit prête à éclater en sanglots. Je ne peux pas croire que tu aies abusé de Callie. Tu devrais avoir honte de toi, Jack Daniel Mitchell !

Ce qui était ridicule, puisque c'était Callie qui avait tout fait pour le séduire, mais il n'allait pas se lancer dans ce genre d'explication avec sa mère.

— Brenda, commença alors la jeune femme, ce n'est pas…

— Quand tu auras eu suffisamment honte de toi-même, je te conseille de penser à une date de mariage, gronda Dan. Aucun homme n'a le droit de traiter Callie ainsi…

— Nous sommes déjà mariés, bafouilla alors Callie.

Son annonce eut le même effet qu'un seau d'eau glacée et Brenda et Dan restèrent comme paralysés sur place.

Jack grogna et Callie se rendit alors compte qu'elle n'avait fait qu'empirer la situation.

Respirant difficilement — pourvu qu'il ne fasse pas une crise d'hypertension, pria intérieurement Callie —, Dan dit :

— Vous avez quelques explications à nous donner, vous deux. Habillez-vous et retrouvez-nous dans le salon. Vous avez deux minutes.

Quant à Brenda, elle souriait, riait et pleurait tout à la fois.

— Mariés ? Comment cela ? Je ne comprends pas.

— Suis-moi, Brenda, ordonna Dan en la prenant par le bras.

— Pourquoi leur avoir dit ? demanda Jack en se levant.

Il enfila son pantalon et Callie essaya de ne pas remarquer qu'il n'avait pas pris la peine d'enfiler de sous-vêtements.

— Ils nous ont surpris au lit ! dit-elle, commençant à prendre pleinement conscience de ce qu'elle venait de faire.

— Nous ne sommes plus des adolescents et nous pouvons faire ce que nous voulons.

— Tu crois ? Ton père était prêt à pointer un fusil sur toi.

Jack leva les yeux au ciel et soupira.

— Je suis désolée, j'ai paniqué.

Callie enfila une culotte et passa une robe d'été. Le regard de Jack sembla s'animer d'intérêt quand il remarqua qu'elle n'avait pas mis de soutien-gorge. Comment pouvait-il penser au sexe dans un moment pareil ? Ensuite, elle se rappela qu'elle avait remarqué qu'il ne portait rien sous son pantalon…

Elle se brossa les cheveux.

— Dieu sait quel effet cela va avoir sur leur état nerveux, déjà fragilisé, s'inquiéta Jack. Qu'allons-nous leur dire ?

— La vérité.

Elle aurait aimé avoir le temps de se brosser les dents, mais cela lui aurait donné un avantage sur Jack, et les deux minutes imparties par Dan étaient presque écoulées.

— Que nous sommes mariés et que nous allons divorcer. C'est finalement très simple, par rapport à ce qu'ils traversent en ce moment. De quoi ai-je l'air ?

— Presque aussi désirable que lorsque tu es nue, répondit-il avec un petit sourire en coin.

Callie rougit, ce qui était étonnant après la nuit torride qu'ils avaient partagée. Ce devait être à cause de la présence de Brenda et Dan dans le salon.

Avec des mains tremblantes, elle se mit du rouge à lèvres, mais elle le retira aussitôt avec un mouchoir en papier tellement elle avait débordé.

— Laisse-moi parler, dit Jack.

Elle était suffisamment lâche pour ne pas tenter de discuter.

Dan faisait les cent pas dans le salon. Callie devina aux mouvements de ses yeux qu'il vérifiait instinctivement la qualité des travaux de peinture de Jack. Sur ce point au moins, il ne pouvait lui faire aucun reproche.

— Alors, demanda Dan comme s'il s'adressait à deux adolescents pris en faute. Que se passe-t-il ici ?

Callie ouvrit la bouche, mais un regard de Jack l'incita à se taire.

— Si vous êtes mariés, dit Brenda, perdue, pourquoi n'avons-nous pas été invités au mariage ? Et où sont vos alliances ?

— Papa, maman, commença Jack en passant un bras protecteur autour des épaules de Callie. Vous n'allez pas aimer ce que je m'apprête à vous dire, mais, s'il vous plaît, écoutez-moi sans m'interrompre.

— J'espère que vous avez une bonne explication, les avertit Dan.

— C'est une explication, à défaut d'être une bonne explication, dit Jack. Voilà, Callie et moi nous sommes mariés il y a huit ans.

Brenda poussa un nouveau cri et les épaules de Dan s'affaissèrent.

— La mère de Callie était au courant et avait donné son consentement, s'empressa de reprendre Jack, en comprenant que son père calculait l'âge de Callie au moment du mariage. Tout était parfaitement légal. Vous vous rappelez combien Jenny était perturbée à cause de la demande de garde déposée par les grands-parents de Callie.

— Elle était terrifiée par ces gens, reconnut Brenda.

— Mais pourquoi vous marier ? demanda Dan. Vous auriez pu nous en parler, et nous aurions trouvé une solution ensemble.

Jack déglutit difficilement, et Callie devina qu'il n'avait

pas très envie d'avouer ses réels motifs. D'un autre côté, ils avaient promis de dire la vérité.

— C'était juste après la mort de Lucy, dit-il. J'étais sur le point de partir en Angleterre. Vous étiez complètement anéantis par le chagrin et moi, j'avais besoin — envie — de partir à Oxford, alors…

Callie ne pouvait pas le laisser s'abaisser ainsi auprès de ses parents et elle décida de prendre la parole.

— Jack avait peur que vous ne souffriez encore plus si je partais. Après lui, je représentais le lien le plus fort que vous conserviez avec Lucy et il ne voulait pas vous en priver.

Jack la regarda.

— Et aussi…

— Et, reprit Callie, maman s'inquiétait aussi de ma sécurité financière et Jack lui a promis de veiller sur moi. Cette promesse comptait beaucoup pour maman.

Elle ne faisait que dire la vérité.

Jack s'apprêta à intervenir une nouvelle fois. Bon sang, mais pourquoi semblait-il si impatient de faire des aveux ? Callie le fixa du regard jusqu'à ce qu'il comprenne et referme la bouche.

— Jack nous a rendu, à maman et moi, un immense service.

Dan semblait pour le moins sceptique et Brenda fronçait les sourcils, comme si elle n'arrivait pas encore à rassembler toutes les pièces du puzzle.

— C'était un mariage purement… théorique, ajouta Callie, avant de rougir.

— Ce n'est pas l'impression que j'ai eue là-dedans,

répliqua Dan, en pointant son pouce en direction de la chambre de Callie.

Jack s'avança alors devant la jeune femme, comme pour la protéger.

— C'est un rebondissement récent, dit-il. Très récent.

— Nous considérons Callie comme notre fille, répondit Dan. Tu n'as pas intérêt à jouer avec ses sentiments.

— Nous sommes adultes, rétorqua Jack. Nous faisons ce que nous voulons, cela ne regarde que nous.

Dan sembla sur le point d'exprimer son désaccord, mais Brenda prit la main de son mari. Tout d'abord de manière hésitante, puis elle noua ses doigts aux siens.

— Dan… Chéri ?

Elle l'appelait de nouveau « Chéri » ? Callie vit les doigts de Dan bouger puis il redressa ses épaules comme s'il acceptait le contact de Brenda, ses mots tendres. Comme s'il l'acceptait elle, même si cela devait le tuer. Quand Brenda et Dan s'étaient mariés, ils avaient su que c'était pour la vie, pour le meilleur et pour le pire.

— Se marier de la manière dont ces deux-là l'ont fait était idiot, et particulièrement pour Jack. Callie était trop jeune pour le savoir, dit Brenda, mais voyons le côté positif des choses : l'histoire se termine bien.

En réalité, l'histoire ne se terminait pas bien du tout, et Callie faillit éclater de rire tellement elle avait les nerfs à fleur de peau.

— Que veux-tu dire ? demanda Jack.

Brenda leva ses mains.

— Jack, cela fait des années que nous nous inquiétons pour toi. Que nous nous demandons si tu auras le temps de rencontrer une gentille jeune femme, et voilà que tu as trouvé la plus merveilleuse de toutes. Une jeune femme que nous aimons déjà comme notre fille.

Elle ouvrit ses bras et ajouta :

— Ma chérie, tu es vraiment notre fille, maintenant.

Comme Callie ne bougeait toujours pas, la mère de Jack s'avança et la prit dans ses bras.

— Brenda, il y a quelque chose que…

Par-dessus l'épaule de Brenda, Callie adressa un Jack un regard implorant, qui lui disait : Rétablis la vérité. Tout de suite.

Dan donna à son tour l'accolade à son fils.

— Je crois que ta mère a raison. Tu n'aurais pas pu faire un meilleur choix. Je suis fier de toi.

Il se tourna ensuite vers Callie.

— Brenda et moi sommes venus prendre ce petit déjeuner auquel tu nous as invités. Nous pensions que nous devions faire quelque chose pour arranger la situation. Si nous allions au restaurant, pour fêter la bonne nouvelle ?

Jack intercepta un nouveau regard désespéré de Callie, et il comprit qu'il devait absolument prendre la parole et annoncer à ses parents qu'ils avaient engagé une procédure de divorce.

D'un autre côté, il ne pouvait se résoudre à causer de la peine à ses parents alors que ceux-ci semblaient si heureux. Pendant que sa mère le serrait dans ses bras, il adressa un sourire désolé à Callie.

— Papa, nous vous demandons de rester discrets pour

l'instant. Callie et moi apprécierions si vous ne parliez à personne de notre mariage dans l'immédiat, dit Jack.

— Et pourquoi ?

— Nous ne sommes pas... proches depuis longtemps, et il encore trop tôt pour savoir si cela va durer, bafouilla Callie.

La jeune femme avait rougi et Jack la trouva vraiment charmante.

— Evidemment que cela va durer, protesta Dan. Les mariages Mitchell durent toujours, dit-il en se tournant vers Brenda, qui hocha la tête.

— Papa, nous essayons pour l'instant de nous faire à l'idée, insista Jack. Nous n'avons pas parlé de l'avenir...

— Ni où vous habiterez, l'interrompit Brenda.

Puis elle poussa un petit cri et ajouta :

— Jack, mais tu pars la semaine prochaine ! Est-ce que tu emmènes Callie avec toi ?

Il dit alors silencieusement et tristement adieu à ses projets de reprendre le travail et fit l'ultime sacrifice :

— J'ai décidé de rester encore quelques semaines.

Callie écarquilla les yeux.

— Pour que nous ayons le temps de réfléchir, termina-t-il.

« Le temps de trouver le courage de vous annoncer que nous divorçons... »

— Cette attirance est si soudaine. Nous ne savons pas encore si nous nous entendrons.

— Vous ne seriez pas déjà en train de batifoler ensemble si vous ne vous entendiez pas, affirma Dan avec un petit sourire.

Callie s'excusa de ne pas avoir le temps pour le petit

déjeuner avant d'ouvrir le magasin et les parents de Dan finirent par partir.

Jack les regarda regagner leur voiture. Au moins, ils se parlaient de nouveau, même s'ils n'avaient pas encore recouvré leur spontanéité d'avant.

Ensuite, il referma la porte d'entrée et s'y adossa. Que venait-il de faire ? Il avait laissé sa libido prendre le dessus sur sa raison, et au lieu d'être sur le point de divorcer aussi discrètement qu'il s'était marié, ses parents l'imaginaient maintenant uni à Callie pour la vie.

Il se rappela aussi l'incroyable nuit qu'ils avaient passée ensemble, la sensation de son magnifique corps sous lui. Il connaissait maintenant Callie plus intimement que n'importe qui d'autre et il était difficile de penser que cela n'en valait pas la peine.

— Je viens de vivre les instants les plus pénibles de ma vie, dit Callie.

Jack la prit dans ses bras et l'embrassa profondément.

Au bout d'une minute, elle lui frappa le torse.

— Tu ne peux pas tout arranger avec un baiser. Il faut arrêter tout de suite. Fin du « batifolage ».

Il soupira et la lâcha.

— Tu as raison.

Callie était persuadée que son regard brûlait du même désir que celui de Jack. Elle ne s'était pas douchée, n'avait pas mis de crème hydratante et la peau de son visage tirait, mais elle désirait Jack et il la désirait.

Elle eut donc l'impression de se comporter en héroïne quand elle s'éloigna de lui.

— Il y a une autre solution, dit-il en la suivant dans la cuisine. Une alternative à « fin du batifolage ».

— Ah oui ? Laquelle ?

— Puisque nous sommes déjà mariés et que sortir de ce mariage devient chaque minute plus compliqué…

— Oui ? demanda-t-elle, en commençant à se douter de la suite.

— Si nous croyons qu'il existe la moindre chance que tout ceci… se transforme en une relation sérieuse, l'heure est venue d'essayer.

Etait-il en train d'avouer à demi-mot qu'il pourrait le souhaiter ? Le cœur de Callie s'était accéléré et elle glissa un regard dans sa direction. Son visage ne trahissait aucun sentiment. Elle imaginait qu'il devait prendre cette expression — neutre, presque froide — quand il devait annoncer une mauvaise nouvelle à ses patients.

Il n'avait jamais dit qu'il tenait à elle, et encore moins qu'il l'aimait.

Elle se dit qu'elle avait besoin de café et elle commença à remplir la bouilloire. Par-dessus son épaule, elle dit :

— Tu envisages toujours de repartir en Angleterre, n'est-ce pas ? Et ensuite d'aller peut-être en France ?

Il hocha la tête.

— Est-ce rédhibitoire ? Essaies-tu de me dire que tu ne peux pas imaginer de vivre avec ton mari ?

Il s'appuya contre l'îlot central et croisa les bras.

— Je comprends que la boutique et cette maison comptent pour toi.

Même si elle n'y avait jamais réfléchi avant, elle connaissait la réponse.

— Comme ton ami Adam l'a dit, ce qui compte, c'est la personne avec qui tu es, pas l'endroit où tu es.

Elle posa la bouilloire sur la cuisinière.

— Je serais prête à tout abandonner et aller n'importe où pour un mari que j'aime et qui m'aime. Pourquoi envisagerais-tu de rester marié avec moi ? demanda-t-elle.

Il marcha jusqu'à la fenêtre pour regarder à l'extérieur.

— Tu es jolie, intelligente, travailleuse.

On aurait dit qu'elle passait un entretien d'embauche.

— Je t'apprécie, et tu es de compagnie agréable. Et j'aime faire l'amour avec toi, ajouta-t-il en se retournant.

Or, dans l'énumération des qualités de Callie, il avait oublié un point, le plus important : il ne lui avait pas dit qu'il l'aimait.

— Tu penses toujours que tes parents vont emménager avec toi ?

— Oui, répondit-il sur la défensive. Si tu viens vivre avec moi, cela ne pourra que les inciter un peu plus. En attendant, nous pourrions revenir à Parkvale plus régulièrement que je ne l'ai fait jusqu'à présent.

Il attrapa la cafetière à piston sur l'étagère et la tendit à Callie.

— Papa et maman voudront sans doute emménager avec nous quand nous aurons des enfants. J'en veux, et je sais que, toi aussi, tu en veux.

Voilà une manière bien dirigiste de décider du bonheur de ses parents.

— Et toutes ces choses que tu m'as dites l'autre jour, commença-t-elle. Sur mon désir d'avoir une famille et mon incapacité à y arriver.

— J'ai exagéré et je te demande pardon.

Elle hocha la tête.

— Tu avais raison, Jack. Je ne peux pas m'impliquer dans un mariage, dans une famille, s'il ne s'agit pas de moi. Je ne peux pas toujours rester sur la touche.

— Tu ne resterais pas sur la touche. Papa et maman vont t'aimer encore plus.

Il comprit alors l'implication de ce qu'il venait de dire, de ce qu'il n'avait pas dit, et il rougit.

— Je vivrais ta vie par procuration, dit Callie à sa place. Je te soutiendrais dans ta carrière, j'élèverais tes enfants, je m'occuperais de tes parents. Mais quelle vie aurais-je, moi ?

Elle devina à l'éclair de culpabilité qui traversa le regard de Jack qu'il lui donnait raison.

— Tu as changé ces dernières semaines, poursuivit-elle, et en mieux. Pourtant, même si tu m'as aidée et si tu as aidé tes parents, tu ne fais que mettre les choses en ordre afin de repartir la conscience tranquille. Pour reprendre ta vie comme tu le souhaites.

Elle comprit alors qu'ils n'allaient pas prendre une tasse de café dans une ambiance chaleureuse et elle retira donc la bouilloire de la cuisinière.

— Jack, je veux un homme pour qui je représente tout, et qui représente tout pour moi.

Alors, lentement, et avec regret, il hocha la tête et dit :

— Donc, nous sommes d'accord. Nous divorçons.

Elle savait depuis le début que c'était la seule issue, mais cela lui faisait néanmoins mal de savoir qu'il ne l'aimerait jamais autant qu'elle l'aimait.

A son tour, Callie hocha la tête.

— Donnons à tes parents quelques semaines pour retomber sur leurs pieds et pour avoir la certitude que nous ne sommes vraiment pas faits l'un pour l'autre. Ensuite, nous leur annoncerons.

Chapitre 16

Jack ne fut pas surpris de ressentir une telle déception quand Callie repoussa sa suggestion de rester mariés.

Il tenait à elle et ce mariage aurait été la parfaite solution à beaucoup de choses. Il comprenait aussi les raisons pour lesquelles elle le rejetait et, s'il avait été un observateur parfaitement objectif, il lui aurait même soufflé de l'envoyer promener.

En revanche, il était surpris de ressentir toujours la même déception une semaine plus tard.

Agacé par tout et rien, il ne cherchait pas vraiment à gagner l'affection de Callie en posant le carrelage dans la deuxième salle de bains. Il lui avait déjà répondu peu aimablement et elle lui faisait maintenant passer les cales d'espacement sans desserrer les dents.

L'humeur n'était guère plus conviviale chez ses parents et les efforts de Brenda et Dan pour se réconcilier en étaient au mieux au point mort. Ils se parlaient, toujours très poliment, mais il n'y avait plus entre eux cette affection spontanée que Jack avait toujours considérée comme allant de soi.

Il ne savait lequel des deux il avait le plus envie de secouer : sa mère, qui insistait pour qu'elle et Dan parlent des moindres détails de la vie et de la mort de Lucy avant qu'ils ne commencent réellement à faire leur deuil ; ou

Dan, qui ne manquait pas la moindre occasion d'évoquer la destruction du banc.

Le seul point positif dans tout cela, se dit-il, c'est que ses parents ne parlaient plus de son mariage avec Callie. Au fond de leurs cœurs, ils devaient se douter que cette union ne fonctionnerait jamais.

D'un autre côté, ce mariage n'avait jamais été programmé pour durer et tenir, contrairement à celui de ses parents.

Si au moins il avait su ce qu'il fallait dire pour que tout redevienne normal. Ce serait tellement plus simple si leurs problèmes avaient une origine physique. Comme Callie l'avait dit, il essayait souvent de rattacher des réactions émotionnelles à des causes physiques, mais comment le lui reprocher ? C'était son métier, après tout, et il était l'un des meilleurs dans son domaine.

Jack posa alors le carreau qu'il tenait à la main et annonça :

— Il est temps que j'essaie de faire entendre raison à mes parents.

— Jusqu'à présent, tu n'as pas vraiment brillé en la matière, lui fit remarquer Callie.

— Allons-y, répondit-il en se levant. Accompagne-moi, et n'hésite pas à me donner un coup de pied si je dis des sottises.

— Voilà qui pourrait être amusant…

Quand ils arrivèrent chez les parents de Jack, ils trouvèrent Brenda qui faisait de la pâtisserie dans la cuisine, et Dan qui faisait les comptes du magasin dans le salon.

Jack demanda à tout le monde de venir dans la salle à manger, et ils prirent place autour de la table.

— J'aimerais que nous parlions de vos problèmes et de la manière de les résoudre, commença-t-il.

Ni l'un ni l'autre de ses parents ne parut particulièrement enthousiaste à l'idée de parler des problèmes de leur mariage avec lui.

— Ecoutez ce que Jack veut vous dire, intervint Callie. Cela pourrait vous aider.

Elle ne semblait pas convaincue elle non plus, mais Brenda finit par accepter dans un murmure, et Dan hocha la tête.

— De mon point de vue, reprit Jack, je n'ai pas l'impression que vous ayez fait beaucoup de progrès.

Callie ferma les yeux.

— C'est certainement parce que vous vous y prenez mal. Maman, tu es obnubilée par ce que papa a ou n'a pas ressenti au sujet de la mort de Lucy. Et toi, papa, tu crains plus que maman ne vienne perturber ta routine que tu ne te soucies de tes sentiments ou des siens.

La mâchoire de Dan se crispa.

— Ce ne sont que des symptômes, poursuivit Dan. Le traitement des symptômes apporte seulement un soulagement temporaire, mais il ne s'attaque pas à la cause du mal.

Sous la table, Callie lui donna un coup de pied.

Jack éclata de rire et il lui glissa :

— Aie un peu confiance en moi, chérie.

Le « chérie » lui avait échappé et il espéra que personne ne l'avait remarqué.

— Ou au moins, aie confiance en ta capacité à m'ouvrir les yeux. Pour une fois, je ne vais pas tout médicaliser.

Il recula sa chaise et se leva puis marcha à l'extrémité de la pièce.

— Quoi que, il y a peut-être une partie médicale, dit-il en ignorant le mouvement du pied de Callie, parce que nous parlons du cœur. De vos cœurs brisés.

— De quoi veux-tu parler ? s'exclama Dan.

— C'est mon diagnostic, répondit Jack. Vous avez tous les deux le cœur brisé suite au décès de Lucy et vous n'avez pas été soignés correctement. Comme vous avez chacun une manière différente de vivre votre chagrin, vous avez chacun essayé de le surmonter à votre manière, seul. C'était une grosse erreur.

— Je ne pourrais pas faire comme ton père, se défendit Brenda. Je suis incapable de refouler mes sentiments.

— Depuis toujours, vous réussissez mieux quand vous vous soutenez mutuellement, leur fit remarquer Jack en revenant vers la table et en posant ses mains sur sa chaise. Pour une fois, vous avez essayé d'agir séparément, et vous avez complètement échoué.

— Quel tact, fit remarquer Callie entre ses dents.

— Nous avons dépassé le stade du tact, répliqua Jack. Maman, papa, je n'aurais jamais dû partir aussi rapidement après le décès de Lucy, et je vous demande pardon. Vous aviez besoin d'être entourés de tous ceux qui vous sont chers, et je n'étais pas là. Si j'étais resté un peu, vous vous seriez peut-être retrouvés plus facilement, comme vous le faisiez quand nous étions enfants. Avec Lucy, nous savions que lorsque vous étiez d'accord sur quelque chose, il n'y avait aucun moyen de vous faire changer d'avis.

Brenda laissa échapper un son qui tenait autant du rire que du sanglot.

Dan posa sa main sur sa poitrine et demanda :

— Que nous suggères-tu, pour soigner nos cœurs prétendument brisés ?

— A partir de maintenant, vous vous soutenez l'un l'autre, répondit Jack. Maman, si papa veut reconstruire un autre banc, tu seras là pour lui passer les outils et planter les clous avec lui. Papa, si maman veut faire sauter l'école pour protester contre la suppression des cours de secourisme, tu allumeras la mèche.

Callie écarquilla les yeux.

— Bien entendu, maman, tu n'es pas obligée de faire sauter l'école. C'était une image, s'empressa de préciser Jack.

— Je le sais, mon chéri.

— Ce que je veux dire, c'est que quand il s'agit de se souvenir de Lucy, papa doit être aussi important que maman, et inversement. Je veux aussi que vous suiviez une psychothérapie. Ensemble.

— Hors de question que je…, commença Dan, mais Brenda attrapa sa main et embrassa sa paume.

— D'accord, se reprit-il en serrant la main de Brenda.

— D'accord pour moi aussi, dit Brenda. Dan, si tu me laisses t'aider, nous fabriquerons le plus magnifique des bancs pour Lucy. Je t'aime tellement. Tu es l'amour de ma vie.

Elle se leva et l'embrassa.

Le baiser dura tellement longtemps que Jack finit par jeter un coup d'œil à sa montre. Quand ses parents eurent enfin terminé, Dan passa ses bras autour des épaules de sa femme.

— Tu es un chef-d'œuvre, Brenda. Le chef-d'œuvre de ma vie.

Jack laissa ses parents se retrouver et il raccompagna Callie chez elle.

— La pose du carrelage sera terminée d'ici deux jours, dit-il.

— Parfait, répondit-elle sans déboucler sa ceinture de sécurité. C'est très bien, ce que tu as fait, Jack.

— En effet, je ne suis pas mécontent de moi, répondit-il avec un sourire satisfait.

D'une certaine manière, le modeste compliment de Callie signifiait plus pour lui que les accolades de centaines de confrères ou de patients.

La jeune femme s'empressa de sortir de la voiture avant qu'il ne réclame le baiser qu'aurait pu espérer un homme qui venait de recoller les morceaux du mariage de ses parents. Enfin, il restait toujours demain.

Quoi que, il ne lui restait plus beaucoup de lendemains avec Callie…

Comme il approchait de la maison de ses parents, son téléphone sonna, mais il ne reconnut pas le numéro. Il répondit.

Il s'agissait du détective privé qu'il avait engagé pour retrouver les grands-parents de Callie.

— Je les ai trouvés, annonça Mark Haines.

Jack décida de se garer sur le bas-côté le temps de la communication. Il baissa sa vitre et posa son coude sur la portière.

— Ils habitent toujours à Monterey ? Vous leur avez parlé ?

— Ils habitent bien à Monterey, mais ils ne parlent plus à personne.

— Il semble en effet qu'ils soient particuliers…

L'image des retrouvailles entre Callie et ses grands-parents commença à s'éloigner lentement.

— En fait, cela n'a rien à voir avec leur caractère. William Summers a quatre-vingt-deux ans. Il a fait un infarctus il y a quelques années et vit depuis dans un établissement de soins de longue durée. Il ne bouge quasiment plus, mais les médecins pensent qu'il a conservé toutes ses capacités mentales.

— Pauvre homme…

Jack entendit un bip lui indiquant un double appel mais il l'ignora.

— Et la grand-mère ?

Il entendit que le détective tournait des pages avant de répondre :

— Mona Summers, elle aussi quatre-vingt-deux ans, aussi en établissement spécialisé, est atteinte de la maladie d'Alzheimer à un stade avancé. Cela fait quelque temps qu'elle ne reconnaît plus personne.

Jack soupira.

— En fait, à moins qu'ils ne soient morts, les choses ne pourraient pas être pires.

— J'ai vérifié leur situation, reprit Haines. A priori, ils n'ont pas d'autre famille. Je ne sais pas ce qu'ils ont fait de leurs biens fonciers, mais ils doivent être plutôt substantiels compte tenu de leurs frais médicaux. Toutefois, Mlle Summers héritera de leurs biens restants en toute légitimité.

— Je ne pense pas que cela importe à Callie, dit Jack.

En revanche, il dormirait mieux en sachant qu'elle dispose d'un capital un peu plus confortable.

— J'ai essayé de trouver des informations sur le père de Mlle Summers et de ses relations avec ses parents, continua Haines. J'ai parlé aux voisins, des collègues, des membres de la même église. Et à certains anciens amis.

Une fois encore, le signal de double appel déconcentra Jack.

— Quelle est votre conclusion ? demanda-t-il.

Haines toussota.

— William et Mona Summers n'avaient qu'un seul enfant, Stephen, le père de votre épouse. A l'adolescence, il a commencé à se droguer. Selon tous les témoignages, c'était un bon à rien. Ses parents ont décidé d'employer la manière forte. Ils l'ont fait enlever et l'ont traîné en cure de désintoxication.

— J'imagine que cela n'a pas fonctionné.

— Il s'est échappé. Alors ses parents lui ont coupé les vivres, dans l'espoir qu'une fois à court d'argent, il reviendrait vers eux. Mais il n'est jamais revenu et il est décédé semble-t-il il y a trois ans.

Encore le signal d'appel. Qui que ce soit, il s'agissait de quelqu'un de persévérant. Jack décida de revenir à sa discussion avec le détective.

— Aucune idée de la raison pour laquelle ils ont rejeté Callie quand elle a essayé de reprendre contact avec eux, il y a quelques années ?

— Je n'ai pas pu le découvrir, dit le détective.

Jack raccrocha quelques instants plus tard. Il venait juste de rabibocher une famille que l'autre volait en éclats, songea-t-il.

Non seulement Callie ne connaîtrait jamais l'amour de ses grands-parents, mais il devait maintenant lui annoncer qu'ils étaient tous les deux gravement malades. La connaissant, il était prêt à parier qu'elle aurait envie de leur rendre visite, et elle ajouterait leurs noms à la liste des personnes dont elle devait se préoccuper.

Quant à lui, il aurait une raison supplémentaire de s'inquiéter pour elle.

Jack jura entre ses dents. Il jeta un coup d'œil dans le rétroviseur. Personne. Qu'espérait-il, un dimanche après-midi à Parkvale ? Il fit ensuite demi-tour pour retourner chez Callie. Il avait environ cinq minutes pour décider comment lui présenter les choses.

Le principal problème, c'était que Callie voulait — avait besoin — d'une famille à elle. Et la dernière tentative de Jack pour lui en donner une s'était terminée en un échec cuisant.

Il pouvait être sa famille, songea-t-il alors.

Oui, il pourrait être la famille de Callie. Mais quand il lui avait suggéré qu'ils pourraient essayer de vivre ensemble, elle avait clairement refusé. Elle n'était pas dupe et savait que Jack n'avait pas la même conception de la famille qu'elle.

La vie avec Callie serait un enchaînement interminable

d'obligations familiales, et aucune excuse ne serait jamais assez bonne pour ne pas y assister, fût-il le plus brillant neurochirurgien du monde.

Elle voudrait un père à temps complet pour ses enfants, et un mari aimant et attentif.

Il devrait peut-être l'encourager à renouer avec Rob. Ce type était fou d'elle et il était prêt à tout pour rendre Callie heureuse.

Jack se rendit alors compte qu'il serrait si fort le volant que ses articulations étaient toutes blanches et il s'obligea à se décontracter.

Oui, elle pourrait épouser Rob et Jack s'efforcerait de ne pas penser aux différents aspects de leur vie de couple : elle partagerait le lit de Rob, porterait les enfants de Rob… D'accord, c'était une idée stupide. Et, sans s'en rendre compte, il avait allègrement dépassé la vitesse autorisée. Il ralentit.

Elle ne voulait pas faire sa vie avec Rob. Car si elle le voulait, elle pourrait être avec lui en ce moment. Voulait-elle de Jack, malgré ce qu'elle lui avait dit ? Et lui, voulait-il faire sa vie avec elle ?

Les pensées se bousculaient dans la tête de Jack.

Il avait fait ce qu'il pouvait pour Callie, mais il avait la sensation que cela ne suffisait pas. Il sentait qu'il éprouvait des sentiments bien plus profonds, mais il n'osait pas encore se laisser envahir par eux ni les révéler au grand jour.

Non, il se refusait d'éprouver ce genre de sentiments, qui incitaient un homme à oublier tous les projets qu'il avait faits.

Bon sang, comme Callie allait lui manquer une fois qu'il serait reparti en Angleterre.

« Je me trouverai une petite amie. » Mais en trouverait-il une qui saurait le rappeler à l'ordre s'il prenait la grosse tête ?

Soit, Callie pouvait être sa petite amie. Une fois le divorce prononcé, ils pourraient sortir ensemble sans prendre d'engagement à long terme. Elle lui rendrait visite en Angleterre, et ils iraient en France.

Cela ne lui ferait pas de mal de s'impliquer un peu moins dans son travail et de prendre un peu de vacances. Bien entendu, elle ne pourrait pas venir en vacances avec lui si elle épousait Rob.

Il devrait peut-être se contenter de demander Callie en mariage, et lui promettre de faire de son mieux pour la faire passer en premier dans sa vie. Ou alors, il pouvait se contenter de lui annoncer son prochain départ et si elle voulait un gentil mari, elle pourrait épouser Rob…

Au moment où Jack se garait devant sa maison, elle sortait en marche arrière de chez elle. Quand elle le vit, elle sortit de sa voiture et courut vers lui.

Jack se sentit immédiatement le cœur plus léger… mais il déchanta en voyant son expression.

— Je partais à ta recherche, dit-elle à bout de souffle. Ton téléphone sonnait sans arrêt occupé.

— C'est maman ? demanda-t-il face à l'anxiété de la jeune femme.

— Non, c'est ton collègue, Jeremy. Il a essayé de te joindre sur ton portable. Ensuite, il a appelé ta mère et elle lui a donné mon numéro.

Il jeta un coup d'œil rapide à sa montre : il était tard

à Oxford, et Jeremy devait encore faire des gardes de nuit.

Jack sortit de voiture et composa le numéro de Jeremy.

— Jeremy, c'est Jack. Tu as essayé de me joindre ?

— Jack, répondit Jeremy, qui sembla mal à l'aise.

— Je tombe au mauvais moment ?

S'il s'agissait d'une urgence, son collègue avait certainement demandé conseil à un autre médecin maintenant et Jack ferait mieux de le laisser faire son travail.

— Jack, répéta Jeremy sur un ton empli de compassion.

Jack retint sa respiration et il ne lui en fallut pas plus pour comprendre.

— Non, dit-il d'une voix blanche.

Il avait déjà entendu cette voix de la part de parents, d'amis, de grands-parents ou de frères et sœurs qui refusaient d'entendre la vérité.

Callie s'approcha alors de lui, craignant de deviner la suite.

— Hannah est décédée cet après-midi, annonça Jeremy d'une voix posée. Elle a fait une hémorragie massive et soudaine.

Non !

— As-tu excisé la malformation ? demanda Jack.

— Elle était logée trop profondément dans le cerveau.

— On ne voyait rien sur l'angio ?

— Si, bien sûr. Le seul moyen de l'atteindre était la radiochirurgie, mais tu sais que le résultat n'est pas immédiat et nous avons manqué de temps.

Une douleur effroyable déchira le cœur de Jack.

— Ses parents…

— Ils sont anéantis, répondit Jeremy.

Ces pauvres gens comptaient sur Jack pour sauver leur fille. Callie prit la main libre de Jack dans les siennes, son visage pâle d'inquiétude. Il lui tourna le dos mais ne retira pas sa main.

— Raconte-moi exactement ce qui s'est passé, depuis le début, ordonna-t-il.

Jack posa quelques questions, mais, selon le récit de Jeremy, l'équipe avait fait tout ce qui était en son pouvoir. Ce n'était que l'un de ces échecs de la médecine qui rappelaient de temps à autre aux médecins qu'ils n'étaient pas Dieu.

« Peut-être que si j'avais été là… », ne put s'empêcher de penser Jack.

Il mit fin à la communication et resta un long moment le regard fixé sur son téléphone alors que diverses possibilités traversaient son esprit.

— Jack ? demanda Callie. C'est Hannah, n'est-ce pas ?

La vue de Jack se brouilla et il cligna les yeux.

— Elle est décédée cet après-midi.

— Je suis tellement désolée, dit Callie en l'enlaçant.

Pendant un moment, il s'abandonna à son étreinte, à la douceur réconfortante de son contact.

Quand il se sentit un peu mieux, il recula et dit :

— J'aurais dû être là-bas, avec elle.

Elle prit une profonde inspiration et demanda :

— Quelle différence cela aurait-il fait ?

— J'aurais peut-être vu quelque chose, ou pensé

à quelque chose... Si je n'avais pas été ici à jouer les médiateurs, Hannah aurait peut-être survécu.

Elle tressaillit.

— Tu es un grand médecin, mais tu n'es pas parfait, répondit-elle. Tu surestimes peut-être ton pouvoir.

Callie s'était mal exprimée. Elle avait voulu faire comprendre à Jack qu'il ne pouvait pas assumer seul la responsabilité de ce qui devait être un travail d'équipe. Elle lui présenta donc des excuses :

— Je suis désolée, je ne voulais pas dire ça...

Il avait le regard perdu au loin et elle attrapa son bras.

— Jack, tu n'es pas obligé de porter tout ce fardeau seul.

— Je peux gérer, répondit-il sur un ton amer. Ce n'est malheureusement ni la première ni la dernière fois que je perds un patient.

— Tu ne peux pas faire comme si tout cela n'était jamais arrivé, tu t'en souviens ? Tu ne pourras jamais t'empêcher de te demander « Et si ». Jack, chaque minute de notre vie est un choix et nous ne saurons jamais ce qui se serait passé si nous avions choisi l'autre option. C'est pourquoi tu as ta famille. Et que tu m'as. Nous sommes ici pour t'aider à surmonter les moments difficiles.

Pendant de longs instants, il la regarda. Ensuite, il dit :

— Callie, la mort d'Hannah n'est pas la seule mauvaise nouvelle de la journée. Il faut que je te parle de tes grands-parents.

Quand il eut terminé, les pensées se bousculaient dans l'esprit de Callie. Jack avait engagé quelqu'un pour retrouver ses grands-parents… Ils étaient tous les deux malades, et incapables de communiquer avec elle… Et son père était mort.

Appuyée contre la clôture de bois, Callie dit enfin :

— Il faut que j'aille les voir.

— Je me doutais que tu dirais cela. Je suis désolé, Callie.

Elle releva le menton.

— Ce n'est pas comme si je venais de perdre quelque chose que j'avais. Seulement une chance qui n'a jamais vraiment existé.

Elle devina au regard de Jack qu'il n'était pas uniquement désolé au sujet de ses grands-parents.

— Tu pars, n'est-ce pas ? demanda-t-elle alors.

Soudain prise de vertiges, elle s'agrippa à la clôture.

Jack hocha la tête.

— Oui, je repars en Angleterre. Je n'ai plus aucune raison de rester ici.

Chapitre 17

Comme Callie s'en doutait, une fois sa décision prise, Jack s'attaqua aux préparatifs de son voyage avec une efficacité redoutable.

Il termina de peindre la façade du pavillon en deux jours, et il s'assura que ses parents avaient pris rendez-vous chez un psychothérapeute. Il acheta même un cadeau de mariage pour sa cousine Sarah et le fit livrer chez tante Nancy.

Brenda et Dan semblaient comprendre son besoin de repartir à Oxford et ils veillèrent à ne poser aucune question à Callie sur leur mariage. La jeune femme supposa qu'au cours des prochaines semaines, ils comprendraient que le mariage était terminé et que, quand Jack annoncerait qu'ils étaient divorcés, personne ne serait surpris. Ni blessé.

A part elle-même.

« Il faut te faire à cette idée », s'ordonna-t-elle le jour du départ de Jack.

Il faudrait qu'elle s'habitue à ne pas trouver Jack chaque fois qu'elle avait besoin de lui. Elle ne s'en était jamais rendu compte jusqu'à maintenant, mais elle avait besoin de lui autant que Brenda et Dan.

Dès demain, elle recommencerait à dîner avec Brenda

et Dan, arrangerait des bouquets, rénoverait des maisons, vivrait sa vie, respirerait… sans Jack.

Il n'avait passé qu'un mois à Parkvale, mais tellement de choses avaient changé. Brenda et Dan s'étaient retrouvés et avaient commencé à faire leur deuil ensemble. Jack n'était plus ce chirurgien arrogant qui avait débarqué dans sa boutique le premier jour, et le pavillon était transformé.

La seule chose qui n'avait pas changé, c'était elle, Callie. Elle faillit alors s'étouffer avec ses céréales et elle se frappa la poitrine pour reprendre sa respiration.

Etait-il possible qu'après tous les événements de ces dernières semaines, elle n'ait pas changé ?

— Je suis amoureuse de Jack, confia-t-elle au clown dessiné sur le pack de lait posé devant elle. Avec lui, tout était différent.

Bon, soit, elle était tombée amoureuse de lui. Et maintenant, elle laissait l'homme avec qui elle souhaitait partager sa vie partir au loin.

Jack l'accuserait de faire ce qu'elle avait toujours fait : décider inconsciemment de ne pas se battre pour fonder la famille qu'elle désirait.

— Ce n'était pas ma décision, protesta-t-elle à haute voix. Il ne m'aime pas, et je ne veux pas me contenter d'une relation au rabais.

Le clown du pack de lait semblait lui sourire.

— Oui, mais je ne lui ai pas demandé ce que je voulais.

Evidemment, elle avait dit à Jack ce qu'elle attendait d'un homme, mais elle ne lui avait jamais précisé qu'il était l'homme qu'elle voulait dans sa vie. Elle l'avait mis au défi de prouver son amour pour ses parents, mais lui avait-elle au moins demandé s'il l'aimait ?

L'appétit coupé, Callie repoussa son bol de céréales. Elle avait passé des semaines à tenir tête à Jack pour le bien de ses parents. Maintenant, elle allait se battre pour elle-même.

L'horloge du four indiquait 7 heures. D'un moment à l'autre, Jack allait partir pour Memphis, d'où il décollait en début d'après-midi.

Elle était partie de chez elle depuis seulement deux ou trois minutes quand elle vit une Jaguar noire qui filait dans sa direction. Vite. Très vite.

La bonne nouvelle, c'est que ce n'était pas la route qui quittait la ville. Callie éclata de rire en comprenant que se battre pour l'homme de sa vie ne serait pas une bataille solitaire dans laquelle elle devrait se jeter corps et âme. Elle fit des appels de phares à Jack. Il passa à toute allure à côté d'elle avant de reconnaître sa Honda. Ensuite, Callie entendit le crissement des freins.

Jack fit demi-tour et vint se mettre à la hauteur de la jeune femme. Il était nettement plus présentable qu'elle, qui n'avait même pas pris le temps de brosser ses cheveux.

— Chez toi, ordonna-t-il. Tout de suite.

Il démarra sans même attendre sa réponse.

Bon sang, à quoi ressemblerait la vie avec lui ? Callie soupira et fit demi-tour, avant de le suivre en respectant la limitation de vitesse.

Il l'attendait dans la cuisine — dans sa précipitation,

elle avait oublié de fermer la porte à clé — et portait un énorme bouquet de fleurs.

— Pourquoi as-tu mis si longtemps ? demanda-t-il. Et qu'est-il arrivé à tes cheveux ?

Il l'observa de plus près.

— Ton T-shirt est à l'envers.

— Je n'avais pas le temps, j'étais pressée.

Callie reconnut l'autocollant du Jardin fleuri. Elle regarda les fleurs et éclata de rire : des gerberas roses et des zantedeschias blancs et jaunes.

— Je sais, s'excusa-t-il, le bouquet est horrible, mais tu as dit que c'était tes fleurs favorites.

« Qui envoie des fleurs à une fleuriste ? Jack. »

Son cœur se mit à battre à une vitesse vertigineuse.

— Je n'ai jamais parlé de les assembler dans un même bouquet, dit-elle en riant.

— Je comprends pourquoi.

Elle lui prit les fleurs des mains et respira le plus laid et le plus magnifique bouquet qu'elle ait jamais vu.

— Je n'ai jamais dit que toi et moi allions ensemble, dit Jack avec un air hésitant, mais que dirais-tu d'essayer ?

Callie posa les fleurs sur l'îlot central et passa ses bras autour du cou de Jack. Automatiquement, il l'enlaça.

— Tu ne peux pas me pardonner aussi facilement, protesta-t-il. Je me suis comporté comme un mufle.

Avec un soupir, elle répondit :

— J'ai comme dans l'idée que ce n'est pas la dernière fois.

Il rit et se pencha pour l'embrasser, mais Callie se recula et posa une main sur sa bouche.

— Il faut que je me brosse les dents, dit-elle.

— J'ai comme dans l'idée que ce n'est pas la dernière fois que je t'embrasserai avant que tu ne te brosses les dents.

Comment lutter contre sa logique ?

Quand il se recula quelques instants plus tard, il dit sur un ton mi-amusé, mi-sérieux :

— Il faut que l'un de nous deux se jette à l'eau le premier. Il faut que l'un de nous deux admette qu'il ne peut vivre sans l'autre.

Le bonheur de Callie explosa comme une fleur au printemps, et elle arrivait à peine à respirer.

— Je pense que c'est à toi de le dire.

— Tu as raison, comme toujours, admit-il avant de l'embrasser sur le nez. Je t'aime, Callie, et je veux que tu deviennes ma femme, réellement et pour toujours.

— Donc, tu ne te contentes pas de m'apprécier et de trouver ma compagnie agréable ?

Il lui tapa sur les fesses.

— Je suis fou amoureux de toi et il est inutile de lutter. Pendant que je faisais mes bagages, j'ai compris que je ne pouvais pas monter dans cet avion sans toi. Nous restons mariés, ou bien nous divorçons et nous nous remarions. Peu importe, du moment que nous restons ensemble pour toujours.

Elle s'appuya contre lui et sentit le corps de Jack réagir.

— D'accord.

Le sourire de Jack se fit incroyablement tendre.

— Comme tu l'as si bien dit, je veux que tu m'aides à porter mon fardeau. Je veux partager ta vie, tes inquiétudes, de tes grands-parents aux rats.

Il l'embrassa profondément, avec gourmandise, jusqu'à ce qu'elle se mette à trembler de désir.

— Tu ne m'as pas dit que tu m'aimais, murmura-t-il contre son oreille. Est-ce que je suis trop exigeant ? demanda-t-il d'une voix dans laquelle se devinait son anxiété.

— Tu sais que tu as déjà un ego surdimensionné, répondit-elle d'une voix rendue tremblante par l'envie de rire et pleurer. Je n'ose imaginer comment tu te comporteras une fois que je t'aurais dit combien je t'aime.

Il se recula et prit les mains de Callie dans les siennes.

— Je crains de devoir insister.

Elle soupira.

— D'accord, mais est-ce que je peux me réserver le droit de revenir sur mes paroles à tout moment ?

— Même pas en rêve.

— Je t'aime, Jack. Pour toujours, de tout mon cœur, et de toute mon âme. Je t'aime pour ta gentillesse envers ta famille et tes patients. Pour ton désir de toujours donner le meilleur de toi-même. Pour la manière dont tu reconnais tes erreurs…

— Cela ne m'arrive jamais, protesta-t-il, l'air faussement outragé.

Elle lui tapa sur le bras.

— Pourtant, tu viens juste de le faire, en venant ici aujourd'hui. J'aime la manière dont tu as deviné la vérité me concernant alors que personne ne m'avait jamais aussi bien comprise.

Elle s'avança pour l'embrasser.

— Autre chose ? demanda-t-il.

— J'aime le talent dont tu fais preuve un pinceau à la main.

Elle se tortilla alors qu'il commençait à la chatouiller.

— D'accord, d'accord, j'avoue : j'aime quand tu me fais l'amour.

Il la chatouilla encore plus fort.

— Merveilleusement…, parvint-elle à dire entre deux éclats de rire,… bien l'amour.

— Nous sommes deux, dit-il. Et j'ai hâte de recommencer.

Elle passa ses bras autour du cou de Jack et l'attira vers elle pour un baiser ardent qui exprimait la promesse de toute une vie.

— Je ferais mieux de t'expliquer les projets que j'ai pour nous, dit enfin Jack. Pour que tu les réduises à néant et me dises que je me trompe.

— Si tous ces baisers en font partie, pour l'instant je n'ai rien contre.

— Nous devons quitter Parkvale, au moins pour quelque temps, commença-t-il. J'ai besoin de passer du temps en tête à tête avec toi. J'ai appelé mon chef, et j'ai accepté de partir un an à Paris. Ensuite, j'essaierai d'obtenir un poste de résident à New York ou dans une autre grande ville pour renouer avec mes contacts locaux. Si tu es d'accord, bien entendu.

— Ça me paraît parfait, répondit Callie, qui essaya de se faire à l'idée qu'elle allait séjourner dans les deux villes les plus fantastiques du monde. Et, ensuite, que se passe-t-il ?

Il l'embrassa.

— Ensuite, nous revenons à Memphis, et je travaille à Northcross Hospital.

— Mais tu as dit qu'il n'existait pas de pôle d'excellence en neurochirurgie là-bas, répondit-elle, ayant du mal à croire qu'il pouvait imaginer changer de spécialité. Jack, tu ne peux pas abandonner la neurochirurgie. Je vivrai là où tu auras besoin d'être.

Il l'embrassa profondément.

— Je te remercie, ma chérie, mais il serait plus juste de dire qu'il n'existe pas *encore* de pôle d'excellence en neurochirurgie. Il y en aura un quand je l'aurai créé. En fait, ajouta-t-il avec un petit sourire, je ne serais pas surpris qu'il devienne le meilleur des Etats-Unis d'ici à une dizaine d'années.

— Tu es si arrogant, dit-elle sur un ton qui trahissait toute son admiration.

— Heureusement que tu seras là pour empêcher ma tête de trop enfler pour mon stéthoscope.

— C'est un travail qui va m'occuper à temps plein.

— Crois-tu que tu auras tout de même le temps d'élever quelques enfants ?

— Absolument, répondit-elle, rayonnante de bonheur.

Jack l'embrassa jusqu'à ce qu'ils en perdent la respiration.

— Nous garderons notre pavillon à Parkvale, reprit-il, et nous viendrons y passer les week-ends, pour que les enfants voient leurs grands-parents. Et je me dis que peut-être, au bout de quelques années, papa aura suffisamment confiance en moi pour accepter de me parler de ses problèmes de tension.

Elle éclata de rire, mais ensuite fut trop occupée à l'embrasser pour ajouter quoi que ce soit. Les mains de Jack se promenaient sur son corps et exploraient les courbes de la jeune femme. Elle soupira de désir puis se recula.

— Docteur, docteur, dit-elle, je suis amoureuse de mon mari.

Jack ne put s'empêcher de sourire, puis il prit sa bouche dans un autre baiser brûlant qui la fit fondre entre ses bras.

— Incurable, répondit-il, avec une satisfaction manifeste.

A paraître le 1er janvier 2010

Best-Sellers n° 406 • suspense

Dans l'ombre du bayou - Lisa Jackson

Lorsque Eve Renner accepte en pleine nuit le mystérieux rendez-vous fixé par Roy, son ami d'enfance, elle n'imagine pas qu'elle met le pied dans un véritable guet-apens. Car elle découvre son ami poignardé, le chiffre 212 tracé sur un mur en lettres de sang. Pis encore : Cole, son fiancé, se trouve sur les lieux du crime et tente de la tuer elle aussi. Trois mois se sont écoulés depuis, et Eve se remet difficilement de la trahison de Cole, mais aussi de ses blessures : devenue amnésique, elle ne parvient pas à comprendre ce qui a pu se passer lors de cette nuit de cauchemar. Jusqu'à ce qu'un mystérieux courrier l'incite à chercher dans ses souvenirs…

Best-Sellers n°407 • paranormal

Les griffes de la nuit - Rachel Vincent

En apparence, Faythe Sanders ressemble à n'importe quelle étudiante américaine. Qui pourrait croire qu'elle est tout autre et qu'à certains moments, elle se transforme en panthère noire ? Mais Faythe rêve de vivre comme tout le monde et elle refuse de se plier aux exigences de ses parents et de sa caste de félins. Pourtant, son destin est d'être une féline et d'assurer la descendance de sa lignée comme toutes les femelles de son âge. Mais peut-elle aspirer à la liberté sans renoncer à ce qu'elle est profondément ?

Best-Sellers n°408 • suspense

Passé obscur - Suzanne Forster

Au sommet de la gloire, Lane Chandler, fondatrice de *The Private Concierge*, une société de services très prisée par les célébrités de Los Angeles, est soudainement éclaboussée par le scandale : l'un de ses clients est retrouvé mort dans des circonstances suspectes. Prête à tout pour sauver sa réputation et celle de son entreprise, Lane fait face à ceux qui la montrent du doigt. En particulier Rick Bayless, un ancien officier de la police obstiné et charismatique qui connaît son passé sombre et honteux. Un passé qui la poursuit impitoyablement et qu'elle aurait préféré oublier.

Best-Sellers n°409 • suspense

L'île des ténèbres - Heather Graham

Caer Cavannaugh, une jeune infirmière, quitte son Irlande natale pour raccompagner à Rhode Island Sean O'Riley, un riche armateur frappé d'une mystérieuse maladie lors de ses vacances. La tâche se révèle plus difficile que prévu quand elle découvre la tension malsaine qui règne dans la luxueuse maison familiale où vit l'entourage de son patient. Et lorsque s'ajoute à ce climat de menace insidieuse une étrange disparition, Caer, avec la complicité du détective privé Zach Flynn, va devoir se fier à ses dons de prémonition pour protéger la vie de Sean.

Best-Sellers n°410 • roman

La maison de la baie - Sherryl Woods

Par une belle journée de printemps, Abby O'Brien reçoit un appel paniqué de Jess, sa sœur cadette : l'auberge qu'elle a presque achevé de restaurer et qui doit ouvrir ses portes quelques semaines plus tard est menacée de saisie. De retour à Chesapeake Shores pour venir en aide à sa sœur, Abby retrouve Trace Riley, son premier amour. L'homme à qui elle avait dû renoncer dix ans auparavant en fuyant sa douloureuse histoire familiale.

Best-Sellers n°411 • roman

L'écho de la rivière - Emilie Richards

Artiste peintre mariée à un avocat et mère d'une petite fille, Julia Warwick est un pur produit de l'aristocratie de Ridge's Race. Cette femme à qui tout semble sourire voit pourtant son monde s'écrouler lorsqu'elle perd la vue de manière inexpliquée. Les médecins ayant conclu à une cécité psychosomatique, Julia entreprend de fouiller son passé à la recherche d'un traumatisme qu'elle aurait pu enfouir au plus profond de sa mémoire. Ce faisant, elle ouvre peu à peu les yeux sur son mari, sa famille, et surtout sur elle-même. Faisant bientôt émerger, avec l'aide de Christian Carver, son amour de jeunesse, des secrets que beaucoup ont intérêt à ne jamais voir divulgués.

Best-Sellers n°412 • historique

L'alliance scandaleuse - Brenda Joyce

Derbyshire, 1838

A l'âge où toutes les jeunes femmes songent à fonder une famille, Ariella de Warenne ne rêve que de voyages, d'indépendance. Le mariage ne figure pas dans ses projets… et l'amour peut attendre. Du moins le croit-elle, jusqu'au jour où elle rencontre Emilian St Xavier, richissime vicomte de Woodland. Un homme ténébreux dont la bonne société anglaise se méfie en raison de ses origines bohémiennes et de ses mœurs dissolues. Qui est cet Emilian et pourquoi l'attire-t-il autant ? Fascinée, Ariella est déterminée à satisfaire sa curiosité. Au risque de traîner sa réputation et son nom dans la boue…

Composé et édité par les
éditions Harlequin
Achevé d'imprimer en France (Malesherbes)
par Maury-Imprimeur
en octobre 2009

Dépôt légal en novembre 2009
N° d'imprimeur : 149337 — N° d'éditeur : 14578